三國志 영웅열전

천하를 꿈꾼 인물들의
생존 지혜와 전략

LINN
인문고전
클래식
16

三國志 영웅열전

천하를 꿈꾼 인물들의 생존 지혜와 전략

장석만 편저

LINN
도서출판 린

머리말

〈삼국지〉, 〈삼국지연의〉

"무릇 천하의 대세란 나뉜 지 오래되면 반드시 합쳐지고, 합쳐진 지 오래되면 틀림없이 다시 나뉘는 법이다."(天下大勢 分久必合 合久必分) 라는 문장으로 시작하는 〈삼국지연의〉.

〈삼국지〉는 〈삼국지연의〉로, 원래 이름은 〈삼국지통속연의(三國志通俗演義)〉이다. 〈삼국지연의〉는 〈수호지〉, 〈금병매〉, 〈홍루몽〉과 함께 중국 4대 기서(四大奇書)로 꼽힌다.

〈삼국지연의〉는 역사책이 아니라 역사책인 〈삼국지〉를 바탕으로 만든 이야기책이다. 연의(演義)는 '사실에 내용을 보태서 재미나게 설명한 책이나 창극'이라는 말이다. 그러니까 '역사에 기반한 소설 삼국지' 쯤으로 볼 수 있다. 역사 소설에 연의가 붙은 것은 이 책이 처음이다.

〈삼국지연의〉는 나관중(羅貫中, 1330?~1400)이 순수 창작한 부분도 있지만, 대부분은 〈삼국지〉에 관하여 그때까지 알려진 서적, 민담 모음을 나관중이 엮은 것에 가깝다. 민담과 잡극만이 아니라 이런저런 역사서도 삼국시대에 관한 내용이 조금만 있으면 연의를 집필하는 데 동원되었다. 나관중이 삼국지에 관해 모은 사서와 민담은 시대를 감안하면 놀라울 정도로 자세하고 방대하다. 정사 삼국지에 없는 〈삼국지〉의

내용은 전부 14세기 학자였던 나관중의 창작물로 생각하는 경우가 많은데 실제로는 그렇지 않다.

〈삼국지연의〉는 중국 문학의 초석이 되는 네 편의 작품 중 하나이다. 한나라 말기부터 약 100년간(184~280)을 배경으로 중국 전통 이야기꾼이 들려주던 역사와 전설이 뒤섞인 대서사시이다.

이야기는 스스로를 도사라 칭하는 장각이 이끄는 반도(叛徒)들이 한나라 영제에 대항해 반란을 일으키면서 시작하여, 한 왕조의 멸망(220)과 진나라의 건립으로 끝난다. 대부분의 주요 사건들은 위, 촉, 오나라 삼국의 괴물과 도인, 막강한 군벌, 전설적인 불사의 영웅들이 중국의 패권을 놓고 겨루는 과정에서 일어난다.

삼국시대는 전체 중국 역사에서 진나라의 천하통일이나 춘추전국시대의 백가쟁명에 비하면 중요성이 한참 떨어진다고 볼 수 있다. 삼국시대만큼 중화 문화권 사람에게 널리 알려진 시기가 없고, 이 시기의 고사성어만 해도 삼고초려(三顧草廬), 읍참마속(泣斬馬謖), 허허실실(虛虛實實), 괄목상대(刮目相對), 계륵(鷄肋), 고육지책(苦肉之策) 등 많은 것은 〈삼국지연의〉가 지닌 높은 문학적 가치 때문이다.

19/1,200

〈삼국지연의〉에는 주연과 조연을 비롯해 온갖 유형의 인물이 1,200여 명 등장한다. 그들이 빚어내는 흥망성쇠는 박진감 넘치는 대하드라마의 흥행 요소이다. 그들이 엮어내는 희로애락에 때로는 주먹을 불끈 쥐고 눈시울을 붉히며, 때로는 인생무상을 탄식하면서 책장을 넘긴다.

'삼국지를 세 번 읽은 사람과는 상대하지 말라'는 경고는 무궁한 이야 깃거리와 끊임없는 권모술수에 유념한 말이 아닐까. 천자부터 밑바닥 병졸에 이르기까지 권력을 위하여 또는 살아남기 위하여 적나라하게 드러내는 인간본성의 양면성에서 삶의 본질과 지혜를 터득할 수 있다.

그중에서 고른 주연 19명이 자신의 생존과 삶을 향상시키기 위한 언어와 행위는 그들의 어제, 오늘, 내일일 뿐만 아니라 오늘을 사는 우리의 것이기도 하다. 등장인물 가운데 닮거나 배우고 싶은 캐릭터는 독자마다 다를 것이다. 출사표의 제갈량, 난세의 간웅 조조, 오관참장 관운장, 백전백승 조자룡, … 취향에 따라 조조 앞에서 웃통 벗고 북을 두드리는 예형을 우러러볼 수도 있다.

예나 지금이나 생존의 문제에서 공통된 주제는 '사람'이다. 어느 시대, 어느 사회, 조직에서건 사람을 홀대하면서 성공한 리더는 없다. 성공의 비결이란 어느 사회, 조직에서건 자신이 지닌 문제의 해결책을 찾는 것이다.

그들의 모습은 옛 모습 그대로이지만 그들의 생활 태도, 인간관계, 상황에 대응하는 방법, 결단하는 방법 등은 오늘날 생존경쟁에서 자신들의 진보와 발전을 위해 지혜, 정보, 의욕 등을 계발하고 어떻게 활용해야 하는지를 시사해주는 것은 아닐까.

■■ 삼국지연의 이야기 구조

⊙ **황건적의 난, 도원결의:** 후한 말 십상시의 부정부패가 극에 달하며 기강이 문란해지자, 백성들은 불만을 품고 전국은 극도로 혼란해졌다. 이런 가운데 태평도의 교주 장각이 이끄는 황건적의 난이라는 대규모 농민 반란이 발생한다. 황실의 먼 후손인 유비는 관우, 장비와 복숭아나무 아래에서 형제가 되기로 맹세하고 황건적 토벌을 돕기로 한다. 유비, 관우, 장비 3형제를 비롯한 영웅호걸들의 활약 덕분에 황건적의 난은 진압되지만, 조정의 지방 통제력은 붕괴 직전이다.

⊙ **십상시의 난:** 서기 189년, 수도 낙양에서는 영제가 죽고 외척과 환관 사이의 정권 다툼 끝에 십상시의 난이 일어났다. 군벌 동탁은 외척과 환관이라는 양대 세력이 없어지는 바람에 권력을 장악하고 스스로를 상국이라고 칭하며 악행을 저지르니 황실의 정통성과 권위는 땅에 떨어졌다. 동탁은 소제를 폐하고 헌제를 꼭두각시 황제로 세웠다.

◉ **반동탁연합과 군웅할거:** 동탁의 행위에 제후들이 원소를 중심으로 연합하니 이를 반동탁연합이라고 한다. 그러나 얼마 되지 않아 제후들은 이권 문제 때문에 대립하여 동탁과 싸우기는커녕 자신들끼리 서로 싸워 연합은 해산된다. 동탁은 낙양을 불태우고 장안으로 천도하며 폭정을 계속하다가 초선을 이용한 왕윤의 이간계에 당해 여포에게 처단된다. 여포는 이각·곽사에게 밀려 장안에서 쫓겨나며 왕윤은 이각·곽사에게 살해당했다. 연합에 참여했던 제후인 손견의 아들인 손책은 양주에서 독립하며 원술은 황제를 칭했다가 몰락했다.

◉ **동승의 조조 암살 미수, 관우의 천리행, 관도대전, 조조의 하북 장악:** 반동탁연합에 참여했던 제후인 조조가 헌제를 옹립하며 막강한 권력을 손에 넣고, 여포·원술·도겸 등 군벌들을 정벌하며 입지를 다진다. 동승은 헌제의 밀명을 받들어 유비를 끌어들여 조조를 암살하려다 일족이 처형당하며, 유비도 조조에게 패하며 원소에게 의탁했다. 관우는 유비 가족의 안위를 보장받는 조건으로 장료의 설득을 받아들여 조조에게 항복했지만, 원소의 장수 안량과 문추의 목을 벤 뒤 다시 유비에게 돌아간다. 장비는 여남에서 머물다가 유비·관우와 합류하며 공손찬이 멸망한 뒤 떠돌던 조운도 유비의 부하가 된다. 조조가 관도대전에서 원소와의 일진일퇴 끝에 승리한다. 원소가 죽고 원담·원희·원상이 내분을 벌이자 조조는 원씨 형제를 모두 멸망시키고 하북을 제패하면서 최강 세력으로 자리 잡는다.

⊙ **삼고초려, 적벽대전:** 유비는 새 근거지였던 여남이 조조에게 함락되자 유표의 객장(客將)이 되었으며, 사마휘와 서서의 추천으로 재야의 제갈량을 알게 된 유비는 세 번이나 거처를 찾아가는 수고를 들여 제갈량을 영입한다. 제갈량의 천하삼분지계를 받아들인 유비는 유표 사후에 손책의 동생 손권과 연합하여 남하하는 조조와 싸워 적벽대전의 승자가 되어 형주 남부의 4개 군을 차지한다. 유비는 손권의 여동생을 새 아내로 맞으나 유비와 제갈량의 야심을 경계한 주유는 제갈량과 지략 싸움을 벌인다. 하지만 밀리던 중에 조조가 차지했던 남군을 공략하다가 입은 부상에 더하여 제갈량과 벌인 지략 싸움에서 밀린 나머지 화병으로 죽는다. 주유 사후에 노숙은 유비와의 동맹을 계속 유지했다.

⊙ **마초와 조조의 싸움:** 조조는 허도에 있던 마등과 그 아들 마휴 · 마철을 주살하지만 양주에 있던 마초는 복수전을 시도한다. 가후의 반간계에 밀려 패하고 권토중래를 노리지만 뜻대로 되지 않자 한중의 장로에게 의탁한다.

⊙ **유비 입촉, 합비 공방전, 한중 공방전:** 유비는 익주로 들어가 유장을 몰아내고 익주를 새 근거지로 삼았다. 입촉 때 종군한 참모 방통이 전사하지만, 장로를 몰아내고 한중을 차지한 조조와 한중 공방전에서 승리하며 한중왕으로 즉위한다. 손권은 합비를 공략하지만 장료가 이끈 위군에게 패한다.

⊙ **형주 공방전, 조조의 죽음, 후한 멸망:** 유비는 세력을 확장하는 과정에서 형주 문제로 손권과 대립하고, 형주 공방전에서 관우는 위와 오의 협공을 받으며 여몽 · 육손의 계략에 당해 전사한다. 여몽과 조조는 차례로 세상을 뜨고, 조비는 헌제에게 선양받아 위나라를 세우고 황제가 된다. 이를 찬탈로 여긴 유비는 익주에서 한나라의 부활을 선포하며 촉한을 세운다.

⊙ **이릉대전, 도원종언:** 유비는 복수전을 준비하지만 장비가 부하에게 암살당하고, 이릉대전에서 육손이 지휘하는 오나라 군대에게 대패한다. 이 때문에 천하삼분지계는 완전히 틀어진다. 유비는 성도로 돌아오지 않고 백제성에서 머물다가 병사하고, 제갈량과 조운에게 태자 유선을 보필해 줄 것과 한을 부흥시켜 달라고 유언한다.

⊙ **오로침공, 칠종칠금:** 유비가 죽자 조비는 손권을 끌어들이고 맹획·가비능과 연계하여 촉을 공격하지만 제갈량은 등지를 보내어 오와 화친하고 가비능은 마초를 보내서 막았다. 조비는 오나라를 공격하지만 정봉 · 서성에게 패하며, 제갈량은 칠종칠금으로 맹획의 항복을 받아 배후 위협을 없앴다.

⊙ **제갈량의 북벌:** 제갈량은 여러 차례 북벌을 시도하지만 군사적 성과를 거두지 못하고 전쟁 수행 도중에 병사한다. 위에서는 사마의가 제갈량의 맞수로 떠오르며 명성을 쌓고 오의 손권은 스스로 황제

가 되며 삼국정립 구도가 자리 잡는다. 북벌 때 제갈량은 위나라 장수 출신인 강유를 등용하며 병법이십사편을 전수했다.

⊙ **사마씨의 위나라 장악, 강유의 북벌:** 제갈량 사후 입지가 강력해진 사마의가 고평릉 사변을 통해 위의 권력을 장악한다. 강유는 제갈량의 유지를 받들어 북벌을 다시 시작하지만 등애 같은 위나라 장수들의 분전 덕분에 성과를 거두지 못했다. 오에서는 손권이 세상을 뜬 뒤 손량과 손휴로 황제가 바뀌며 손준 · 손침 등이 전횡을 펼치다가 손휴에게 처단된다. 위에서는 관구검 · 문흠 · 제갈탄 등이 사마씨 일족에 맞서 반란을 일으키나 실패하고, 황제 조방과 조모도 사마씨의 간섭에서 벗어나려다가 각각 폐위당하고 살해당한다.

⊙ **촉한 멸망:** 사마씨 일족은 263년에 촉한을 침공하고, 강유는 검각에서 종회의 병력을 막지만 등애가 음평을 통해 기습하여 성공한다. 마막이 항복하여 길잡이를 맡는 가운데 제갈량의 늦둥이 제갈첨은 등애를 막다가 전사하며, 황제 유선은 결사항전을 주장하는 아들 유심의 간언을 듣지 않고 초주의 말에 따라 등애의 위군에게 항복한다. 유심은 부황의 항복이 확정되자 처자식을 죽이고 자살하며, 강유는 야심을 종회를 이용해 촉한 부흥을 노리지만 종회를 따르지 않은 호열과 위관 등의 선제공격을 받고 종회와 함께 살해당하면서 촉한은 무너진다. 등애도 종회의 모함을 받고 낙양으로 끌려가다가 부관 전속에게 살해당한다.

⊙ **진나라의 삼국 통일:** 사마소의 아들 사마염은 265년 위나라 황제 조환을 압박해 선양받고 진나라를 건국한다. 오나라는 손휴가 죽고 즉위한 황제 손호의 폭정으로 약해졌고, 육항이 양호를 상대로 분전하지만 육항은 진나라의 반간계에 넘어간 황제에게 면직된다. 몇 년 뒤에 육항이 죽고 진나라가 280년 오나라를 멸망시킴으로써 삼국시대는 끝났다. 진나라조차 내부 부패로 멸망하고 뒷사람들이 그때를 그리며 시를 짓는 것으로 이야기는 끝난다.

차례

머리말 … 4

삼국지연의 이야기 구조 … 7

 _ 위(魏)나라 주요 인물

제1장 위무제 조조 … 18

- 열등감 … 19
- 자신을 발전시켜야 …20
- 기동력과 통찰력 … 27
- 천자를 받든 책략 … 29
- 적벽대전 실패 원인 … 31
- 서로 싸우게 하다 … 32
- 통솔력 … 33
- 큰 웃음으로 패전 … 37
- 관용 … 38
- 투항밀서를 태우다 … 39
- 황제의 지위 … 41
- 시 … 42
- 유언 … 44

제2장 조조의 인물들

- 권변의 인물 모사 가후 … 47
- 처세의 달인 사마의 … 55
- 명참모 순욱 … 64
- 재기가 비극을 초래한 양수 … 72

조조의 인물관계도 … 82

_ 촉(蜀)나라 주요 인물

제1장 촉한의 개국 황제 유비 … 84

- 긍지 … 85
- 초심 …87
- 조조에게 반기 …90
- 수어지교 …96
- 두 거장 …99
- 판단과 신뢰 …103
- 덕으로 심복하게 … 106
- 신속 과감하게 실행 … 110
- 신상필벌 … 114
- 교착상태에서 전략은 정보 … 118
- 불굴의 정신 …121

제2장 유비의 인물들 …124

- 노심초사 제갈량 …125
- 지와 덕을 갖춘 용장 조운 … 134
- 무성 관우 … 143
- 의리의 맹장 장비 …159
- 신위장군 마초 … 165

유비의 인물관계도 … 168

┼ _ 오(吳)나라 주요 인물

제1장 수성의 황제 손권 … 170

- 인재 활용 … 171
- 결단 … 175
- 의기투합 … 178
- 소가 대를 이긴 전략전술 … 181
- 나랏일과 사사로운 정 … 184
- 설욕전 … 189
- 후계자 선택 … 194

제2장 손권의 인물들 … 196

- 자멸로 끌고 간 시기심 주유 … 197
- 덕과 지를 갖춘 전략가 노숙 … 207
- 괄목상대할 여몽 … 217
- 지용의 장수 육손 … 220

손권의 인물관계도 … 223

┬ _ 어처구니없는 인물

- 악역 동탁 … 226
- 무예의 달인 여포 … 230
- 미인계에 몸을 바친 초선 … 243

🏵 위나라의 주요 인물

조조

가후

사마의

순욱

양수

🏵 촉나라의 주요 인물

유비

제갈량

관우

조운

장비

마초

🏵 오나라의 주요 인물

손권

주유

노숙

여몽

육손

🏵 어처구니없는 인물

동탁

여포

초선

위(魏)나라 주요 인물

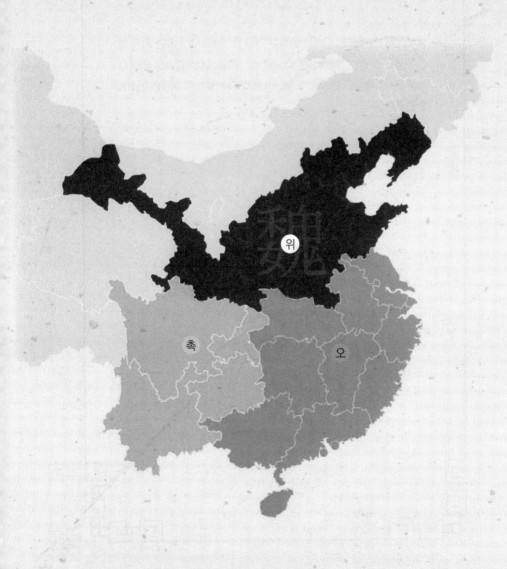

제1장

위무제 조조(魏武帝 曹操, 155~220)

삼국 인물 중 조조는 정세에 영향이 가장 큰 인물이며 쟁의가 가장 많은 인물이다. 관련 자료를 보더라도 조조의 처세는 짐작할 수도 없이 수시로 변하는데 이것은 조조의 자신(自信)과 자비(自卑)의 이중인격의 돌출한 표현이다.

위무제 조조는 패국 초군(沛國 焦郡: 오늘의 안휘 호주) 사람, 자는 맹덕(孟德), 아명은 아만(阿瞞)이다. 삼국시기 정치가, 군사가, 문학가이다. 조조는 20세에 조정에 출사하여 건안 21년에는 위왕(魏王)이 되었다. 조조가 위나라를 건립한 후로는 그를 '무황제'라고 불렀고 묘호(廟號)는 '태조'이다.

조조는 정치 군사 방면에서 수십 년 앞뒤로 여포, 원술, 원소 등 횡포한 집단을 격파하고 오항(烏恒)을 정복함으로써 중국 북방 지역의 대부분을 통일하고 일련의 정책을 실행하여 경제생산과 사회질서를 회복하여 위나라 건립에 튼튼한 기초가 되게 했다.

조조는 문학가로서 조조 부자 '삼조(조조, 조비, 조식)'를 대표로 한 건안문학을 형성시켜 '건안풍골(建安風骨)이라는 미명을 남겼다.

⚔ _ 열등감

황제를 등에 업고 천하를 호령한 조조였지만 사실 조조는 외모에 불만이 많았다.

〈삼국지연의〉에서 조조는 "키는 7척(약 161cm)에 눈은 가늘고 수염은 길다"고 했다. 유비의 키는 7척5촌(약 172cm)이고 제갈량의 키는 8척(약 184cm)이라고 했다. 만약 이 세 사람이 나란히 섰을 때 조조는 난쟁이처럼 보였을 테니 그가 외모에 열등감을 가지는 것은 당연하다고 보아야 한다.

〈세설신어〉에도 조조가 "흉노에서 본 사절을 면회하려 할 때 위무제는 자신의 외모가 보잘것없으면 멀리 떨어져 있는 그 나라를 충분히 위압할 수 없으리라 생각했다. 그래서 잘 생긴 최염을 대신 나서게 하고 자신은 칼을 들고 침대 옆에 서 있었다."라는 대목이 있다.

외모 외에 조조가 열등감을 가진 것은 자신의 '출신' 때문이었다. 조조의 할아버지 조등은 어릴 때 궁에 들어가 환관이 되었다. 황태자를 돌보던 조등은 순제를 황제로 옹립함으로써 중상시가 되었다. 순제가 환관들도 양자를 세워 후사를 잇도록 하자 조등은 조조의 아버지 조고를 양자로 삼았다. 대사농, 대홍로 자리를 단숨에 꿰찬 조고는 십상시에게 뇌물로 1억만 냥을 먹이고 삼공의 우두머리인 태위 자리를 샀다.

부유하고 막강한 권력 가문에서 태어났음에도 조조는 아버지가 돈을 주고 관직을 샀다는 주변의 비난과 환관의 자손이라는 따가운 눈총을 받으며 자랐다. 비록 황제와 천하를 옆에 끼고 시대를 이끈 조조였지만 마음 깊은 곳에는 남들이 알지 못하는 어두운 그늘이 있었다.

⚒ _ 자신을 발전시켜야

진류에서 무장을 조직한 조조는 군자금 부족으로 골머리를 앓았다. 이때 조조는 그의 사업에서 첫 번째 귀인인 진류군 효렴 위자를 만난다.

위자는 진류군의 부호로서 재물을 가벼이 여기고 의리를 중시하는 현지청류파 수령이었다. 그는 대유 곽태를 스승으로 모신 적이 있었으며 지방 지식인들 가운데서도 평판이 아주 좋았다.

위자는 조조를 알게 된 후 만나는 사람마다 "장래 천하를 평정할 자는 바로 이 사람일 것"이라고 말했다. 위자가 앞장서서 거액을 기부하자 지방의 실력 있는 인사들도 열렬한 호응을 보냈고 조조는 곤경에서 벗어날 수 있었다.

훗날 위자는 관동군단의 봉기에 참여하였다가 형양에서 동탁의 군대에 살해되었다. 조조는 매우 상심하여 그의 사당을 세우고 은덕에 사의를 표시하였다. 위자의 아들 위진은 조조가 정권을 장악한 후 위문제, 위명제 시기에 조정에서 요직을 맡았으며 조정에 대담하게 진언하는 정직한 간관이 되어 위나라에 큰 공헌을 했다. 위자 외에 조홍, 조인 형제도 가산을 털어 조조의 건군을 지원했다.

그때 동탁은 낙양 부호들이 식량을 쌓아두어 국가 재정을 파괴한다는 구실로 그들을 모두 사형에 처하고 재산을 몰수하였다. 그리고 관동군이 낙양을 점유하는 것을 막기 위하여 성에 불을 놓았는데 낙양의 궁전, 관저, 민가 등은 모두 잿더미가 되었고 사방 200리가 삽시간에 초토화되었다. 그리하여 동탁은 갖은 방법을 다해 안전한 곳으로 도망치려고 하였다.

하지만 조조를 가슴 아프게 한 것은 관동군단이 이에 아무런 반응도 하지 않았다는 점이다. 당시 동탁군은 낙양과 사예군관구 대부분을 포기하였고 더욱이 낙양 철수 행동 때문에 기율이 산만해지고 사기도 떨어지자 동탁은 하는 수 없이 주력 부대를 낙양 지역으로 철수시켜 방어하게 했다.

관동군단은 그 누구도 군대를 파견하여 동탁의 군대와 대항하려 하지 않았고 맹주 원소는 동탁에게 전혀 무관심했다. 그러자 조조는 참을 수 없어 원소를 찾아가 말했다.

"우리가 병사를 일으킨 목적은 폭정을 몰아내려는 것이 아니오? 이미 대군이 집결했는데 무엇을 망설인단 말이오? 전에는 동탁이 수도 낙양을 점령하여 황실 군사력을 기반으로 동쪽에 강대한 방어 병력을 배치하여 격파하기 어려웠지만 지금은 동탁이 주동적으로 철수하고 천자와 대신들을 협박하여 수도를 장안으로 옮기자 세상이 뒤흔들리고 군대의 사기도 저하되었으므로 그를 격파할 가장 좋은 기회요. 싸우기만 하면 천하를 얻을 수 있는데 무엇 때문에 이 절호의 기회를 잡지 않는 것이오?"

하지만 원소는 협력적인 행동에 곤란한 점이 많으니 괜히 경솔하게 낙양을 공격했다가 복병을 만날 수 있다고 하면서 조조의 책략을 받아들이지 않았다.

조조는 이에 실망하여 자신의 사병 5천 명을 거느리고 서쪽으로 성고까지 쳐들어갔고 위자도 장일에게 병사 3천 명을 빌려 조조와 함께 출전하였다. 형양 태수 서명이 형양의 변수 부근에 진을 치고 있었다. 조조가 공격을 시작하였지만 병력이 너무 적고 훈련이 부족하여 사상자가 많았다. 조조의 은인이자 이 전투의 좌익 지휘관인 위자는 화살에 맞아 그 자리에서 희생되었다.

서명은 조조의 병력이 약한 것을 보고 즉시 반격했다. 이에 조조는 직접 부대를 거느리고 서명의 최고사령부로 쳐들어갔다. 격전 끝에 조조가 탄 말이 화살에 맞아 조조는 말을 버리고 싸우면서 적군 수십 명을 죽였다. 하지만 현저한 병력 차이 때문에 포위를 돌파할 수 없어 상황이 아주 위급해졌다.

선봉부대를 지휘하던 조홍은 이 상황을 목격하고 즉시 조조의 옆으로 달려가 자기가 탄 말을 조조에게 주었다. 조조는 삼지창을 휘두르며 적과 싸우면서 조홍을 향해 "내가 여기에서 죽을 테니 아우는 속히 본진으로 철수하여 방어를 강화하라."고 외쳤다. 조홍은 한손으로 말고삐를 쥐고 다른 한손으로 칼을 휘두르면서 "조공, 어서 말에 오르시오. 조홍이 걸어서 뒤를 따르겠습니다."라고 소리쳤다.

이에 조조는 "적들이 곧 몰려올 텐데 자네는 어찌하려고 이러는가?"라고 하자 조홍은 격앙된 어조로 "이 세상에 조홍은 없어도 되지만 조공이 없어서는 안 됩니다."라고 외쳤다. 말을 마친 조홍은 갑옷을 벗고 조조를 말에 오르게 한 후 큰 칼을 들고 조조의 뒤를 따라 방어선으로 철수하였다.

날이 어두워지자 조조군은 어둠 속에서 싸우면서 후퇴하였다. 다행히 우군의 하우돈과 후군의 하후연이 진지를 고수했고 조인, 악진, 이전 등도 퇴군을 거느리고 돌아와 회합하여 겨우 최후 방어선을 지킬 수 있었다.

그 후 쌍방은 며칠 동안 치열하게 싸웠는데 서영은 조조군이 비록 병력은 적지만 전투력이 강한 것을 보고 관동군이 잇달아 들이닥칠까 두려워 성고로 후퇴하여 방어를 강화했고 조조도 부대를 거느리고 산조로 돌아와 군대를 재편성하였다.

하지만 10만 병력의 관동군단은 단 한 명의 병사도 출동시키지 않았다. 사실상 관동군단의 실력은 동탁의 장안 정부를 초월하였다. 특히 동탁이 수도를 서쪽으로 옮긴 후 소속군단의 사기가 떨어지고 작전력이 약해졌으며 또한 사예군관구에서도 좌장군 황보숭이 통솔하는 직속군단 3만여 명이 장안 부근의 부품에 주둔하고 있었지만 동탁의 지휘를 받지 않을 뿐만 아니라 수시로 배반할 가능성이 있었다.

조조의 예상대로 관동군이 책략을 정확하게 운용한다면 한 차례 대전으로 대국을 판가름할 수 있었다. 그러나 문제는 각 주·군 수령들의 진정한 속셈은 겉으로 보이는 폭정에 대항하는 것이 아니라 장안 정부와의 종속관계를 끊어 독립적인 영토와 군대 통제권을 획득하여 천하를 쟁탈하려는 것이었다.

훗날 원소와 한복은 공개적으로 유주목 유우를 황제로 옹호하겠다고 표명하였는데, 원소는 특히 황제가 될 생각을 드러냈다. 때문에 그들은 자기의 실력을 보존하기 위하여 누구도 동탁과의 위험한 격전을 치르려고 하지 않았고 낙양을 포위하는 것도 표면상 형식에 불과하였다.

당시 조조가 거느린 것은 사병 부대로서 그에게는 영토와 서민도 없었고 군량과 말먹이도 자체 해결해야 했기 때문에 지구전은 적합하지 않았다. 조조가 고군분투하여 달걀로 바위를 치는 것도 두려워하지 않은 것은 바로 자신의 행동으로 관동집단 주·군 수령들의 사심을 폭로하여 뜻있는 사람들의 동정을 불러일으켜 자기의 역량을 키우는 데 있었다. 그 후 조조는 양주에서 군대를 모집할 때에 많은 호응을 받았다.

조조가 패군을 거느리고 산조로 돌아왔을 때 전쟁터에 주둔한 10만 관동군은 술상을 차리고 노래를 부르고 춤추며 태평성대를 자축하고 있었다. 격분한 조조는 큰소리로 질책하였다.

"모두 저의 계책을 자세히 생각해 보시오. 해내(황하 이북)의 발해군단(원소의 직속부대)이 맹진 나루터에 진입하고 산조(황하 이남)의 각 군단이 고성에서 방어선을 구축하여 오창을 굳게 지킨다면 환원과 태곡의 요충지를 완전히 통제할 수 있습니다. 그리고 원술 장군의 남양군단은 단수와 석수를 따라 위로 올라가 무관을 침입하면 충분히 장안 정부를 흔들어 놓을 수 있습니다. 우리가 이러한 지방에 진지를 구축하고 의병을 배치한다면 상대방과 직접 싸우지 않고서도 성세를 만들 수 있으며, 이렇게 천하대세의 흐름을 보여준다면 동탁 정부는 심각한 타격을 받게 될 것입니다.

대세의 흐름에 순종하는 자는 창성할 것이고 거역하는 자는 멸망할 것이니 이 계획은 반드시 성공할 것입니다. 오늘 우리가 왕을 보호한다는 명분으로 출병하였는데 여태껏 망설이면서 전진하지 않으니 천하에 뜻있는 사람들을 설망하게 하고 있습니다. 저 자신도 여러분의 행위가 부끄럽습니다."

그러나 조조의 건의를 누구도 받아들이지 않았으며, 심지어 그와 사이가 비교적 좋았던 장막은 찬성하지 않았다.

조조가 삼면으로 낙양을 포위하는 전략은 상당히 현명한 것이었다. 동탁군이 서쪽으로 이동한 후 사기가 저하되었고 게다가 부풍의 황보숭 군단과 하남윤 주준, 경조윤 개훈도 수시로 배반할 수 있기 때문에 동, 서, 남 삼면에서 동시에 압력을 가한다면 동탁의 서량군단은 장안을 포기하고 병주와 양주 일대로 후퇴할 것이며 관동군단은 한번 붙어 볼 만한 조건을 갖게 된다. 하지만 관동군단의 수령들은 대부분 소장파 군인이어서 경험이 부족하고 게다가 근본적으로 천하의 대세를 볼 안목이 부족하였다. 맹주인 원소도 자기의 실력을 확대하여 안정한 기반만을 닦으려 하였다. 따라서 '왕을 보호하는 의로운 군대'라는 것은 기회를 틈타 병력을 확대하려고만 하는 구실에 불과하였다.

동맹의 반응을 통해 조조는 시대가 변하여 한 황실의 천하가 더는 존재할 수 없다는 것을 깨달았다. 난세에 군웅이 난립하고 각자의 힘을 통해 천하를 빼앗는 시대가 도래한 것이다.

조조는 즉시 관동군단에서 물러나 하후돈과 조홍 등을 거느리고 양주로 남하하여 군대를 모집했다. 조홍은 양주자사 진온과 사이가 좋았기에 진온은 단양태수 주흔에게 명령을 내려 조조를 위해 4천 병사를 준비해 주었다. 하지만 용병들은 돈을 받지 못하고 그저 진온과 주흔에게 팔렸다고 생각했기에 목숨을 걸고 싸우려 하지 않았다. 용항에 이른 날 밤 군사들이 조조의 최고사령부로 쳐들어가 재물을 강탈하려 했다. 조조가 수십 명을 죽인 후 비로소 본진에 침입한 반란군을 쫓아냈는데 남은 병사는 5백 명도 안 되었다.

조조는 실망한 나머지 돈 때문에 싸우는 병사는 신뢰할 수 없으며 천하를 얻으려면 반드시 자기의 사병을 길러야 한다는 것을 깊이 깨달았다. 그리하여 조조는 용항에서 초현과 멀리 떨어지지 않은 부리, 건평 등지를 돌아다니며 군사 천여 명을 모집했다. 그리고 북쪽에서 황하를 건너 하내 부근에서 천하의 대세가 크게 변할 기회를 기다렸다.

여기에서 조조는 각지를 돌아다니며 인마를 모으고 지방 파벌의 역량 있는 자들과 사귀고 금전과 인력을 얻어 점차 기세가 파란만장한 전기적 생애를 펼쳐 나아갔다. '쇠를 두드리려면 먼저 자신부터 단련해야 한다(打鐵還需自身硬)'라는 말이 있다. 조조가 바로 그러했다.

⚔_ 기동력과 통찰력

200년 2월 원소는 10만 대군을 거느리고 조조를 토벌하기 위하여 제일 먼저 황하 북안의 여양을 전진 기지로 삼았다. 그에 대하여 조조의 병력은 3만에 지나지 않아 극히 불리한 상황이었다. 조조는 관도성에 진을 치고 황하 남안의 백마성을 동군의 태수 유연에게 지키게 했다.

원소는 부하 안량이 이끄는 부대를 먼저 강을 건너게 하고 백마성을 포위해 공략하게 했다. 조조는 몸소 나아가 구원하려고 했지만 참모 순유가 진언했다.

"현재 상황은 우리 군의 병력이 적어 정면으로 대항할 수 없습니다. 이곳은 적의 세력을 차단해야 합니다. 어떻겠습니까. 장군께서는 앞쪽의 연진에 군사를 전진시켜 황하를 건너서 적의 배후를 움직이게 가장하십시오. 그러면 원소는 반드시 서쪽으로 전진할 것입니다. 그러면 우리는 가벼운 차림의 기동 부대로 백마를 포위한 적을 급습해 허를 찌르는 것입니다. 뜻만 따라주면 안량을 생포할 수 있을 것입니다."

조조는 순유의 계책에 따랐다. 조조군이 강을 건넜다는 급보를 접한 원소는 군대를 두 개 진으로 나누어 주력부대는 황하의 북안을 따라서 연진의 대안으로 향하게 했다.

조조는 정예부대를 인솔하고 급히 백마성으로 향했다. 선봉을 나선 것은 놀랍게도 관우였다. 관우는 유비군이 조조에 패했을 때 포로가 되었지만 조조에게 융숭한 대접을 받았기 때문에 그 은혜에 보답한 후에 물러나려고 생각했다. 관우는 장료와 함께 분전해 안량과 맞서 싸우다 끝내 안량을 참살했다.

이렇게 해서 백마성의 포위를 뚫은 조조는 급히 서쪽으로 철수해 원소가 군을 몰고 올 것에 대비하였다. 몇 번에 걸친 싸움은 조조의 승리로 끝났다. 원소는 전군에 진격 명령을 내리고 일제히 강을 건너도록 명령했다. 그러나 참모 저수는 좀더 신중하게 정찰해야 한다고 주장하였지만 원소는 그의 주장을 묵살했다.

원소군의 추격을 받은 조조군은 중대를 포기했다. 원소군의 선봉인 문추의 부대는 곧바로 밀고 들어왔다. 적당한 때를 기다리던 조조는 6백 명도 안 되는 기병으로 급습하여 문추의 선봉부대를 깨뜨리고 문추를 참살하는 전과를 올렸다. 따라서 원소의 무장 둘을 깨뜨린 조조군의 사기는 하늘을 찌를 듯 높아만 갔다.

🎯 _ 천자를 받든 책략

조조는 즉시 한헌제를 영접하기로 결심했다. 순욱과 정욱의 건의에 의하면 새 조정을 건립하는 데 가장 적합한 곳은 낙양 동남쪽의 허창이었다. 허창은 예주에 속한 지역이며 한헌제가 사예구군단과 서량군단의 영향을 완전히 이탈할 수 있고 한편으로는 조조의 고향 초현과 가까우므로 인맥관계가 좋아 다스리기에 비교적 용이했다. 하지만 선결조건은 예주 남방의 기타 군단 세력, 특히 친원술 군현을 철저히 없애야 한다는 것이었다.

이로써 연초가 지나가자 조조는 군대를 거느리고 무평에 주둔했는데 친원술 진군 재상 원사는 군대를 거느리고 투항했다. 조조는 순욱에게 연주를 지키게 하고 병사 3천 명을 파견하여 조홍의 인솔하에 안읍으로 가 한헌제를 영접하여 허창으로 들어갈 준비를 하게 하였다. 그리고 조조는 진군 일대에 병력을 배치하여 여남, 영천 일대의 친원술 군단과 대치할 준비를 했다.

조홍의 군대는 동승과 원술 진영의 부장 장노의 저항을 받아 사예구로 진입할 수 없게 되었다. 얼마 지나지 않아 동승, 장양은 천자를 낙양으로 모시자고 주장했지만 양봉, 이악의 반대로 내분이 발생했다. 한섬 군대와 동승이 직접 충돌해 일촉즉발 형세에 처했을 때 다행히 한헌제가 나서서 조정하여 참살을 면할 수 있었다.

허창 부근의 다른 군단을 전부 숙청하고 나서 조조는 순욱에게 수도를 허창으로 옮기는 사업을 준비하게 하고, 허창의 이름을 허도로 고치고 천자를 영접하는 사업을 준비하게 했다.

5월, 조조는 사절을 파견하여 동승과 양봉을 매수하고 천자를 받들고 공경 대신들을 존중하는 성의를 보여주었다. 얼마 안 되어 조정에서 성지를 내려 조조를 건덕장군으로 명하고, 6월에는 진동장군으로 승급하고 비정후가 되었다.

8월 중순, 조조군이 낙양에 도착하자 한섬은 크게 놀라 양봉군에 의지하였다. 한헌제는 양봉, 한섬 등이 황제를 구원하는 데 공로가 있으니 조조, 동승에게 더는 추궁하지 말라고 했다. 8월 16일, 헌제는 조조를 사예교위로 임명하여 상서의 일을 주관하게 했다. 조조는 상서풍석, 의랑후기, 시중호승이 서량군단과 결탁하여 반란을 일으켰다는 이유로 모조리 주살하여 조정의 정치 윤리를 바로잡고 황제를 구원하는 데 공로가 있는 동승 등 13명을 모두 후작으로 봉했다.

8월 27일, 낙양이 파괴되어 황폐해지자 황제는 노천의 풀숲에서 조정을 주재하게 되었다. 조조는 위엄이 없다면서 직접 호송하여 환원을 나와 동쪽으로 가서 허도로 수도를 옮겼다. 도중 한헌제는 조조의 본영으로 와서 조조를 대장군으로 명하고 무평후로 봉하고 허도에 황가 종묘와 하늘에 제사를 지내는 제단을 만들기 시작했다.

10월, 조조가 양성을 수비하는 양봉군을 공격하자 양봉은 원술에게 의지하였다. 이번 전투에서 조조는 양봉군단의 맹장 서황을 받들었는데 이는 조조에게 큰 수확이었다.

조조는 한헌제를 영접한 후 정정당당하게 승상이 되어 천하의 민의가 그에게 귀순하였고 나아가 실력이 강대한 원소는 불리한 위치에 처하게 되었다.

🪓_ 적벽대전 실패 원인

208년, 조조는 점령지 강릉을 출발해서 파구를 거쳐 장강을 내려갔다. 한편 손권은 주유와 정보를 선봉으로 수군을 장강으로 거슬러 올라가게 하여 하구에서 기다리던 유비와 합세하여 조조군을 맞아 일전을 벌인다. 양군은 적벽에서 마주치니 조조는 대패하여 철퇴하고 말았다.

그때, 조조군은 무려 80만 명이나 되었다. 그리하여 오의 중신들은 이 위력에 떨었다. 주유는 냉정히 분석해 손권에게 항전할 것을 진언했다. "조조가 본국에서 15,6만 명의 군사를 이끌고 나왔으나 원정으로 지쳐 있습니다. 허나 형주를 손에 넣은 죽은 유표의 군세는 많아도 7,8만 명인 데다가 조조에 심복하지 않고 있습니다."라고 말했다. 합쳐도 22,3만 명일 정도라는 말이다. 한편 오의 총력은 10만 명으로 그중 전선에 파견된 것은 3만 명뿐이었으며 유비군은 수천 명에 불과했다.

조조는 그해 봄부터 수군 훈련을 시키고 있었다. 조조의 병사들은 수전에 익숙하지 않기 때문에 훈련시킨 것이다. 그렇지만 별안간의 훈련으로 충분히 숙련도 하지 않은 채 동원된 것이다. 이에 대해 오의 군세는 배의 조작에 익숙하고 수전의 훈련도 충분히 받았다. 이 때문에 적벽에서 모든 싸움은 단연 오군의 승리로 끝나고 오군은 장강 남만의 적벽에 집결하고 조조의 선단은 대안의 오림에 집결해 대치하고 있었다. 이때 조조군에 전염병이 돌아 사상자가 많았기 때문에 전투력은 격감했다.

오군은 주유의 부장인 황개가 조조에게 거짓 투항장을 내고 수십 척의 군선에서 대응하면서 화전(火戰)을 걸었다. 이 계략은 성공을 거두어 조조군은 여지없이 깨지고 조조 또한 간신히 탈출했다.

결국, 조조는 원정군의 불리함을 과소평가하고, 수전에 익숙하지 않았고, 상대의 계략을 파악하지 못해 패전했다. 이렇게 적벽대전은 손권, 유비 동맹군의 승리로 끝나고 조조의 형주 제패의 야망은 붕괴되었다.

⚒_ 서로 싸우게 하다

원씨 형제가 여양에서 장요로부터 심각한 타력을 받기는 했지만 몰락할 지경까지 이른 것은 아니었다. 업성으로 철수한 후 여전히 견고한 공사에 의지하여 조조와 대항했다. 장요는 승세를 타고 성을 공력하려 했지만 곽가와 허유는 원군의 결점이 아직 완전히 드러나지 않았기 때문에 출격할 때가 아니라고 생각했다. 조조는 장성들의 의견을 모두 물리치고 곽가와 허유의 건의를 수용했다.

과연, 원소가 사망할 때 예상대로 적절하게 배치하지 않았기에 원씨 형제는 옥신각신 다투었다. 원담은 대장군의 직위를 빼앗기 위해 먼저 업성을 공격했다. 왕수는 형제끼리 싸우면 생기는 폐해를 알고 원담에게 적극적으로 권고했지만 권력욕에 이성을 잃은 원담은 강적을 앞에 두고도 여전히 원상과 다투었다.

허유는 조조에게 출병할 것을 건의하였으나 조조는 아직 때가 아니라고 했다. 조조는 계속해서 원씨 형제의 충돌을 계획하고 원담과 혼인 관계를 맺어 원씨 형제의 싸움에 부채질을 하였다. 원씨 형제가 첨예하게 대립하고 업성의 소유가 모반을 하자 조조는 드디어 시기가 왔다고 여겨 하후 군단을 즉시 출격하게 하였다.

당시 원군 내부의 군심은 완전히 무너져 배반하는 전사가 갈수록 늘어났다. 조조는 대군을 거느리고 업성을 포위하여 물웅덩이를 파고 장수의 물을 끌어들여 업성을 물에 잠기게 했다. 심각한 타격을 입은 원군은 사기가 완전히 떨어져 업성은 결국 조조에게 함락되었다.

조조는 이렇게 상대방의 약점을 이용해서 자신에게 유리하게 작용하게 한 후 적절한 기회에 공격하여 상대방을 무너뜨렸다.

통솔력

동탁이 죽은 이듬해 조조는 산동에서 황건적의 잔당을 토벌하여 포로 수만 명을 자신의 편으로 가담시켰다. 이 농민부대는 나중에 조조 휘하의 주력군이 되어 전투에서 막강한 힘을 자랑하는 정병 집단으로 성장했다.

조조는 냉혹하고 자기 본위이지만 부하의 좋은 의견은 주저하지 않

고 받아들였다. 그 무렵 농민부대의 항장인 모개가 다음과 같이 진언
했다.

"천하의 정권을 잡기 위해서는 다음의 원칙이 필요합니다. 첫째, 천
자를 받들 것. 그럼으로써 거병의 대의명분이 섭니다. 둘째, 농민 출신
자를 병사로 쓸 것. 그러면 인심을 얻을 수 있습니다. 인민의 대부분은
농민이며 농민이야말로 강병의 근원입니다. 셋째, 영내의 농업을 진흥
시킬 것. 그럼으로써 경제력을 높이고 군비를 강화할 수 있습니다. 이
세 가지 원칙에 충실히 하는 한 장군처럼 영명한 자질과 위대한 역량을
가지고 계신 분은 반드시 천하의 패자가 될 수 있을 것입니다."

조조는 즉시 모개의 진언을 받아들였다. 조조가 실시한 존왕봉제(尊
王奉帝), 농업 진흥, 둔전병 제도(屯田兵 制度), 경제력 중시, 부국강병,
인재등용 등의 정책은 천하 제패의 원칙을 구현한 근본 정책이 되었다.

한때 조조의 거주지가 적에게 포위당하는 난관에 봉착했다. 성내의
식량은 날이 갈수록 줄어들고 병사들의 사기도 떨어졌다. 조조는 군량
을 관리하는 장교를 불러들여 무슨 타개책이 없겠느냐고 물었다. 부하
가 계책을 짜냈다.

"두량(斗量)을 작게 합시다. 각 부대에 배급할 때 그것으로 곡식을 되
면 아주 많은 것처럼 보입니다. 그렇게 하면 병사들의 불만도 줄어들
지 않을까 생각합니다."

"흠, 조삼모사(朝三暮四)라고 할 수 있군."

조조는 쓴웃음을 지으면서도 이 건의를 받아들였다. 옛날, 저공이
라는 사람은 원숭이를 많이 길렀다. 먹이가 모자라서 아침에 도토리

3개, 저녁에 도토리 4개를 주고 있었다. 하루도 변함없이 계속되자 원숭이들은 배가 차지 않는다고 낑낑거렸다. 그래서 계책을 고안한 저공은 이번에는 아침에 도토리 4개, 저녁에 도토리 3개를 주기로 했다. 그러자 원숭이들은 대우가 개선된 것으로 알고 온순해졌다. 그 뒤로 잔재주로 속임수를 써서 문외한이나 국외자를 속이는 '조삼모사'라고 말하게 되었다.

그러나 예상과 달리 병사들 사이에서는 조조가 부하를 속여 양식을 줄이고 있다는 소문이 퍼졌다. 조조는 양식 관리 장교를 불러 말했다.

"이렇게 된 이상 네가 죽지 않으면 병사들을 수습할 길이 없다."

"다, 당치도 않습니다. 부디 목숨만은 살려 주십시오."

"보기 흉하다. 살신성인(殺身成仁)이란 이런 것을 두고 말하는 것이야."라는 말을 마치기 무섭게 단칼에 목을 치고 말았다. 그러고는 그 머리를 진중에 내걸고 이렇게 말했다.

"이 군량 관리 책임자는 고의적으로 두량을 작게 하여 군량을 부정 유출했기에 군법에 따라 처형했다. 우리 군에서는 급식의 분배는 공평 적정하게 지켜지고 있다. 병사들은 상사를 믿고 동요하지 않도록 하라." 그 이후 병사들은 불평하지 않게 되었다.

조조는 모개의 진언에 따라 농촌 출신자를 병사로 채용하고 농업 진흥에 마음을 쏟았기 때문에 행군할 때마다 부하들에게 엄명을 내렸다.

"보리밭을 망쳐서는 안 된다! 어기는 자는 엄벌에 처한다!"

조조 자신도 밭을 지나갈 때는 반드시 말에서 내렸다. 한번은 조조의 애마가 느닷없이 보리밭으로 뛰어들어 수확 직전의 보리를 마구 짓밟았다. 조조는 군법관에게 자기가 저지른 죄에 대해서 의견을 구했다.

난처한 군법관은 "죄는 존자(尊者)에게 가하지 않는다고 옛날부터 말해 오고 있습니다."라고 대답했다.

조조는 "그것은 옳지 않다. 규칙을 만든 사람이 그것을 어겼는데 불문에 부친다면 아랫사람들을 따르게 할 수 없다."라고 말하고 칼을 뽑아 자신의 머리카락을 자른 다음 밭주인에게 보상했다.

냉혹하고 비정한 조조를 부하들이 따른 것은 이처럼 항상 공사를 구분하고 솔선수범했기 때문이다.

어느 해 여름, 조조군은 행군에 애를 먹고 있었다. 마실 물은 없고 근처에는 우물도 강도 없었다. 갈증을 호소하며 낙오하는 사람이 속출했다. 그것을 본 조조는 큰소리로 말했다.

"모두 저쪽 산을 보아라. 저기에는 유명한 살구 밭이 있다. 달고 맛있는 살구가 많이 열려 있어 갈증을 풀 수 있다. 기운을 내서 나아가라!" 그 말을 듣는 순간 병사들은 입에 침이 돌고 기운이 났다. 이렇게 해서 부대는 물이 있는 곳까지 당도할 수 있었다.

조조의 부하 조종이 얼마나 교묘했는지는 이 한 가지 일로도 충분히 알 수 있다. 흥정을 잘하는 것, 임기응변의 묘, 비정함, 농민을 소중히 한 것, 용의주도함 등이다.

🏆 _ 큰 웃음으로 패전

적벽대전 참패는 조조에게 전에 없던 크나큰 충격이었다. 남쪽 정벌을 할 때에 800만 명 대군이었다. 설사 허위 숫자라 할지라도 백 몇십만 명에 달했을 것이다. 그러나 적벽에서 참패하고 양양성에 도착한 군대는 300명도 안 되니 그 손해는 막심했다. 게다가 철수 도중에 유비의 추격과 공격을 받아 병사들이 피곤함은 물론 초목마저 적군으로 보일 만큼 사기가 아주 저하되었다. 이때 한 차례의 군사회의에서 조조가 크게 웃자 모두 그 까닭을 궁금해 했다.

조조는 의기소침한 장령들을 보며 태연자약하게 말했다. "알고 보면 주유가 뭐 그리 대단한 사람도 아니다. 만약 나에게 병력을 배치하라 했다면 자네들은 누구도 도망칠 수 없었을 것이다!"장령들은 조조의 갑작스런 행동에 어리둥절하면서도 조조를 따라 웃고 나자 우울한 기분이 말끔히 사라졌다.

조조가 군대 앞에서 주유는 별것도 아니라고 얕잡아 본 것은 정신적인 승리에 불과하였지만 이 방법은 매우 효과적이었다. 의기소침한 병사들에게 큰 위안을 주었다. 조조는 이어서 손권에게 서신을 보내 배는 주유가 태운 것이 아니라 자기가 철수할 때 스스로 태워버린 것이라고 했다.

사실상 조조는 참패한 후 마음속으로 피를 흘리고 있었다. 호호탕탕한 남정대군이 여지없이 무너졌으니 조조인들 어찌 가슴이 아프지 않겠는가? 실로 다른 사람에게 쉽게 격파되지 않는 조조였다.

ᛁ _ 관용

207년에 조조는 만리장성 이북으로 진출하여 그 지방의 기마민족인 오환을 공격하여 선우왕을 죽였다.

오환 정벌 훨씬 전에 오환의 선우왕이 우호 사절을 위나라에 보냈다. 그때 위나라와 오환 사이는 일촉즉발이었다. 표면상으로는 우호를 맺기 위한 사절이지만 사실은 시찰간첩단이라는 것쯤은 위나라에서도 잘 알고 있었다. 드디어 오환의 사절단이 알현할 때 조조는 군인 중에서 가장 위풍당당한 부하를 뽑아 자리에 대신 앉게 하고 조조는 부관 복장으로 그의 곁에 서 있었다.

오환의 사자도 상당히 뛰어난 사나이였던 만큼 기라성처럼 죽 늘어선 조조의 막료들 사이를 겁내는 기색도 없이 가슴을 펴고 나아가 대역 앞에 서서 "조맹덕 대장군 각하를 배알할 영광을 얻게 되어 기쁘기 한량없사옵니다." 하면서 머리를 숙였다. 말씨는 정중했지만 태도는 당당하며 가끔 훔쳐보듯이 시선을 옆으로 돌렸다.

그날 밤, 조조는 잘 훈련된 첩자를 잠입시켜 사자를 감시하게 했다. 정해 준 방에서 오환의 사절은 다른 사람이 없다는 안도감에서였는지 아니면 낮의 긴장이 풀려서 마음을 놓았는지 알현했을 때의 인상을 종자에게 털어놓다.

"적장 조조는 체구는 비록 크지만 대단한 인물이 아니다. 정말로 그 사나이가 조조라면 위나라를 무서워할 것은 없다. 오히려 그 옆에 있던 부관이 심상치 않아 보이던데. 그자가 누굴까? 조사해 볼 필요가 있어."

첩자는 즉시 그 말을 조조에게 보고했다. "역시 무서운 관찰력을 지닌 놈이군. 이대로 살려 보낼 수 없다." 조조는 자객을 보내 사자를 죽이고 "적이지만 훌륭한 사람"이라고 말하고 시체를 정중하게 오환으로 돌려보내는 한편 선우왕에게 편지를 썼다.

"귀국의 사자는 위나라 왕을 모욕했기 때문에 하는 수 없이 죽였다. 그렇지만 귀국의 사자는 훌륭한 사람이다. 그러므로 시체를 정중히 돌려보내기로 했다." 그런 후에 바로 오환 정벌의 군사를 일으켰다. 이와 같이 조조의 마음에는 관용과 냉혹이 동거했다. 난세에 천하를 다투는 것은 먹느냐 먹히느냐이며 멍청하게 적에게 인정을 베풀다가는 자기가 당하고 만다.

투항한 적장이라도 능력 있는 자는 우대하고 괴로움을 당한 상대를 용서하기도 했다. 만부득이 죽였을 때라도 적이지만 훌륭하다고 느꼈을 때는 정중히 장사 지내고 유족에게 은상을 베풀었다. "염라대왕에게도 눈물이 있다."는 말처럼 유혈과 살인의 전란시대에 조조가 천하를 잡게 된 이유 중의 하나는 '관용'과 '눈물'이 아닌가 한다.

＿ 투항밀서를 태우다

군사가도 정치가로서의 안목과 도량을 반드시 갖추어야 한다. 이것은 불변의 진리이기도 하다.

조조가 관도대전에서 승리했지만 여전히 기주, 유주. 청주, 병주라는 네 개 주의 광활한 땅은 원소의 세력 안에 있었다. 그렇기에 조조 입장에서는 더 많은 역량을 집중해 승세를 몰아 전진해야만 하북 지역을 평정하고 북방을 통일할 수 있었다. 전략적인 차원에서도 조조의 바로 정면에 원소가 있고 후면과 측면에 유표와 유비, 그리고 탄탄하게 실력을 다진 손권이 강동에 포진하고 세력을 겨루는 상황이기 때문에 인재가 간절히 필요했다.

당시 원소에게 투항하겠다는 편지를 보낸 부하가 한두 명이 아니었다. 이들을 모두 색출한다면 사건의 파장이 커질 것이고, 이는 휘하의 많은 인재를 잃게 됨을 의미했다. 이는 조조에게도 결코 유리한 일이 아니었다. 조조는 이 점을 잘 알았기 때문에 부하들의 투항서와 밀서를 발견하자마자 모두 태우고 더는 거론하지 않았다. 이렇게 하여 조조는 민심을 안정시키고 인재를 잃지 않았을 뿐만 아니라 밀서를 보낸 사람들이 조조에게 감격해 더욱 충성하게 만들었다. 게다가 이 사실이 널리 알려지면서 하북 지역의 인재들이 조조를 찾아 모여들었다.

조조가 밀서를 발견하자마자 보지도 않고 모두 태우라고 했으니, 이런저런 셈을 할 수 있는 시간적인 여지가 없었다는 것을 고려하면, 정치가로서 그의 도량이 얼마나 넓은지 가히 짐작이 간다.

지휘관이 속이 좁고 안목이 낮아 사소한 일도 그냥 넘기지 못하고 부하의 생각과 행동이 다르다고 하여 제거하면 결국 궁극적인 목표나 포부를 이루지 못하게 된다.

¶_ 황제의 지위

후한의 마지막 황제 헌제는 옛 도읍 낙양에 도착하여 조조에게 옹립된 것이 열일곱 살 때였다. 그 후 허도로 천도하여 마흔한 살까지는 재위했다. 그동안 실권은 조조의 손에 있었다. 조조는 헌제를 옹립함으로써 천하에 호령할 수 있었다.

조조는 헌제를 폐위하고 자신이 언제라도 황제의 지리를 차지할 수 있었다. 그러나 그는 죽을 때까지 헌제를 간판으로 내세울 뿐 자신은 제위에 오르지 않았다.

사실 조조는 헌제가 친히 정치에 관여하는 것을 매우 못마땅하게 여겨 강압적으로 탄압하였다. 헌제가 동승과 그 무리에게 몰래 혁대에 밀서를 적어 조조를 죽이려 한 일이 발각되자 동승의 삼족을 멸하고 황제에게 더욱더 엄한 제약을 가했다. 나중에 황제의 아내인 복황후와 그가 낳은 황태자를 살해하고 자신의 딸을 황후로 들여앉혔다.

조조가 제위에 오르지 않은 것은 정치적인 속셈이 있었기 때문이다. 그는 자신이 제위에 올랐을 경우의 반응을 꿰뚫고 있었다. 그것은 유비는 물론이고 각지에 퍼져 있는 자신의 반대 세력에게 '타도 조조'의 구실을 만들어 주는 것은 불을 보듯 뻔했기 때문이었다. 헌제를 내세웠어도 인사나 모든 정책의 실권은 자신이 마음대로 휘둘렀기 때문에 굳이 제위에 올라 빈축을 살 필요는 없기 때문이었다.

219년, 손권이 조조에게 제위에 오를 것을 권했을 때 조조는 손권의 편지를 신하들에게 보이며 "철없는 놈, 나를 화로 위에 앉힐 작정인가?"하며 비웃었다. 이는 조조의 심경을 여실히 보여준다.

216년, 조조는 위나라 왕이 되어 천자의 수레와 의장을 써 천자와 동격이 되는 허락을 받아냈다. 그러나 굳이 천자의 제위에 오를 필요는 없는 것이다. 그러나 아들의 경우는 다르다. 아들에게는 헌제를 다룰 경험도 능력도 없었다. 그래서 그는 생전에 아들 조비에게 자신의 보위를 계승할 수 있도록 준비를 진행시켰던 것이다.

₁_시

조조가 감흥이 솟아나서 시를 음미하는 〈단가행〉
　술에 대해 응당 노래할지어다
　인생이 얼마더냐
　비유컨대 아침 이슬 같도다
　지나간 날들은 괴로움만 많도다
　정녕 한탄스럽기 그지없구나
　이를 데가 없도다
　무엇으로 근심을 풀 수 있겠는가
　다만 두강이 있을 뿐
　술을 마시면 노래를 부르지 않겠는가
　인생의 길이 얼마나 된단 말인가
　마치 아침 이슬 같구나

내일도 또 내일도 그렇게 지나가버리는구나

한스러운 마음은 흥분되어

근심스런 생각은 꺼지지 않는구나

무엇인들 근심 걱정을 없앨 수 있겠는가

다만 술이 있을 뿐이니

인생은 늙어도 웅지를 가지고 있다

낡은 말구유에 누워 있어도

입지는 천리에 있도다

열사의 말년

장부의 마음은 꺼지지 않도다

맹숙의 시기는

단지 하늘에 있지 않다

늙은 명마는 비록 마구간에 누워 있어도

뜻은 멀리 천릿길 산야를 뛰논다

열사는 만년을 맞이하고도

젊은 패기는 없어지지 않는다

목숨의 길고 짧음은

하늘이 정한 것은 아니니

⚔_유언

건안 25년(220) 정월 조조는 낙양(오늘의 하남성)에서 병사했다. 향년 66세였다.

〈삼국지〉에 조조의 유서가 기록되어 있다.

- 천하는 아직 안정되지 않았으니 옛것을 존중하지 못한다. 장례가 끝나면 옷을 모두 없애라. 진영에 주둔하는 장병은 모두 진영을 떠나지 아니한다. 군사를 비롯한 벼슬아치들은 모두 맡은바 임무에 충실한다. 장의는 평시복으로 하며 금은보화로 장식하는 일이 없도록 하라.

- 천하는 아직 불안정한 상태이다. 따라서 옛 관습에 따라 과장된 장례를 행할 필요는 없다. 또한 장례가 끝나면 누구도 상복을 입을 필요는 없다. 진영에 주둔하는 장병은 장례 때문에 부서를 이탈하는 일이 있어서는 안 된다. 모든 장교들은 제각기 자신의 직무에 책임을 다한다. 나의 시신은 특별한 장의가 아닌 평복을 입히면 된다. 또한 묘에는 금은보화를 부장해서는 안 된다.

또한 자기를 섬기던 여인들에게 명향(名香)을 나누어 주며 여공(女功)을 익히는 것이 좋겠다. 그래서 길쌈을 많이 해서 그 실로 신을 지어 내다 팔면 생계를 유지할 수 있을 것이다.

〈삼국지연의〉에 보면 조조는 극히 현실주의자였다. 아들이나 딸의 혼례에서도 형식에 치우치지 않고 아주 간소하게 치렀으며, 의복도 무게가 나가는 것이 아닌 허리둘레에 작은 가죽 주머니를 달아 손수건 등 신변 잡화를 넣어 두게 했다.

역사서 〈삼국지〉에서 보듯이 지배자로서 잔혹한 일면이 있으나 그것은 조조가 걸출한 정치가이기도 하기 때문이다.

제2장
조조의 인물들

대신들은 시세와 형세를 잘 관찰하고 판단해야 하며, 대장들은 용맹하고 잘 싸울 뿐만 아니라 과감한 판단력과 결단성이 있어야 한다.

가후

사마의

순욱

양수

모사 가후(賈詡, 147-224)

가후의 자는 문화(文和)이고 무위 고장(오늘의 감축성 무위) 사람이다. 삼국시기 유명한 모사(謀士)이고 전술가이며 관직은 태위였다. 가후는 조조 밑에서 일하면서 수많은 계책을 내놓으며 책사로 활약했다. 특히 조조의 후계자 선택에서 원소의 실패를 예로 들어 후계자인 조비를 강력히 추천했다.

자신을 앎과 동시에 시운을 인지하여 선견지명도 있었기에 그가 내놓은 방책에는 실수가 없었고 사태의 변화에도 통달하여 대소사에 대처할 수 있었다. 모사로서 명성을 얻자 의혹을 사게 될 것을 걱정하여 검소하고 조용하게 살았고 77세에 별세하여 천수를 다하였다.

가후는 도읍인 낙양에서 훨씬 떨어진 서쪽 지방에서 태어났다. 젊었을 때 고향에서 천거되어 조정의 관리가 되었으나 병 때문에 사임하고 고향으로 돌아가려고 했다.

...

당시 후한 왕조는 환관과 외척의 세력 다툼으로 극도로 혼란한 양상이었기 때문에 가후는 관리 생활을 스스로 단념하였다. 그런데 고향으로 가는 도중에 뜻하지 않은 이변이 생겼다. 이민족인 반란군에게 길이 차단되면서 동행하던 10여 명이 붙잡힌 것이다. 이때 동행자는 모두 죽음을 당했는데 가후만이 살아남았다. 가후는 이민족 패거리에게 이렇게 말했다.

"나는 단공(段公)의 조카입니다. 나를 죽이지 않고 살려준다면 우리 집에서는 많은 몸값을 줄 것입니다."

단공은 조정의 고관으로 위세가 당당했다. 이민족 패거리들은 그 이름을 듣고 벌벌 떨면서 가후를 정중하게 대하며 돌려보냈다. 물론 가후는 단공과는 아무런 관계도 없었으나 기지를 살려 단공의 이름을 내세워 위기에서 벗어난 것이다.

가후는 이름도 없는 평범한 가정에서 태어났다. 그러므로 아무런 배경도 없이 홀로 자기 재능을 살려 세상에 뛰어들어야 했는데 그의 반생이 파란만장했던 것도 이 때문이다. 그는 마지막으로 조조를 섬기기까지 모두 네 명이나 되는 수장을 섬겼다.

먼저 동탁이 수도를 제압하자 동탁을 섬겼고, 동탁이 심복 부하 여포에게 배신당해 죽자 동탁 밑의 이각의 참모가 되었다. 또 이각에게 희망이 없음을 알고는 장군 단외를 섬기고, 단외의 앞날도 뻔하다는 것을 알고 장수를 섬겼다. 그리고 마지막으로 장수를 설득하여 조조를 섬기면서 조비 대까지 살아다가 태위로 영진하고 수향후로 봉해졌다.

가후가 맨손으로 출발하여 섬길 대상을 차례로 바꾸면서 생존해 간 것은 '권변(權變)'이라는 유력한 무기를 지니고 있었기 때문이었다. '권변'을 씨름에 비유하면 변화기(變化技)이며, 이를 처세에 응용하면 일종의 전신(轉身)이다. 그러나 이를 과용하면 발을 헛디딜 가능성이 있으며, 자칫 자멸할 위험도 있다. 그렇게 되지 않으려면 확실한 상황 판단과 뛰어난 처세술이 필요하다. 이것들이 뒷받침됨으로써 비로소 '권변'은 난세를 살아가는 강력한 무기가 될 수 있다.

가후의 '권변'을 지탱하게 한 것은 상황에 대한 통찰력, 즉 선견지명 때문이다. 장안으로 수도를 옮겨 악랄한 정치를 폈던 동탁이 심복 여포에게 배신당해 죽은 후 전선에 배치되어 있던 동탁 휘하의 군단들은 동요했다. 군단장인 이각 이하 장군들은 군을 해산하고 고향으로 돌아가려고 했다. 이때 가후가 진언했다.

"장안에서는 우리 양주인을 몰살하려는 계획을 세우고 있다고 한다. 지금 군을 뿔뿔이 흩어지게 했다가는 금방 잡힌다. 오히려 전군이 뭉쳐 장안을 공격하여 동탁의 원수를 치도록 해야 한다. 잘되면 제왕을 업고 천하를 통일하게 되는 것이고 실패하면 그때 가서 도망쳐도 늦지 않는다."

이각은 가후의 말이 맞는다고 여기고 군을 정돈하고 장안에 진공하여 여포 등을 격퇴한 후 새로운 실권자가 되었다. 그러나 이각은 수장과는 거리가 멀었다. 실권자가 되기는 했으나 통제하지 못해 장안은 또다시 수습하기 어려운 혼란을 겪었다. 가후는 이각을 단념하고 처자와 함께 동향인 장군 단외에게 의탁하게 되었다. 그러나 단외도 수장의 그릇은 되지 못했다. 겉으로는 정중하게 대하면서 내심 가후의 명성을 두려워하여 군권까지 탈취 당하는 것은 아닌지 전전긍긍하였다.

그런 단외의 심리 상태를 가후는 훤히 읽고 있었던 것이다. 때문에 그는 남양에 할거하는 장수에게 다리를 놓아 그쪽으로 옮기기로 했다. 가후가 단외 곁을 떠나려 하자 한 사람이 그에게 물었다.

"단외는 그대를 정중하게 우대하고 있다. 그런데 왜 도망치려 하는가?"

"단외는 의심이 많은 사람으로서 속으로는 나를 증오하고 있다. 잘해주고 있기는 하나 낙관은 금물이다. 그의 곁에 오래 머물렀다가는 반드시 당하고 말 것이다. 내가 물러나면 그는 분명 안심할 것이다. 하지만 내가 장수 같은 거물에게 의탁하고 있다는 것을 알게 되면 여기 남겨두고 가는 나의 처자를 함부로 다루지는 못할 것이다. 한편 장수도 뛰어난 참모가 없기 때문에 나 같은 사람을 참모로 두고 싶어 한다. 지금 가면 나와 가족 모두가 안전할 것이다."

이처럼 사태를 냉철하게 판단하고 정확히 인식한 후 '권변'을 구사하는 것이 가후의 특성이었고 '권변'이 언제나 적중하는 것은 이 때문이었다.

가후의 예상대로 장수는 가후를 정중히 맞았으며 그의 가족 역시 단외로부터 후한 대접을 받았다. 가후가 장수를 섬기며 지낸 지 10년이 흘렀다. 그동안 천하의 정세는 조조와 원소의 대결로 압축되었다. 남양에 독립 세력을 구축한 장수로서는 어느 한쪽을 편들어야 할 처지가 되었다.

그 무렵 원소는 장수에게 사자를 보내 왔다. 장수를 포용하려는 의도였다. 그동안 장수는 영토에 인접한 조조와는 적대 관계였고 조조군과 두 번이나 격전을 치렀다. 이제 와서 조조 편을 들 수는 없었다. 그러므로 장수는 원소의 제의를 받아들이지 않을 수 없는 상황이었다.

장수는 참모인 가후의 의견을 들어보기로 했다. 그러자 가후는 뜻밖에도 조조 편에 서야 한다고 주장했다. 장수는 납득할 수 없었다.

"그렇다 해도 원소 측이 우세한 것이 사실 아닌가? 게다가 나는 조조와는 적대 관계에 있다. 새삼스레 조조를 편든다는 것이 우습지 않은가?"

"그렇기 때문에 조조를 편들어야 합니다. 첫째, 조조는 임금을 받들면서 천하를 호령하고 있습니다. 둘째, 원소는 강력한 병력을 갖고 있습니다. 그런 원소에게 우리가 약간의 군사를 이끌고 간다 해도 대단하게 생각해 주지는 않을 것입니다. 그러나 조조 측은 열세입니다. 우리가 그의 편이 되어 주면 기쁘게 맞아들일 것입니다. 셋째, 천하의 패권을 잡으려는 인물은 개인적인 원한 따위는 버리고 자신의 덕을 만천하에 알려야 합니다. 어서 결단을 내리도록 하십시오."

두 사람이 군사를 이끌고 조조에게 달려가자 조조는 가후의 손을 잡고 한없이 기뻐했다. 조조를 섬기면서 가후의 지략은 천하에 더욱 알려지는데, 이는 조조가 기대한 것이었음에 틀림없다. 가후는 조조의 기대에 어긋남 없이 그때그때 적절한 '권변'을 진언하여 조조의 세력 확대를 도왔다.

'관도의 싸움'에서 열세에 놓인 조조는 그에 대한 대책을 가후에게 물었다.

"주공은 너무 신중을 기하고 있다. 기회라고 생각되면 단숨에 반격해야 한다. 그러면 곧 승리하게 된다."

가후은 조조에게 용기를 불어넣었다. 가후는 여러 가지 조건을 감안한 후 조조가 최종적으로 승리할 것이라고 확신했기 때문에 이렇게 말한 것이다. 과연 조조는 기습 작전으로 돌파구를 열어 원소를 격파했다.

211년, 조조가 관중을 차지하고 있던 마초와 한수 등의 연합 세력을 토벌했을 때의 일이다. 당시 조조는 상대방 세력을 뿌리째 흔들어 관중을 차지하는데 이때에도 가후의 의견이 효과를 발휘했다.

싸움 도중에 마초 등이 강화할 것을 제의했을 때 이를 수용해야 할 것인지를 놓고 조조는 가후의 의견을 물었다. 그러자 가후는 우선은 받아들인 후 상대방을 이간시키는 게 좋겠다고 진언했다. 그리고 가후는 다음과 같은 이간책을 진언했다.

강화 이야기가 진행되고 있을 때 한수가 조조와 직접 상의하고 싶다고 제의했다. 조조와 한수는 이전에는 친구였다. 조조는 이 제의를 받아들였다. 그러고는 각기 자기 진영에서 말을 타고 어느 지점에 도착한 후 두 사람만이 이야기를 나누기로 했다.

그러나 조조는 그렇게 둘이 만난 후 강화 이야기는 일체 꺼내지 않은 채 상대방 어깨를 두드리면서 사뭇 즐거운 듯 옛날이야기만 했다. 두 사람의 모습을 각 진영에서는 훤히 볼 수 있었다. 조조의 거동은 마초에게 보여주기 위한 연기였다.

마초는 돌아온 한수에게 물었다.

"도대체 조조와 무슨 이야기를 한 건가?"

"그냥 옛날이야기를 나눈 것뿐이네."

이리하여 마초는 한수를 의심하게 되었다. 그러면서 조조는 상대방에게 준 친서의 글자 일부분을 일부러 고쳤다가 다시 쓴 흔적을 보이게 했다. 그 친서를 본 마초는 한수가 고쳐 쓴 것으로 믿고 한수를 더욱 의심했다. 이런 일을 하면서 강화를 결렬시킨 조조는 단숨에 한수 등의 연합군을 격파하고 관중을 평정했다. 이 모든 것은 가후가 진언한 이간책이었다.

조조는 만년에 후계자로 조비를 세울 것이냐 조식을 세울 것이냐 하는 문제를 놓고 망설였다. 신하들도 조비를 받드는 자, 조식을 편드는 자로 갈려 서로 옹립 운동을 전개했는데 한때는 조식 쪽이 우세였다. 그러다 보니 조비로서는 애가 탔다. 조비는 가후에게 사자를 보내 좋은 방책이 있으면 가르쳐 달라고 부탁했다. 가후는 다음과 같은 대답을 했다.

"쓸데없는 걱정일랑 마시고 덕을 닦으면서 자식으로서 할일을 열심히 하십시오."

평범한 의견이지만 적절한 조언이다. 그 무렵 가후는 부름을 받아 조조 앞에 나서는데, 조조는 후계자 문제를 꺼내면서 가후의 의견을 들으려고 했다. 가후는 한마디도 대답하려 하지 않았다. 조바심이 난 조조가 다그쳤다.

"그대의 의견을 들으려 하는데 어째서 대답이 없는가?"

"딴생각을 하느라…"

"무엇을 생각하고 있었다는 것인가?"

"원소와 그의 자제들, 유포와 그의 자제들에 관해 생각하고 있었습니다."

가후의 생각을 듣고 조조는 큰소리로 웃으면서 조비를 후계자로 앉힐 결심을 하게 되었다.

원소와 유표는 모두 장남을 제치고 차남을 후계자로 세우는 바람에 분쟁을 일으켰다. 이 두 인물의 이름을 들먹임으로써 가후는 조비를 천거한 것이나 다름없었다. 이런 경우 신하 쪽에서 직접 거명하면서 대답했다가는 강요하는 것으로 들릴 뿐만 아니라 잘못하면 후환을 자초할 염려마저 있다. 이런 것을 피하고 간접적으로 대답한 것은 참으로 교묘한 응대라고 하지 않을 수 없다.

가후는 이런 식으로 조조의 후계자 문제까지 깊이 개입했다. 가후는 그만큼 두터운 신뢰 속에 중용된 것이다. 반면에 위험성도 있다. 조조는 뭐니 뭐니 해도 그의 속셈을 알아차리게 하지 않는 것으로 하여 방심할 수 없는 인물이다. 까딱 잘못 파고드는 자에 대해서는 경계심을 늦추지 않는다. 그러기에 가후는 더욱 신중하게 처신하지 않을 수 없었다.

난세를 살아가려면 여러 가지로 세심한 배려가 필요하다. 가후는 지모가 뛰어났을 뿐 아니라 선견지명 또한 특출했다.

처세의 달인
사마의(司馬懿,179~251)

사마의의 자는 중달(仲達), 하내온(오늘의 하남성 온현) 사람. 삼국시기 위나라의 걸출한 정치가, 군사가이며 서진 왕조의 창시자이다.

조조 밑에서 승상부 주부로 있으면서부터 두각을 드러내며 제갈량이 기산을 나갈 때도 그를 꺼려 반간계를 써서 조정에서 멀리 보냈는데, 뒤에 복귀하자 과연 좋은 적수로서 대전하였다. 오장원 전투에서는 천문을 보아 지연작전으로 제갈량이 죽기를 기다렸고, 공손연을 쳤을 때도 적이 동요하기를 침착하게 기다렸다. 그리고 남방의 오나라에 대처하여 회화 유역에 광대한 군둔전(軍屯田)을 설치하여 국방을 튼튼히 하였다. 위주(魏主) 조예가 죽은 뒤 조방이 서고, 조상이 병권을 쥐자 병을 핑계로 그의 눈을 속이고 갑자기 거사하여 모든 권력을 손아귀에 쥐었다. 승상이 되어 구석(九錫, 천자가 특히 공로가 큰 신하에게 하사하는 아홉 가지 물품을 이르던 말)을 가하였으며, 세상을 떠났는데 뒤에 사마염이 진왕(晉王)이 된 후 사마의를 진선제라고 시호하였다.

...

동한시대 명문세가 출신인 사마의는 모략과 임기응변에 능하기로 당대에 명성을 날렸다. 사마의는 한나라 말기 난세에 조심스럽게 정계에 진출하여 주도면밀하게 조조의 의심을 피하며 지내다가 고평릉 정변을 일으켜 조상을 죽이고 위나라의 정권을 거머쥐었다. 그는 수많은 위기를 넘기며 재능을 숨기고 조심스럽게 결정적인 때를 기다렸다.

사마의는 정치계 입문 초기에는 자신의 몸을 보존하기 위해 애쓰다가 점차 정치적인 목적을 달성하기 위해 음험하고 교활한 술수와 복잡한 정치 투쟁을 통해 권술과 경험을 축적했다. 그는 장기간 자신을 숨기고 무한한 인내심을 발휘하여 종국에는 위나라의 사직을 쟁탈하는 야망을 실현했다.

201년, 사마의는 하내군에서 상계연으로 천거되었다. 이때 그의 나이 스물세 살이었다. 그는 워낙 배경이 좋고 재능이 뛰어나 이미 사회적으로 높은 명성을 얻고 있었다. 당시 조조는 한헌제의 조정에서 사령으로 있었는데, 정치적으로나 군사적으로나 이제 막 세력을 일으킬 무렵이라 인재를 모으는 데 주력했다. 그러던 중 조조는 사마의가 천재적인 재능을 지녔다는 소문을 듣고 불러다 요직에 앉히고 싶은 마음이 간절했다.

그러나 사마의에게는 달가운 청이 아니었다. 한 왕실이 쇠퇴해 군웅이 천하를 할거하는 때 기껏해야 내시의 손자인 조조가 과연 세력을 형성할지 미지수였기 때문이다. 그래서 사마의는 성급하게 결정하기보다는 대세를 조금 더 관망한 후에 섬길 만한 인물을 결정하기로 했다.

하지만 사마의는 조조의 부름에 응하지 않은 대가로 목숨을 잃을까 걱정되었다. 그래서 중풍에 걸렸다며 사표를 제출하고 현직에서 물러났다. 노련한 모략가인 조조는 그의 말을 곧이곧대로 믿지 않았다. 조조는 사마의가 자신을 무시했다고 생각해 자객을 보내 진상을 알아보게 했다. 짐작대로 사마의가 위장한 것이 맞는다면 자객이 찌르려 할 때 벌떡 일어나 피할 테니까 말이다.

이슥한 밤에 자객이 사마의 방에 진입해 칼을 빼어 사마의를 내려칠 듯이 높이 쳐들었다. 기민한 사마의는 순간적으로 조조가 보낸 정객(偵客)임을 눈치 챘다. 그래서 그는 꼼짝하지 않고 뻣뻣하게 누워 있었다. 그러자 자객은 사마의가 정말로 심한 중풍에 걸렸다고 생각하고 황망히 칼을 거두고 조조에게 돌아가 보고했다. 사마의는 잠시나마 조조를 속이고 조조의 부름을 회피할 수 있었다.

208년, 조조는 승상의 자리에 올랐다. 그리하여 사방으로 현사를 물색하는 데 더욱 주력했다. 조조는 또다시 사마의를 떠올리고 그를 데려다 문학연에 임명하기로 결정했다. 조조가 사자에게 엄격하게 일렀다.

"이번에도 무슨 핑계를 대거든 묶어서라도 반드시 데려오라!"

이렇게 되자 사마의도 뾰족한 수가 없었다. 마음이 썩 내키지는 않지만 억지로라도 갈 수밖에 없었다. 그러나 이는 사마의의 임기응변에 지나지 않았다.

오늘날 조조의 세력은 과거와 비교할 수도 없을 만큼 커져 실질적으로 한 왕실의 대권을 장악하고 있으니 중원을 차지할 가능성도 충분했다. 중원의 수많은 명사들이 이미 조조를 섬기며 그를 제왕으로 여기고, 여론 또한 조씨가 한 왕족인 유씨를 대신할 날이 얼마 남지 않았다고 점쳤다.

　조조는 사마의가 부름을 받고 온 것에 굉장히 기쁜 한편, 실제로 보니 더욱더 비범한 인물이라고 생각되었다. 또한 좀처럼 속을 살필 수 없는 인물이라 여겨 기용하면서도 그에 대한 의심과 경계를 늦추지 않았다. 사마의가 매사에 주의를 기울이고 신중을 기했지만 조조는 그가 '겉보기에는 도량이 커 보이지만 내심은 박정하고 냉혹하며 시기하고 의심이 많은'사람이라고 간파했다.

　사마의는 조조의 아들 조비의 신임을 얻었다. 공적인 관계 이상으로 친분이 깊어 사마의는 진군, 오질, 주삭과 함께 조비의 사우(四友)라 불렸다. 이러한 관계는 조조를 불쾌하게 했다. 조조는 또 사마의가 '낭고상(狼顧相)'이라기에 직접 시험해 보니 과연 사마의는 뒤에서 부르면 고개는 뒤를 보는데 몸은 움직이지 않았다. 일반적으로 사람들은 뒤를 돌아볼 때 몸도 옆으로 틀기 마련인데 사마의는 몸은 꼿꼿하게 앞을 보고 고개만 돌아보는 것이었다.

　사마의의 '낭고상'은 그의 기민함과 경계심 많은 성격 때문에 형성된 습관이다. 이 때문에 조조는 사마의에 대한 혐오감이 더욱 커졌다.

　그러던 어느 날 밤, 조조는 꿈에서 말 세 필과 함께 한 구유에 담긴 여물을 먹는 모습을 보았다. 꿈에서 깨어난 조조는 왠지 불길했다. 구유[槽]와 조조의 조(曹)는 동음이다. 때문에 조조는 말[馬]이 조(曹)를 먹는 것은 장차 사마씨가 조씨의 권병(權柄)을 빼앗으리라는 의미로 생각되었다. 다음날 조조는 조비를 불러 말했다.

"사마의는 남의 밑에 있을 인물이 아니다. 언젠가는 필경 너희 형제들의 대사를 그르칠 것이다."

그러나 조비는 아버지의 당부를 대수롭지 않게 여겼다. 오히려 조조가 지나치게 우려한다며 사마의를 변호했다.

역시 눈치 빠른 사마의는 자신이 어떠한 지경에 처했는지 잘 알고 있었다. 그는 조조의 의심을 사지 않기 위해 겉으로는 권세에 아무런 욕심이 없는 듯 그저 성실하게 직무를 다하고 공무 수행에 전심전력을 기울였다. 조조를 대함에도 늘 공경하고 겸손하니 시간이 흐름에 따라 조조의 적대감도 차츰 사라졌다. 얼마후 조비가 왕위에 오르자 사마의는 요직에 발탁되고 지위와 권세는 날로 높아졌다. 그럼에도 사마의는 여전히 자기 방어를 늦추지 않았다.

사마의가 요동의 공손연을 정벌하고 개선할 때 일이었다. 날씨가 추워지자 일부 병사들이 사마의에게 내의를 상으로 내려달라고 청하였다. 이는 결코 과분한 요구가 아니었는데도 사마의는 허락하지 않았다. 사람들이 이해할 수 없다고 하자 그는 황제로 하여금 자신이 사사로이 국고를 털어 인심을 사려 한다는 오해를 불러일으킬 수 없다고 했다. 과연 그가 얼마나 세심한 인물인지 보여주는 대목이다.

20여 년 뒤, 위명제 조예(조조의 아들)가 등극했을 때 사마의의 벼슬은 이미 태위에 있었고 종실인 조상과 함께 고명대신으로 제왕 조방(조예의 양자)을 보좌했다. 이때 사마의와 조상은 실질적으로 위의 군정대권을 장악하고 있었다. 두 사람은 각각 3천 정예병을 거느렸고 교대로 정무를 보았다. 조상이 황실 종친이기는 하나 자격, 명망, 경험 재능 등 어느 모로 봐도 사마의에 비할 바가 아니었다. 그래서 처음에 조상은 사마의에게 의지하고 깍듯하게 장자로 모실 수밖에 없었다. 조상은 어떤 일이든 독단적으로 처리하지 않고 반드시 사마의에게 조언을 구하곤 하여 두 사람의 관계는 비교적 화목했다.

그 무렵 조상은 5백여 명이나 되는 빈객을 거느리고 있었다. 그중에서도 필궤, 하안, 등양, 정밀 등은 언제나 조상의 곁에서 모략가로 활약했다. 그들은 수시로 조상에게 주의를 주었다.

"사마의는 야심을 숨기고 있는 자입니다. 게다가 사회적으로도 매우 높은 명망을 누리고 있으니 실로 황실에 위험한 인물이 아닐 수 없습니다. 그자를 지나치게 믿지 마십시오!"

239년, 조방이 여덟 살의 나이로 제위에 올랐다. 조상은 조방으로 하여금 조서를 내리게 하여 표면적으로 사마의를 추대하는 척하며 태위에서 아무런 실권도 없는 태부로 임명했다. 그리하여 병권은 송두리째 대장군 조상이 차지하고 사마의의 권세에 제재를 가했다. 그 후로 조상은 모든 상주문을 검사하면서 사실상 조정 대권을 독점했다. 이어서 조상은 세 아우와 자신의 심복을 요직에 배치하여 자기 일파가 조정을 장악하게 했다.

그러나 사마의는 조상 일파의 탈권 행위에 그대로 물러날 인물이 아니었다. 그는 정계에 진출한 이후 수년간 고심 경영한 끝에 상당한 실력을 쌓아 놓은 터였다. 하지만 현재 자신의 불리한 상황을 감안하여 곧바로 행동하는 대신 잠시 물러서서 정세를 관망하기로 했다.

사마의는 연로하여 건강이 좋지 않다는 이유로 은거함으로써 정적들의 시야에서 사라졌다. 자연스럽게 조상은 그에 대한 경계를 늦추고 마음껏 향락을 즐기다가 명성을 크게 실추시키고 말았다. 나중에야 조상은 사마의의 병이 미심쩍어졌다. 그래서 심복인 이승을 형주자사에 임명하면서 작별 인사를 핑계로 사마의를 찾아가 병의 진위를 살피도록 했다.

이승이 온다는 소식에 사마의는 곧 조상의 간계를 간파하고 머리를 풀어헤치고 침상에 누워 시녀들의 시중을 받으며 이승을 기다렸다. 이승이 오자 그는 일부러 옷을 갖춰 입으려 하지만 손이 심하게 떨리는 척했다. 뿐만 아니라 시녀가 가져온 약사발을 들이킬 때도 반 이상을 흘려 옷이 흠뻑 젖었다.

이승이 걱정스러운 표정으로 말했다.

"제가 형주자사로 가게 되어 작별 인사를 고하고자 왔습니다. 몸은 좀 어떠하신지요?"

사마의가 짐짓 눈을 흐리면서 말했다.

"음, 병주로 가게 되었다구? 북방 오랑캐와 접한 곳이니 방비를 게을리하지 말아야 하네. 이제 내가 살 날이 얼마 남지 않았으니 부디 내 아들 사마사와 사마소를 잘 부탁하네."

사마의가 귀가 어둡다고 생각한 이승이 큰소리로 말했다.

"저는 병주가 아니라 형주로 갑니다."

"아, 방금 병주에서 돌아왔다는 말이구먼."

이승이 당황하여 다시 한번 큰소리로 또박또박 말하자 사마의는 그제야 알아듣는 척하며 탄식했다.

"아이고, 이젠 내 귀도 영 신통치 않구먼 형주에 가거든 반드시 공업을 세우게나."

이승은 사마의의 생명이 얼마 남지 않았다고 여기고 자신이 본 대로 조상에게 보고했다. 그 뒤로 조상은 사마의를 신경 쓰지 않았다.

249년 정월, 위제는 관례대로 종실과 문무대신을 거느리고 위명제의 능을 찾았다. 이미 오래전에 경각심을 버린 조상 형제와 측근들 또한 조정을 비운 채 고평릉 참배에 따라나섰다.

드디어 때가 되었다고 판단한 사마의는 군사를 일으키고 정변을 발동했다. 사마의와 두 아들이 성문과 병기고 등 요지를 장악하고 영녕태후에게 상주를 올려 조상의 대장군 직무를 폐하고 병권을 박탈하도록 하였다. 사마의가 친히 태위 장제 등을 거느리고 병력을 지휘해 낙수의 부교에 주둔하고, 황제 조방에게 조상을 항복시키라고 상주했다. 조상과 측근들은 돌변한 상황에 대처 방안을 찾지 못하여 관직만 내놓으면 된다는 사마의의 항복 권유를 믿고 순순히 병권을 내놓았다. 그러나 도성으로 돌아온 후 사마의는 조상 일파를 모반죄로 투옥하고 얼마 후 모두 사형에 처했다.

조건이 완전하지 않고 시기가 성숙하지 않았다면 자신의 의도를 드러내지 않는 것이 현명하다. 사마의는 도광양회(韜光養晦, 자신의 재능을 숨기고 인내하며 때를 기다린다) 책략을 채택하여 최대의 적수를 속이고 시기를 포착하자마자 일거에 뜻을 이루었다.

장기간 모욕을 참으며 도광양회 하는 인내심이 없었다면 그는 자기

몸 하나도 보존하지 못했을지도 모른다. 하지만 인내심에 대해 말하기는 쉬워도 실천하기는 참으로 쉽지 않다.

사마의는 과부와 고아도 속일 정도여서 마음이 검기로는 조조와 같고, 건괵(巾幗, 여자들이 머리를 꾸미기 위하여 사용한 쓰개)을 선물 받는 모욕도 웃어넘길 수 있어 얼굴이 두껍기로는 유비보다도 더하다.

– 〈후흑학〉

명참모
순욱(荀彧, 163~212)

순욱의 자는 문약(文若)이고 영천 영음(오늘의 하남성 허창시) 사람이다. 조조의 명참모이고 왕좌(王佐)의 재질을 가졌다. 본시 원소 막하에 있었으나 조조가 위세를 펼쳤을 때 그의 막하에 참여하였다.

후한의 황제인 헌제를 옹립하여 중원에 세력을 둔다는 책략을 조조에게 진언한 것도 순욱이었고, 조조 진영에 많은 인재를 모은 것도 순욱의 수완이었다. 순욱이 추천한 인물은 모두 유능해서 조조의 사업에 크게 공헌했다. 중원 일대 세력을 구축한 조조는 형주의 유표를 공격할 때도 순욱의 계략대로 하여 형주를 항복시켰다.

212년, 조조의 간신들은 조조를 위공으로 추대하려 했는데 순욱은 이를 반대하였기에 조조의 미움을 사서 실의에 빠져 병사했다.

...

    순욱은 조조의 참모와 보좌를 겸한 최고의 두뇌였다. 조조의 패업은 순욱의 계략이 공을 세운 데 컸다. 순욱이 섬기던 원소를 떠나 조조에게 달려갔을 때 조조는 "나의 자방(子房)이다."라면서 크게 기뻐하며 그를 사마(司馬)로 삼았다. 당시 참모나 보좌의 이상적인 인물로 우선시한 사람은 참모로는 장량, 보좌로는 숙하였다.

    널리 알려진 바와 같이 장량은 유방의 최고 참모로서 갖가지 묘책을 세우는 등 유방으로 하여금 혀를 내두르게 하였다. 그런가 하면 숙하는 유방이 전선에서 지휘하는 동안 후방기지 관중의 경영을 도맡으면서 전선으로 보급을 끊이지 않게 했다. 유방이 항우와 겨루는 싸움에서 항상 패하면서도 그때그때 전선을 재편할 수 있었던 것은 숙하의 활약 덕분이었다. 훗날 유방은 숙하의 공적을 이렇게 평가했다.

    "나라를 평정하고 백성을 어루만져 주고 식량을 끊이지 않게 보급해 준 공은 오직 숙하에게 돌아가야 되느니라."

    장량과 숙하가 없었다면 유방이 패업을 이루지 못했을 수도 있었다. 순욱이 조조의 패업을 위해 수행한 역할은 장량과 숙하가 해낸 일을 합친 것과 같다. 우선 전략과 정책인데 조조는 중대 사항을 결정할 때는 순욱과 상의한 후에 결정했다. 이는 바로 장량이 수행한 역할이다.

    조조는 유방과 마찬가지로 진두 지휘형으로 항상 자신이 직접 군사를 이끌고 최전선에 나섰는데 이처럼 조조가 최전선에 나간 사이에 본거지, 즉 집을 지킨 사람이 순욱이다. 그는 이 역할을 완벽하게 수행함으로써 조조로 하여금 뒷일을 걱정하지 않게 했다.

조조가 북중국의 패권을 걸고 원소와 대결한 '관도의 싸움'은 운명의 일전이었다. 동원 병력은 원소 측이 10만 명, 조조 측이 2만 명으로 원소 측의 압도적인 우세가 확실시되었다. 그러나 예상을 뒤엎고 싸움은 조조의 대승으로 끝나는데, 처음에는 조조도 자신감이 없었는데 대전이 끝난 후 조조는 이렇게 말했다.

"원소는 하북 일대에 세력을 확장시켰는데 그 병력은 참으로 강력했다. 아무리 생각해도 우리에게 승산이 없었다. '할 수 없다. 나라를 위해 죽자! 정의를 위해 신명을 바치자. 그러면 후세에 이름을 남기게 될 수 있을지 모른다.' 내가 생각한 것은 이것뿐이었다. 결과적으로는 원소를 물리쳤으나 정말 행운이었다는 말밖에 달리 할 말이 없다."

어쨌든 그만큼 어려운 싸움이었다.

천하의 정세가 조조 대 원소의 대결일 때 조조는 침울했다. 순욱이 그 까닭을 묻자 조조는 편지 한 통을 순욱 앞에 놓고 이런 말을 하였다.

"지금 당장 불의를 쳐야 할 텐데 나에겐 그런 힘이 없으니 어찌해야 좋을지 모르겠다."

그 편지는 원소가 보내온 도전장이었다. 조조로서는 원소와의 대결을 피해갈 수 없었다. 아무리 생각해도 승산은 없고 그 때문에 조조는 울적한 심정이었다.

그런 조조에게 순욱은 이런 말을 했다.

"예부터 이기느냐 지느냐는 수장의 기량에 달려 있는 것입니다. 그런 기량을 지닌 수장이라면 비록 약체라도 강대해질 것이고, 그런 기량이 없으면 강대한 대군이라도 쇠해질 것은 유방과 항우의 경우를 통해서도 알 수 있는 일입니다.

주공과 천하를 다툴 원소는 어떤 인물입니까. 대범한 체 꾸며 보이고는 있으나 시기심으로 똘똘 뭉친 졸부나 다름없습니다. 부하들에게 일을 맡기고는 부하들을 못미더워하는 소인배입니다.

그러나 이 점에서 주공께서는 총명하시고 사리에 밝으신 분이며 매사에 구애됨이 없으신 분입니다. 또한 어디까지나 적재적소주의로 부하들에게 일을 맡기십니다. 이는 도량이 넓으심을 말해주는 증거가 됩니다.

게다가 원소는 허리가 무겁고 동작이 느려 호기를 놓치기 일쑤입니다. 그에 비해 주공께서는 대사에 결단을 잘 내리시고 임기응변의 전략에도 뛰어나십니다.

원소는 군을 제대로 통제하지 못하고 있습니다. 그러므로 병력은 있어도 실전에는 별로 도움이 되지 않습니다. 그러나 주공께서는 군령을 확립하고 신상필벌로 군을 이끄시니 병력은 뒤지더라도 병사들 모두가 죽을 각오로 싸우는 강자들입니다. 이는 전략이 뛰어나다는 증거가 됩니다.

원소는 명문 출신이라는 점과 교양 있다는 점을 내세우면서 자신에 대한 평판에만 신경 쓰고 있습니다. 그 때문에 그에게 모여드는 패거리들은 입만 잘 놀릴 뿐 아무 도움도 주지 못하는 집단일 뿐입니다. 하지만 주공께서는 부하들을 구별 없이 공평하게 대우하시고 또한 마음에 없는 인사치레는 하지 않습니다. 또 주공께서는 검소하게 생활하시면서 공적을 세운 부하들에게는 푸짐한 상을 주십니다.

그러므로 참된 인재들은 주공 밑에서 주공을 위해 목숨을 바치고 싶어 합니다. 이는 주공의 덕이 훌륭하심을 말해주는 증거입니다. 주공께서는 이상과 같은 네 가지 면에서 원소를 압도하고 계십니다. 그러니 주공을 따르지 않는 자는 없습니다. 원소가 아무리 강대할지라도 결단코 주공을 앞설 수는 없을 것입니다."

잃어가던 조조의 자신감을 회복시키기 위해서는 아군이 적보다 얼마나 더 우세한가를 강조하는 길 외에는 달리 방법이 없었다. 다른 조건을 무시하고 수장을 비교하는 비교론은 현명한 설득이었다.

순욱의 설득은 조조의 자신감을 되찾아 주었다. 그러나 막상 싸움이 시작되고 보니 병력과 물량 면에서 앞선 원소 측이 단연 우세했다. 조조 측은 간신히 관도를 사수하고 있었으나 원소의 군대에 포위되어 꼼짝하지 못하게 되었다. 게다가 군량미도 바닥을 보였다.

천하의 조조라 해도 기가 꺾이지 않을 수 없었다. 이때도 순욱은 본진인 허(許)를 지키고 있었는데, 조조는 순욱에게 서찰을 보내 의견을 물었다.

"철수해서 허로 돌아가고 싶은데 어떻겠느냐?"

"군량미가 모자라 사뭇 애태우신다는 것을 잘 알고 있습니다. 하지만 초와 한이 각처에서 싸웠을 때 그들이 겪은 고초에 비하면 지금의 어려움은 비교되지 않는 것으로 여겨집니다. 유방과 항우는 그 누구도 먼저 철수하려 하지 않았습니다.

왜 그랬을까?

먼저 철수하는 쪽이 열세에 서게 된다는 것을 알았기 때문입니다.

우리의 병력은 적의 병력에 비하면 1/10밖에 되지 않습니다. 그러나 반년 전부터 적진 바로 앞에 포진하고 있어 적의 전진을 저지해 왔습니다. 적의 공세도 지금이 한계입니다. 무너질 때가 곧 옵니다. 기발한 전략을 짜내어 그때 단번에 결말을 내고 마는 것입니다."

조조는 순욱의 진언에 따라 철수하지 않고 그대로 버텼다. 적이 꾸물대는 틈을 타서 기습 작전을 감행하여 대치 상황을 극적으로 역전시켜 승리했다. 순욱이 예상한 대로 전개된 것이다. 두 번에 걸친 순욱의 진언은 주저앉으려는 조조를 일으켜 세우는 데 크게 효과를 발휘했다. 그런 의미에서 관도의 승리 역시 순욱의 힘이 컸다고 하겠다.

조조에게 순욱은 일등공신이었다. 이 같은 사실은 조조 자신이 누구보다도 잘 알고 있을 것이다.

조조는 순욱을 제후에 봉하는 한편 자기 딸을 순욱의 장남에게 시집보냈다. 그리하여 조조와 순욱은 깊은 신뢰 관계를 맺게 된 셈이다.

그러나 만년에 들어 그들의 관계는 냉랭해지고 순욱은 번민하다 죽는다. 일설에 따르면 어느 날 조조가 순욱에게 음식을 보내와 순욱이 그 음식을 먹으려고 사발 뚜껑을 열어보니 텅 비었다는 것이다. "날더러 죽으라는 것이로구나." 이렇게 눈치 챈 순욱은 그 자리에서 독약을 먹고 죽었다는 것이다. 관도의 싸움이 끝난 지 12년 뒤의 일이다.

당시 동소라는 고관이 조조를 위해 국공의 봉작(封爵)과 구석(九錫)을 조조에게 수여할 것을 조정에 청하려고 순욱의 의견을 먼저 물어보았다. 봉작은 그렇다 치고 구석은 보통 문제가 아니다. 왜냐하면 구석은 큰 공훈을 세운 신하에게 임금이 내리는 것으로서 이를 청원한다는 것은 선양, 즉 제위를 양도받기 위한 포석이 되는 것을 의미한다. 제왕이 그 왕위를 세습하지 않고 덕 있는 사람에게 양위하는 것을 말하기 때문이다.

순욱은 이렇게 대답했다.

"준공이 의병을 일으킨 것은 조정의 평안함과 나라를 안전하게 이끌어가기 위해서였습니다. 그렇기에 조공은 지금까지 제왕에게 충성하면서 겸허한 태도를 보였습니다. 어디까지나 덕을 중히 여기면서 대처하는 바로 군자의 태도라 하겠습니다. 지나치게 나서는 것은 옳지 못합니다."

그 무렵 조조의 명성은 조정을 압도했고 제왕은 허수아비가 되어 있었다. 그러니 동소처럼 정황을 선취해서 조조에게 점수를 따려는 자가 나타난다 해도 이상하지 않았다.

순욱의 생각은 이들과는 달랐다. 그는 어디까지나 한 왕조를 유지하게 해야 한다고 생각했다. 따라서 조조를 위해서 구석의 수여를 청원한다는 것은 있을 수 없는 일이었다. 한편 조조는 곧 제위에 앉으려는 야심을 마음속 깊이 간직하고 있었다. 그러니 구석을 수여받는 것이 싫을 이유가 없었다.

순욱은 조조에게는 둘도 없는 소중한 참모였다. 그러나 이제는 자기 앞길을 가로막는 장애물이라고 생각한 것이다. 조조는 순욱이 한 말을 동소에게서 듣고 순욱의 존재를 꺼려하면서 국정의 중심에서 순욱을 제외했다. 이것이 순욱을 비극적인 자살로 몰고 가는 계기가 된 것이다.

수장과 참모, 보좌의 관계는 까다롭다. 양자가 같은 목표를 추구할 때는 신뢰관계로 이어진다. 그러나 목표가 달성되면 신뢰관계에도 미묘한 그림자가 드리워진다. 특히 참모나 보좌가 수장의 위치를 위협하여 경계해야 할 존재로 바뀔 때는 양자의 신뢰관계는 무너지면서 심각한 긴장관계로 돌변한다. 그러고는 마침내 파국으로 치닫는 경우가 있다.

　이런 사태를 피하기 위해서는 참모나 보좌의 신중한 태도가 요구된다. 장량과 숙하의 관계가 그러하다. 유방이 황제 자리에 앉게 되면서 한의 천하로 굳혀지자 장량은 속세에 대한 미련을 버리고 수행을 택했다. 또 승상으로서 숙하는 수장인 유방이 자기에게 경계심을 갖지 않도록 하기 위해 그야말로 애처로울 만큼 세심하게 주의를 기울였다.

　지난날의 공신들이 차례로 주살되는 마당에 장량과 숙하가 무사하게 여생을 다하게 되었음은 이 같은 신중한 처세 덕분이었다고 할 수 있다. 그런데 순욱은 철저하게 시시비비를 가려 정도를 주장한 사람이었다. 장량이나 숙하처럼 유연한 자세로 대처하면서 살아가는 성격의 소유자가 되지 못했다. 순욱의 비극은 이런 데서 빚어졌다.

재기가 비극을 초래한
양수(楊修, 175~219)

양수의 자는 덕조(德祖)이고 홍농 화음(오늘의 섬서 화음동) 사람이다. 여섯 재상을 낸 명문가 출신으로 박학하고 견식이 넓으며 언변이 좋았는데 매양 조조보다 생각이 앞서 조조는 그를 시기하는 마음이 가시지 않았다.

양수는 주부(主簿) 벼슬에 있을 때 조조의 아들 조식의 참모로 활발히 일한 것이 조조가 더욱 경계하게 만들었다. 이미 조비를 후계자로 정한 이상 양수의 존재는 장차 화근이 될 근원이었다.

한중 출병 때도 종군하여 황견유부(黃絹幼婦)의 수수께끼를 조조보다 앞질러 풀었고, 전과가 좋지 않아 조조가 계륵(鷄肋)이라고 한 뜻을 미리 알고 짐을 꾸렸다가 군심을 동요시켰다는 죄목으로 군법 시행을 당해 죽었다.

양수는 조조 밑에서 별로 높지 않은 주부라는 벼슬을 지낸 것은 조조의 미움을 샀기 때문이다. 머리가 무척이나 좋고 학식이 뛰어났던 양수는 조조의 비위에 거슬리는 행위를 서슴없이 해서 눈 밖으로 벗어났고, 그의 재주를 시기한 조조는 늘 못마땅하게 여겼다.

어느 날 조조는 부하들을 시켜 꽃을 키우는 화원을 짓게 하였다. 공사가 끝나고 화원을 둘러본 조조는 마음에 썩 내키지 않는 표정이었다. 그는 아무 말 없이 화원의 문에 활(活)이란 글자만 써 놓고 갔다.

화원을 만든 부하들은 그 뜻을 아무도 몰랐다. 모를 뿐만 아니라 조조의 심기가 편치 않음을 눈치 채고 불안하기만 했다. 그때 양수가 와서는 조조가 써 놓은 활 자 위에 문(門) 자를 얹어서 썼다. 넓을 활(闊) 자가 되었다.

"그게 무슨 뜻이오?"

양수가 대답했다.

"승상께서 화원의 문이 너무 커서 좋아하지 않는다는 뜻입니다. 그러하니 문을 작게 고쳐야 할 것입니다."

그제야 깨달은 부하들은 서둘러 화원의 문을 작게 만들었다. 얼마 후 화원에 다시 온 조조는 이를 보고 크게 기뻐하며 물었다.

"누가 내 뜻을 알아차리고 문을 작게 고치게 하였는가?"

부하들이 머리 숙여 대답했다.

"양수가 승상님의 뜻을 알고 고치게 했습니다."

"흠, 그래. 글을 보는 재주가 보통이 아니구먼, 내 마음속까지 읽다니."

조조는 겉으로 양수를 칭찬하며 만족해했다. 그러나 마음 한 구석에는 언짢은 그 무엇이 있었다.

조조에게 큰 약점이라면 바로 그런 것이었다. 자기보다 재주가 뛰어난 사람에 대해서는 시기심이 많았고, 자기 마음을 꿰뚫어 보는 사람을 아주 싫어했다. 그래서 무슨 트집거리만 잡히면 목숨을 빼앗는 일까지도 서슴지 않았다. 양수가 그런 인물에 속했으니 어찌 무사할 수 있었을까. 그래도 양수는 거침없이 조조 앞에서 자기가 할 말은 다 했다.

조조는 의심이 많아서 항상 누가 자기를 해치지 않나 걱정했다.

"나는 잠을 자면서도 꿈에 사람을 죽이는 버릇이 있으니 내가 잘 때에는 내 곁에 있지 않는 것이 좋다."

이것은 자는 동안에 혹시라도 해치는 사람이 접근하는 것을 두려워 예방책으로 하는 말이었다.

어느 날 조조가 모기장을 치고 낮잠을 자고 있었다. 그런데 끈이 끊어져 모기장이 흘러내렸다. 밖에서 지키던 신하가 급히 끈을 고쳐 매려고 들어 왔다. 그때 벌떡 일어난 조조는 그가 자기를 해치려는 줄 알고 단칼에 목을 베었다.

다시 누워 한참을 자고 난 조조는 신하가 죽어 있는 것을 보고 놀라는 척하며 물었다.

"누가 이자를 죽였는가?"

그러자 모여 있던 부하들이 사실대로 일렀다.

"그러게 내가 뭐라고 했나. 나는 자면서도 사람을 죽인다고 하지 않았더냐."

조조는 매우 슬픈 표정을 지으며 죽은 신하를 후하게 장사 지내라고 지시했다.

이를 보고 있던 부하들은 정말이라고 믿었다. 그러나 양수만은 그것을 믿지 않았다. 조조는 꿈속에서 사람을 죽이는 버릇이 있는 것이 아니라 자면서도 자기 신변의 위험을 느껴 가까이하는 자는 의식적으로 무조건 죽인다는 것을 알고 있었다.

죽은 신하의 시체를 보면서 양수는 이렇게 중얼거렸다.

"승상이 꿈속에서 죽인 것이 아니고 신하가 꿈속에 있었구나."

말하자면 조조가 꿈에 사람을 죽인 것이 아니고 꿈을 가장한 죽음을 당했다는 뜻이다. 양수의 이 말을 전해들은 조조는 한동안 불쾌한 마음을 풀지 못했다.

조조에게는 아들이 넷이 있었다. 그중에서 큰 아들 비(丕)와 셋째 아들 식(植)을 특히 아꼈다.

둘은 어릴 적부터 총명해서 조조가 아끼고 사랑했는데 가끔 두 아들의 재주를 비교하고자 엉뚱한 일을 시켰다. 하루는 두 아들에게 성 밖으로 심부름을 보냈다. 그러고는 성문을 지키는 병사를 몰래 불러 두 아들이 성 밖으로 나가지 못하게 막으라고 명령했다.

큰아들 비가 먼저 성문을 나가려다 제지당했다. 그가 돌아오는 것을 보고 셋째 아들 식이 양수에게 좋은 방법이 없느냐고 물었다. 조조의 속마음을 알아차린 양수는 식에게 계책을 일러주었다.

"왕의 명령을 받고 나간다고 하십시오. 만약 막는 자가 있으면 그 자리에서 목을 쳐도 괜찮습니다."

셋째 식이 성문에 다다르니 병사가 앞을 가로막았다. 식은 양수가 일러준 대로 했다.

"나는 왕의 명령으로 나가려는 것인데 어찌 감히 막는단 말이냐." 하고는 그 병사의 목을 베고 성 밖으로 나갔다.

이 사실을 알고 조조는 식을 매우 기특하게 생각했다. 그러나 후에 양수가 시킨 일이라는 것을 알게 된 조조는 양수를 더욱 괘씸하게 생각했고 아들 식마저도 미워했다. 양수는 조조의 두 아들 중에서도 식을 더 아끼고 가까이했다. 식은 총명할 뿐만 아니라 큰아들 비보다 재주가 많았다.

조조가 두 아들의 재간을 가끔 시험한다는 사실을 안 양수는 조조가 아들에게 던질 질문들을 예견해서 식에게 대답을 준비하게 했다. 그것은 매번 적중해서 조조가 어떤 질문을 해도 식은 막힘없이 대답하여 조조를 놀라게 했다.

이를 눈치 챈 큰아들 비가 식의 측근을 매수하여 양수가 적어 준 문답지를 훔쳐내게 했다. 그러고는 조조에게 일러바쳤다.

이에 화가 난 조조는 양수를 더욱 괘씸하게 여겨 죽여 없애야겠다는 생각까지 품었다. 양수의 행동이 자기를 업신여기는 꼴이 되었으니 조조가 흥분하고도 남을 일이었다.

조조의 큰아들 비는 조조의 뒤를 이어 황제의 자리까지 올랐는데도 동생 식의 재주가 자신을 능가하는 것이 항상 마음에 걸렸다. 무슨 꼬

투리라도 잡아 동생 식을 괴롭힐 생각을 했다.

어느 날, 비는 식을 불러 다음과 같은 주문을 했다.

"네가 시문(詩文)에 탁월한 재주를 가졌다고 하니 일곱 걸음 걸을 동안에 시를 하나 지어라. 만약에 짓지 못하면 너는 죽음을 면치 못할 것이다."

조비의 말이 떨어지자 조식은 그 자리에서 일곱 걸음을 옮기며 시를 지었다.

> # 콩을 삶아 콩국을 만든다.
> 된장을 풀어서 국을 만든다.
> 콩깍지는 솥 밑에서 태우고
> 솥 안의 콩은 뜨거워서 운다.
> 같은 뿌리에서 생겨나
> 콩을 삶아대는 콩깍지여.

조식은 조비를 실속 없는 콩깍지에 자기는 진짜 알맹이인 콩에 비유했다. 그래서 형제이면서도 콩깍지인 너는 왜 콩인 나를 그토록 괴롭히느냐고 은근히 반박하는 내용을 읊었던 것이다. 그 깊은 뜻을 알게 된 비는 심한 수치심을 느껴 얼굴을 들지 못했다.

이것이 유명한 조식의 '칠보시(七步詩)'이다. 그런데 이 시가 갖는 의미는 매우 심각하며 결국 조비와 조식 간의 치열한 다툼으로 이어졌다. 그리하여 골육상쟁(骨肉相爭)이라는 비극적인 일이 되고 말았다.

거침없는 행위로 조조의 미움을 한없이 샀던 양수는 마침내 그의 수명을 다하는 운명의 사건을 만난다.

219년, 조조가 세상을 떠나기 1년 전이다. 조조는 촉의 유비로부터 공격을 받아 한창 전투를 벌이고 있었다. 한중을 지키고 빼앗기 위한 치열한 싸움이었다.

전투가 장기화됨에 따라 조조는 점점 불리한 전세에 놓였다. 유비군의 공세가 세차게 압박해오자 조조는 허도로 돌아갈 생각까지 했다.

여러모로 불리했던 조조는 어느 날 닭갈비를 넣어 끓인 닭탕을 먹고 있었다. 그런데 막상 먹으려고 해도 별로 먹을 것이 없었다. 버리기도 아까워서 그냥 휘젓자니 저절로 신세한탄이 나왔다. 한때는 천하통일의 웅대한 꿈을 품고 대륙을 휩쓸고 다녔는데 지금은 유비의 공격을 받아 쫓기는 처지가 되었으니 왜 한숨이 나오지 않겠는가. 자기 신세가 앞에 놓인 닭갈비 같다는 착잡한 심경이었다.

그런 심경에 젖었는데 부하 장수인 하후돈이 들어와 야간 암호는 무엇이냐고 물었다.

조조는 자기 생각에 깊이 빠져 있었던지 무심코 내뱉었다.

"계륵(鷄肋)."

이렇게 해서 그날 밤의 암호는 계륵으로 정해졌다. 그런데 이 암호를 전해들은 양수는 병사들에게 군장을 챙겨 돌아갈 준비를 하라고 일렀다. 뜻밖의 일에 하후돈이 양수에게 물었다.

"아니, 어째서 돌아갈 준비를 하라는 것이오?"

"오늘밤의 암호를 계륵으로 정한 걸 보면 왕께서는 곧 후퇴를 결정하고 철수 명령을 내리실 것이오. 닭의 갈비라는 것이 먹을 것은 없고 버리자니 아까운 것 아니겠소. 그게 곧 왕의 심중이란 말이오. 나아가 싸움을 해도 이길 수 없는 노릇이고 물러서면 체면이 말이 아니어서 웃음거리밖에 더 되겠소. 여기에서 아무리 버텨봤자 소용없는 일이니 차라리 돌아가는 것이 낫다는 판단을 틀림없이 했을 것이오. 내 짐작이 옳은 것이오. 그래서 돌아 갈 준비를 미리 해두자는 것이오.”

양수의 말이 그럴듯해서 믿은 하후돈은 부하들에게 철수 준비를 시켰다. 이 사실을 안 조조는 양수를 불러오게 명령했다. 그의 입에서 불호령이 떨어졌다.

“어찌 네가 감히 내 뜻을 그토록 잘 알아 말을 꾸며내느냐. 네 행위는 우리 군의 심적 동요를 일으키고 사기를 떨어뜨렸으니 마땅히 큰 죄가 되는 것이니라.”

그러고는 그 자리에서 양수의 목을 베게 하였다. 뿐만 아니라 병사들에게 양수의 거짓말을 알리려고 그의 벤 머리를 성문 앞에 높이 달도록 지시했다. 이렇게 해서 재기 넘쳤던 양수는 계륵 때문에 서른네 살의 젊은 나이에 세상을 떠나고 말았다.

양수는 지나친 자신감을 갖고 거침없이 행동해서 조조의 미움을 산 끝에 명을 재촉했다. 그렇지만 양수가 자만심을 지나치게 가졌던 것만은 아니다. 그는 조조 밑에서 하찮은 벼슬을 하고 있음을 부끄럽게 생각하기도 했다. 선비로서 체면이 서지 않는 수치심을 지니고 있었다.

언젠가 촉나라의 장송이라는 사람이 허도에 온 일이 있었다. 그는 양수를 만나 이야기를 나누다가 느닷없이 질문했다.

"그래 양수께서는 재주가 비범한 선비이신데 어떤 벼슬을 하고 있습니까?"

양수는 솔직하게 대답했다.

"승상부의 주부로 일하고 있지요."

주부라면 시시한 아전 자리가 아닌가. 장송은 이해가 되지 않는다는 듯 다시 물었다.

"나 같은 사람도 높은 벼슬을 하고 있는데 양수 같은 인물이 한낱 아전 자리에 머물러 있다니 도무지 영문을 모르겠소이다."

장송의 말을 듣고 보니 과연 옳았다. 순간 양수는 재주에 비해 초라해 보이는 자신의 처지가 부끄러웠던지 얼굴이 붉어졌다. 그러고는 구차한 변명을 늘어놓았다.

"잘 모르셔서 하시는 말씀이오만, 제가 비록 하찮은 자리에 있다고는 하나 승상께서는 저에게 중요한 업무를 맡기시고 가끔씩 불러 가르침을 주시지요. 남다른 정을 갖고 계시다는 뜻입니다."

이에 장송은 고개를 저으며 반문했다.

"내가 조조 승상에 대해서 들은 바가 있는데, 승상은 절대 그런 처사는 하지 않는 것으로 알고 있소. 재주를 인정하면 높은 자리를 주어 일을 하게 할 것이지 가르침이란 대체 무엇이란 말이요?"

장송의 말을 듣자 양수는 언성을 높였다.

"지나친 말씀이시오. 어찌 승상의 재주를 그토록 낮출 수 있단 말이오."

양수가 큰소리를 치긴 했지만 속으로는 뜨끔했다. 재주 있는 선비로서 체면이 말이 아니었기 때문이다. 양수에게도 이런 면은 있었다.

그가 조금만 겸손하고 경박하지 않았더라면 아마 재주를 넓게 펼쳐 보일 때가 있었으리라 믿기 때문에 아깝다는 느낌이 든다.

옛말에 참된 선비는 나아갈 때와 나아가지 않을 때를 잘 구별해서 행동한다고 했다. 자기를 꼭 필요로 하면 나아가고 바르지 못할 때나 의롭지 않을 때는 나서지 않는다는 말이다.

※ 황견유부(黃絹幼婦) : 절묘하다는 뜻의 은어.
　　조조가 동한 시기에 효행으로 이름 높았던 조아(曹娥)의 기념비 앞을 지날 때 양수가 그 뒤를 따랐다. 비석 뒷면에 '황견유부외손제구(黃絹幼婦外孫虀臼)'라는 여덟 글자가 쓰여 있었다.
　　조조가 양수에게 물었다. "무슨 뜻인지 알겠느냐?" 양수가 대답했다. "알 것 같습니다." 조조가 물었다. "아직 답을 말하지 말라. 나도 생각해 보겠다."
　　30리를 가서야 조조가 말했다. "나도 답을 얻었노라." 그러면서 양수에게 알아낸 답을 적으라고 했다. 양수가 설명했다.
　　이것은 은어(隱語)입니다. 황견(黃絹)은 바로 빛깔 있는 실이니, 실(系) 옆에 빛깔(色)을 붙이면 절(絶)자가 되고, 유부(幼婦)는 젊은 여자이니 여자(女) 옆에 젊음(少)을 붙이면 묘(妙)자가 되고, 외손(外孫)은 딸의 아들이니 딸(女) 옆에 아들(子)을 붙이면 호(好)자가 되고, 제구(虀臼)는 다섯 가지 양념(辛)을 받아들이는(受) 그릇이니 받아들임(受) 옆에 양념(辛)을 붙이면 사(辭)자가 됩니다. 그러므로 그 여덟 글자는 바로 '절묘호사(絶妙好辭)'라고 쓴 것으로 더없이 훌륭한 문장이라는 뜻입니다.
　　조조 또한 따로 그 답을 적었는데 양수와 같았다. 조조는 이를 보고 "내 재주가 그대와 30리 차이가 나는구나"라고 탄식했다.
　　하지만 이 이야기는 묘하게 와전되어 시중에 퍼졌다. 즉 '지혜 있는 사람과 지혜 없는 사람의 차이는 무려 30리'라고 양수와 조조를 비교한 것이다. 조조는 이를 참을 수 없었다.

조조의 인물관계도

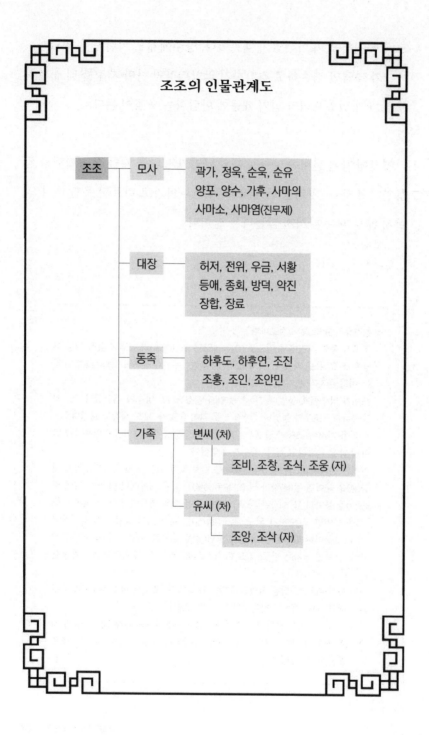

조조 — 모사 — 곽가, 정욱, 순욱, 순유
양포, 양수, 가후, 사마의
사마소, 사마염(진무제)

대장 — 허저, 전위, 우금, 서황
등애, 종회, 방덕, 악진
장합, 장료

동족 — 하후도, 하후연, 조진
조홍, 조인, 조안민

가족 — 변씨 (처)
— 조비, 조창, 조식, 조웅 (자)

유씨 (처)
— 조앙, 조삭 (자)

촉(蜀)나라 주요 인물

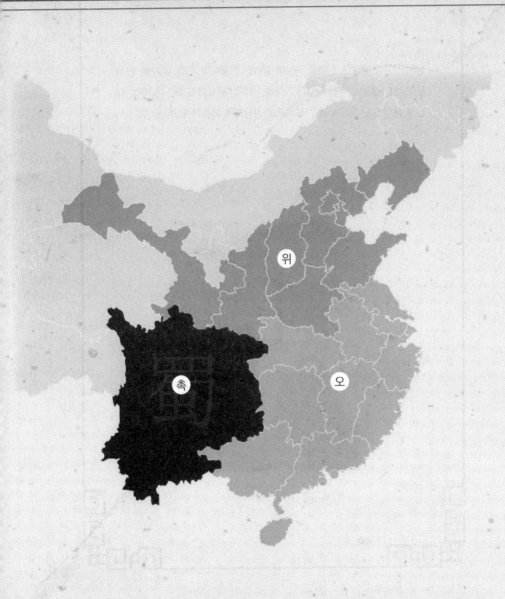

제1장
촉한의 개국 황제 유비(劉備, 161~223)

삼국 가운데 유비는 인애로 세상에 알려진 인물이다. 그는 유가의 '인자무적(仁者無敵)' 이념을 자기가 기대하는 대로 '군자의 도'에 낙심하여 짚신을 삼아 팔던 때로부터 기적적으로 성공하여 패주가 되었다.

유비의 자는 현덕(玄德), 삼국시기 촉한(蜀漢) 개국 황제로서 221년
부터 223년까지 재위했다. 한족으로 탁군 탁현(오늘의 하북성 탁주)
사람으로 한중산 정우왕 유승의 후손으로 삼국시기 정치가이다.

성격은 너그럽고 천하의 호걸들과 친교를 잘 맺었으며, 탁월한 식견
이 있어 사람을 잘 판독하고 용병에도 밝았다.

관우 · 장비와 도원결의를 맺고 황건적 토벌에 참가하였으며, 삼고
초려로 제갈량을 맞아들여 그의 계략으로 손권과 동맹하여 적벽대
전에서 조조를 대파하고 형주를 확보하였다. 이 시기 유비는 한중(漢
中)을 공격하여 한중왕이 되었다. 221년에 유비는 제위에 올라 한의
정통을 계승한다는 명분으로 국호를 한(漢)이라 하였다. 백제성 영안
궁에서 유비는 제갈량에게 유선(劉禪)을 부탁한 후 63세로 죽었다.

긍지

유비는 홀어머니 밑에서 짚신이나 멍석을 짜서 생계를 꾸려나가는
가난한 집에서 자랐다.

그의 집 한구석에는 높이가 10미터나 되는 뽕나무가 있었는데, 가지
가 울창하게 우거져 먼 곳에서 바라보면 꼭 왕자가 타는 수레의 갓처
럼 보였다. 마당 끝을 지나가는 나그네들은 큰 뽕나무를 올려다보고 모
두 감탄하면서 말했다.

"이것은 보통 나무가 아니다. 이 집에서는 틀림없이 고귀한 분이 나

올 것이다."

어린아이 유비는 "나도 언젠가 갓이 있는 수레를 타는 높은 사람이 되고 말 거야."라는 꿈이 있었다.

유비가 열다섯 살이 되자 어머니는 아들을 도읍인 낙양으로 유학을 보냈다. 거기에서 유비는 근위군의 학문 교수를 하는 노식 밑에서 기초적인 유학과 병학을 배웠다.

동문 친구로 산서 군벌의 도령인 공손찬이 있었다. 스승인 노식은 후일 황건적 토벌에 유비가 참가했을 때의 상관이며, 또한 공손찬이 물심양면으로 유비를 돌봐주었다.

〈삼국지〉를 지은 진수는 유비의 성격을 "침착하고 포용력이 크며 남의 장점을 잘 인정하는 점은 한나라 고조 유방을 생각하게 하는 거물이다. 반면 지략이나 임기응변의 재능은 조조에 뒤떨어진다."라고 했다.

난세인 당시에는 지력(知力), 용력(勇力), 재력(財力), 출신성분 가운데 어느 것을 보더라도 유비는 눈에 띄는 점이 없었다. 그러나 이 뛰어나지 않은 인물에게는 뭔가 사람의 마음을 끄는 힘이 있었다. 평원현 지사 유평은 "황실의 혈통을 이어받았다는 것은 허풍에 지나지 않는다. 전신은 보잘것없는 멍석 장수가 아니냐?"라고 비난하고, 유비를 죽이려는 사람도 있었다.

그렇지만 유비는 자기의 가문에 대해서는 확고한 긍지가 있었으며 마음속으로는 "망해가는 한 왕실을 재흥할 수 있는 자는 그 혈통을 이어받은 이 유비 외는 없다."고 확신했다.

유비는 왕자의 혈통에 속한다는 우월의식을 호신부처럼 소중히 했다. 그 설득력 덕분에 뛰어난 부하를 가질 수 있었고 세상 사람들의 동정을 얻을 수 있었다.

사람은 태어날 때부터 평등하며 사람의 가치는 상류 가정이기 때문에 높고 하층 계급이기 때문에 낮다고 말할 수 없다. 어떤 가정의 출신이라도 자기 가문이나 조상에 대해서는 긍지를 가지고 존경하는 마음을 가져야 한다.

자기의 출신을 숨긴다든지 위축되거나 비뚤어진 사람이 있다. 극단적인 경우는 어느 정도 돈을 모으고 지위에 오르면 출생이니 경력을 사칭하는 사람도 있다. 이런 사람들은 그렇게 함으로써 자신이 위대하게 보인다고 생각하지만, 오히려 인간적인 가치를 떨어뜨리고 있다.

_ 초심

낙양에서 학문을 닦은 후 유비는 고향으로 돌아왔다. 그 무렵 중산군에 장세평·소쌍이라는 말 장수가 있었다. 그들은 정부 고관이나 호족들 집에 드나들며 돈이 많았다. 이 두 사람이 탁현으로 말을 사러 갔을 때 우연히 유비를 보았다.

"이 젊은이는 훌륭한 인물이 될 것 같다."고 느낀 말 장수는 유비에게 자금을 많이 원조했다.

유비는 그 돈을 군자금으로 쓸 작정이었다. 마침 '황건적의 난'이 발발하여 치안 유지에 힘을 잃던 한조(漢朝)는 각지에서 의용군을 모집했다. 유비가 사는 마을에도 모병한다는 방이 붙었다.

유비는 이 방을 읽고 무의식중에 한숨을 쉬었다. 옆에서 "뭐야, 멀쩡한 젊은이가 국난을 앞에 두고 한숨을 쉬다니 한심하구나."라는 큰소리가 들렸다.

돌아다보니 수염이 많고 키가 큰 거한이었다.

"이거 죄송합니다. 당신은 이 근처에 사시는 분입니까?"

"나는 장비(張飛), 자는 익덕(翼德)이라고 해. 대대로 탁현에 살며 고깃간을 하고 있어. 너는 어디 사는 인간인가?"

"저는 한 왕실의 혈통을 이어받은 유비라는 사람입니다. 황건적이 걱정스러운데도 이를 평정할 힘이 없는 내 자신이 한심하여 저도 모르게 한숨을 쉬었습니다."

"흠, 꽤 그럴듯한 말을 하는군. 나에게는 고깃간을 해서 번 돈이 조금 있는데, 그 돈으로 가까운 마을의 젊은이들이라도 모아 둘이서 한번 군사를 일으켜 보지 않겠나?"

의기투합한 두 사람이 주막에서 기염을 올리는데 얼굴이 붉은 거한이 뛰어 들어왔다.

"그 이야기에 나도 한 몫 끼자."

이 사나이는 관우(關羽), 자는 운장(雲長)이라고 하며, 산서의 해량현 출신이었다. 무술 사범을 하면서 각지를 유랑한 관우는 토벌 의용군 모병에 대한 말을 듣고 이곳으로 온 것이었다.

서로 같은 꿈을 품고 있다는 것을 안 세 젊은이는 이튿날 마을의 한 복숭아나무 아래에서 의형제의 인연을 맺었다.

"유비, 관우, 장비는 이에 형제의 의를 맺음을 맹세한다. 우리 3형제는 뜻을 같이하고 서로 협력해서 국가와 만민 구제를 위해 전력하고자 한다. 3명은 성도 다르지만 형제가 된 이상 이제부터는 고난을 함께하며, 원컨대 같은 날 같은 시에 죽고자 한다. 천지신명이여, 굽어살피소서!"

25세인 유비가 맏형, 23세인 관우가 둘째, 관우보다 두 살 아래인 장비가 막내의 순서로 3명의 의형제가 탄생했다. 그로부터 30여 년 동안 3명은 그림자처럼 서로 의지하며 수많은 고행과 시련을 넘기며 공통의 꿈을 실현하기 위해 일생을 바쳤다.

유비는 말 장수로부터 지원 받은 자금으로 인마를 수백 모아서 부대를 만들어 이끌고 관군에 참가했다. 황건적 토벌에 유비 형제는 눈부신 공로를 세워 지방의 무장대장으로 발탁되었다.

그렇지만 왕가의 혈통을 이어받은 사람치고 유비는 벼슬살이가 서툴러 관직을 얻었다가 잃기를 되풀이했다. 관료로서는 출세하지 못했지만, 유비는 남의 위에 서서 뽐내지 않고 웬만한 일을 부하들에게 대담하게 맡기는 좋은 점이 있었다.

만사에 대범한 데다가 뭐라 형용할 수 없는 매력을 지닌 이 사나이는 상대에게 경계심을 갖지 않게 하는 이상한 특기가 있었다. 그 때문에 어떤 곤란한 일이 생기면 어디선가 구세주가 나타나 여러 가지를 원조해 주었다. 앞에서 말한 의형제와 동문인 공손찬이 그랬으며 서주 태수 도겸과 형주의 군벌 유표도 그런 축에 속했다.

도원결의로부터 10년, 유비 일행은 각지를 떠돈 다음 서주의 외성 소패에 머물게 되었다. 서주 장관으로 있던 도겸은 임종이 다가왔음을 알고 "유비는 당세의 영걸이다. 내가 죽은 다음 너희들은 그분을 맞아서 영주로 모셔 달라."라고 가신 일동에게 유언을 남겼다.

이튿날, 서주의 민중들은 관아 앞에 모여서 가신(家臣)들과 함께 유비에게 태수(太守)로 취임해줄 것을 요청했다. 이렇게 해서 유비는 서주의 영지와 수천의 병마를 손에 넣었다.

유비가 보기 드문 인군으로서 민중들에게 인기가 있었던 것은 그가 젊은 날의 꿈과 맹세를 소중히 하고 그 초심을 잃지 않았기 때문이었다.

_ 조조에게 반기

194년, 유비는 서주의 도겸에게 몸을 의지하고, 그의 덕택으로 서주의 영주가 되었다. 그 무렵, 서주의 동남 일대에 세력을 뻗치던 것이 원술이다. 원술은 옥새 반환 문제로 강남의 손책과 대립했다. 옥새를 손에 넣은 원술은 황제의 지위에 오를 결심을 했으며 그를 위해 영토 확장을 기도했다. 원술은 그 첫 목적지를 서주로 잡았다.

한편, 극악무도한 동탁을 죽인 여포는 그 공적과 용맹성을 볼 때 어디에 가더라도 환영받아야 마땅한 터인데도 실제로는 각지의 군벌이나 영주들이 상대해주지 않아 몹시 애타는 심정으로 각지를 떠돌아 다녀야만 했다.

어제의 적이 오늘의 동지가 되는 것이 난세의 상사이기는 하지만, 그렇다 치더라도 의부와 주군(主君)을 죽인 바 있는 무절제함에는 아망에 불타는 군벌들까지 정나미가 떨어진 것이다.

그런 여포가 애처인 초선과 몇 안 되는 종자를 데리고 마지막으로 의지하러 간 곳이 서주의 유비였다.

"유 장군, 나도 당신도 같은 시골 출신으로 특별한 연줄도 없이 고군분투해 왔소이다. 내가 동탁을 주살하고 의군에 참가하려고 달려갔는데도 관동의 여러 장군들이 차갑게 대할 뿐이어서 참으로 한심하오. 여기서 당신을 만나게 되니 이렇게 기쁜 일이 없소. 아무쪼록 나를 당신의 진영에 넣어 주지 않겠소?"

여포는 거만한 성격에 어울리지 않게 유비에게 고개를 숙였다. 유비도 내심으로는 여포의 절조 없음이 몹시 불쾌했지만 이 야수 같은 사나이를 적으로 돌린다는 것은 득책(得策)이 아니라고 생각하고 애써 장단을 맞추어 식객의 일원으로 끼워주었다.

"전장에서 뛰어나게 강한 여포가 유사시에는 어떤 쓸모가 있겠지." 하고 포용력이 큰 유비는 가볍게 생각했다. 그러나 유비의 생각은 완전히 빗나갔으며, 절조라고는 손톱만큼도 없는 야수에게 호되게 손을 물리는 꼴이 되었다.

196년, 수춘에 본거를 둔 원술이 서주를 침공했다. 유비는 관우와 장비를 거느리고 지금의 회음에 포진하고 원술군과 싸웠다. 유비군이 의외로 강한 것에 화가 난 원술은 여포에게 밀서를 보내 내통할 것을 전했다. 그리고 그 사례로 양곡 20만 석을 주겠다는 조건을 제시했다.

여포는 덩실거리며 기뻐했다. 그러고는 식객 신분이라는 것도 잊고 유비의 본거지 하비성을 급습하여 유비의 가족을 인질로 잡았다. 앞뒤에서 적을 맞은 유비는 어쩔 수 없이 여포에게 항복을 자청하는 처지가 되고 말았다. 그러나 여포에게도 착오가 생겼다. 원술이 약속을 지키지 않는 사람이라는 사실이 옥새 사건으로도 이미 증명되고 있었다. 아니나 다를까 원술은 약속한 양곡을 보내주지 않았다.

"사기꾼 같은 놈! 감히 나를 배신했겠다!"

자기야말로 배신의 상습범이면서도 여포는 벌겋게 달아오른 얼굴로 화를 내었으며, 그 화풀이로 부대를 보내서 유비를 맞아 소패에 주둔할 것을 허락하였고 자신은 서주 태수가 되었다.

유비는 사람이 좋은 탓으로 '행랑채를 빌려주었다가 본채까지 빼앗긴' 꼴이 된 셈이다. 이러지도 저러지도 못하게 된 유비는 허도에 있는 조조의 힘을 빌리기로 했다. 폭군이기는 하지만 무슨 일이든지 조리를 세우는 조조는 여포 같은 절조 없는 사나이를 아주 싫어했다.

영락한 유비 일행을 조조는 쾌히 맞아들였다. 그때 중신인 순욱과 정욱이 "여포나 원소는 시시한 도배(徒輩)이며 그냥 내버려두어도 어차피 망할 것입니다. 그러나 유비는 방심할 수 없는 인물입니다. 장차 반드시 주상의 벅찬 상대가 될 것입니다. 죽이려면 지금 죽이는 것이 좋다고 생각합니다." 라고 말하면서 반대했다.

그러나 조조는 "지금은 한 사람이라도 영웅이 필요한 때다. 나에게 의지하러 온 영웅을 죽였다간 천하의 웃음거리가 된다."며 두 사람의 의견을 물리쳤다.

198년에 조조는 호북성의 장수를 멸망시키고 그 여세를 몰아 서남쪽에서 서주를 공격하여 마침내 숙적인 여포를 죽였다. 허도로 귀환하자 조조는 유비를 좌장군에 임명하고 이전보다 더욱 유비를 후하게 대우했다.

그 무렵 각지에 첩자를 풀어놓고 있던 조조는 원술에 관한 정보를 손에 넣었다. 지금까지 손책, 조조, 유비, 여포와 싸워 온 원술은 정세가 도무지 호전되지 않자 싫증이 나서 본거지인 수춘을 포기하고 서주를 지나 종형인 원소에게 몸을 의탁하려 한다는 것이었다.

이 정보를 분석한 끝에 조조는 유비를 총대장으로 내세워 원술의 북상을 저지하기로 결정했다. 결과는 싱겁게 끝나고 말았다. 싸우기도 전에 원술이 서주 바로 앞 진중에서 병사했기 때문이다.

조조는 산동, 하남, 안휘, 호북에 걸친 광대한 지역을 영유하기에 이르렀다. 이제는 영토, 인구, 경제력, 무력, 인재 등으로 보아 그와 대결할 수 있는 것은 원소 한 사람뿐이었다.

이처럼 조조는 헌제를 받들고 안팎으로 혁혁한 실적을 올렸지만, 그 성공을 불쾌하게 생각하는 사람도 많았다. 힘과 그럴 듯한 수단으로 남을 누르는 조조 같은 독재자는 어차피 자기편이 천 명이면 적도 천 명이기 마련이다. 특히 황제와 구 조정 신하들의 눈으로 볼 때는 조조나 동탁이나 본질적으로 다를 것이 없었다.

유비가 원소 토벌을 위한 준비로 바쁠 때 헌제는 차기장군 동승을 불러서 이야기하다가 헤어질 때 띠를 풀어서 그에게 주었다. 이 띠 속에는 조조 주살의 밀칙(密勅)이 들어 있었다. 그 밀칙에 감동한 동승은 몰래 동지를 모아 조조를 죽일 준비를 진행했다. 그가 기대했던 근왕의 동지들 중에는 한 왕실의 혈통을 이어 받은 유비도 있었다.

정보기관을 쥐고 있는 조조가 불온한 움직임을 모를 리 없었다. 이렇듯 풍운이 심상치 않은 중에 유비는 조조로부터 식사 초대를 받았다. 설마 조조가 자기들의 움직임을 살피고 있으리라고는 꿈에도 모르는 유비는 선뜻 응낙했다.

조조는 유비의 얼굴을 보자마자 말했다.

"유 장군, 요즈음 당신 처소에는 여러 인물들이 찾아온다면서요? 뭐 재미있는 이야깃거리라도 있나요?"

"……"

조조의 의도를 알 수 없어서 유비는 섣불리 대답할 수 없었다. 조조는 뜰이 넓은 정자에서 유비에게 술과 안주를 권했다. 그럭저럭 하는 동안에 날씨가 이상해지더니 하늘에 검은 구름이 퍼졌다.

조조는 그 검은 구름에서 용을 연상했는지 "그런데 유 장군, 저 검은 구름을 보시오. 저 속에 틀림없이 용이 있겠지. 하늘을 나는 용을 인간에 비유한다면 천하를 얻기 위해 다투는 영웅호걸 같은 것이오. 당신은 여러 나라를 떠돌아다니고 있기 때문에 영웅을 많이 알고 있을 것이오. 당신이 볼 때 장래 천하를 잡을 것 같은 영웅은 누구라 생각하오?"라고 물었다.

유비로서는 가장 방심할 수 없는 상대는 바로 눈앞의 인물이었지만 조조의 속마음을 알 수 없기 때문에 섣불리 바른 말을 할 수 없었다. 그렇다고 대답하지 않을 수도 없어서 원소, 원술, 손책, 유표 등의 이름을 거명했다.

조조는 유비가 든 이름을 일소에 부치고 말았다.

"그런 패거리들은 하잘것없소. 영웅이란 가슴에 큰 뜻을 품고 뱃속에 큰 계획을 숨기고 하늘을 감쌀 듯한 기개와 땅을 삼킬 만한 기량을 가지고 있는 사람이라야 하오. 지금 천하의 영웅이라고 하면…"

거기서 잠깐 사이를 두더니 물끄러미 유비를 응시하고 손가락을 들어 유비를 가리키며 "결국 당신과 나뿐이오."라고 했다. 음식에 손을 대려던 유비는 조조의 말에 놀라 그만 젓가락을 떨어뜨렸다. 그때 마침 천둥이 쳤다.

"이거 큰 실수를 했습니다. 저는 천둥소리가 아주 질색이어서 그만 추태를 보였습니다."

유비는 그렇게 말하며 얼버무렸다. 조조는 큰소리로 웃었다.

"유 장군, 당신은 대망을 품고 있는 몸이니 소인들의 부추김에 속아서 대국을 그르치면 안 되오. 하여튼 원술 정벌을 잘 부탁하겠소."

유비는 동승을 비롯해 동지들과 조조를 암살할 기회를 엿보았으나 실행하기 전에 일선으로 출발하게 되었다. 결국 유비가 없는 동안에 반역 계획이 발각되어 동승 등은 전원 처형당하고 말았다.

서주로 들어간 유비는 조조 암살 계획이 실패했다는 것을 알자 공공연히 조조에게 반기를 들었다. 유비는 허도로는 들어가지 않고 이전의 근거지였던 소패성에 주둔하면서 조조가 어떻게 나오는지를 살폈다.

수어지교(水魚之交)

조조는 자기를 주살하려는 음모에 유비도 가담했다는 사실을 알게 되자 "유비란 놈, 그만큼 주의를 주었는데도 음모에 가담했다니!" 하고 화를 냈다.

원소와 대립해 일촉즉발의 기운이 감돌았지만 조조는 "원소보다 유비를 더 방심할 수 없다. 그놈을 지금 꺾지 않으면 나중에 방해가 된다." 고 생각하고 군대를 이끌고 서주와 소패를 공격했다.

설마 조조가 직접 공격해 올 리는 없을 거라고 방심했기 때문에 유비는 완패했다. 그리고 유비의 두 부인은 경호 담당인 관우와 함께 체포되었다. 유비는 원소에게 의지해 달아났고 동생 장비는 서주 교외에서 산적이 되었다.

관도의 싸움에서 유비는 원소의 별동대가 되어 허도 남쪽으로 돌아가서 유격전을 펼쳤다. 관우가 손님 대우를 받으면서 조조의 측근에 있다는 것을 알고 유비는 몰래 관우와 연락하여 마침내 그 일행과 재회했다.

원소가 싸움에 진 다음 201년, 유비는 호북의 형주로 옮겨 유표의 식객이 되었다. 계속되는 전란 속에서도 형주는 상처를 입지 않고 있었다. 그 때문에 야망을 품은 수많은 영웅호걸이 형주에서 식객 노릇을 하고 있었다. 식객들의 선배 격에 사마휘라는 노인이 있었다. '수경 선생'이라고도 불렸던 이 노인은 여러 나라를 두루 돌아다녀 인재에 대해서 밝았다.

때마침 유비는 좋은 전략가를 구하고 있었다. 유비 쪽에 청룡언월도를 쓰는 천하무쌍의 관우와 1장8척(약 4.1미터)의 창을 쥐고 종횡무진 활약하는 괴력의 장비, 창의 명인 조운 등이 있기 때문에 무예에서는 부족함이 없었다.

그러나 주위의 정세를 분석하여 확실한 전략이나 작전을 세우는 좋은 참모가 없었기 때문에 형세와 정확한 정보를 포착해서 탁월한 이론 지도를 해줄 두뇌를 가진 사람이 필요했다.

수경 선생은 "천하의 형세를 파악하고 있는 인물은 좀처럼 없다. 이 지방에서는 복룡, 봉추가 그 거물이겠지." 하고 말했다.

"그들이 누구입니까?"

"복룡이란 제갈량이고, 봉추란 방통을 말한다."

유비는 제갈량의 친구인 서서라는 인물을 만났다. 유비는 서서의 견식에 감탄하고 참모로 고용했다. 그러자 서서는 "저보다 훨씬 뛰어난 사람이 있습니다."라고 말했다.

"그게 누군가?"

"이 근처의 융중에서 농사를 짓는 제갈량입니다. 그 사나이는 쓸 만합니다."

유비는 수경 선생의 말이 생각났다.

"좋다. 데리고 오라."

"아닙니다. 부른다고 올 사람이 아닙니다. 장군께서 직접 가셔서 예를 다해 초청하지 않으면 벼슬아치가 되지 않을 것입니다."

유비는 몸소 융중으로 갔다. 세 번을 찾아가서야 겨우 만날 수 있었다. 이것이 이른바 '삼고초려(三顧草廬)'이다. 그때 유비는 47세, 제갈량은 유비보다 스무 살이나 젊은 나이였다.

제갈량은 견식이 높았으며 "세상만 잘 만난다면 춘추시대의 명재상 관중, 전국시대의 명장 악의에 필적하는 활약을 할 수 있다."고 자부하고 있었다. 그러나 주위 사람들로부터는 "분수도 모르는 촌놈"이라고 멸시당하기 일쑤였다. 다만 친구인 서서와 몇 번 만난 적 있는 수경 선생만은 그의 탁월한 전략 사상을 높이 평가하는 데 주저하지 않았다.

유비의 삼고초려에 감동한 제갈량은 '이분이야말로 내가 평생 섬길 가치가 있는 주군'이라고 생각했다. 제갈량은 정치적 포부로서 "천하 삼분지계(天下三分之計)"를 설명하고 유비에게 새로운 독립 왕국을 만들 것을 제안했다. 그 기우장대(氣宇壯大, 기개와 도량이 웅대하고 큼)한 주장에 감탄한 유비는 크게 고개를 끄덕였다. 그러고 즉각 제갈량을 군사로 초빙하고 두터운 신뢰로 대우했다.

유비가 제갈량을 후하게 대우하는 것을 불쾌하게 생각한 관우와 장비는 불만을 드러냈다. 그러자 유비는 두 의형제에게 잘 알아듣도록 여러 번 설득했다.

"공명과 나는 비유해서 말하자면 물과 물고기 같은 존재이다. 물고기는 물이 없으면 살아갈 수 없다. 군웅이 할거하는 이 어려운 세상에 끝까지 이겨 우리들의 이상을 달성하기 위해서는 아무래도 그런 인재가 필요하다. 제발 이해해주기 바란다."

두 사람은 겨우 납득하고 그 이후는 불평하지 않게 되었다. 유비는 봉추라고 불리는 방통도 자기 진영에 참가시키는 데 성공했다.

♪_두 거장

조조는 형주에 있는 유비의 존재가 몹시 마음에 걸렸다. "건방지고 아니꼬운 멍석 장수 녀석! 이번에야말로 용서하지 않겠다!"

이렇게 생각한 조조는 208년 7월에 원정군을 편성하여 단숨에 남하했다. 유비는 신야라는 작은 성에서 조조의 대군을 맞아 싸웠다. 위군의 선봉은 조조의 조카 조인이 이끄는 3만 명의 정병이었다. 조인군은 기마대를 선두로 일제히 신야성으로 돌격했다.

처음으로 작전 지도를 맡게 된 군사 제갈량의 지시에 따라 유비군은 신야성을 버리고 주위 언덕에 복병이 되어 숨어 기다렸다. 조인의 부대가 성내로 들어간 순간 여기저기서 불길이 치솟더니 눈 깜짝할 사이에 좁은 성내는 불바다가 되었다.

"아차! 속았구나!"

조인은 퇴각 명령을 내렸으나 이미 때는 늦었으며, 주위의 언덕에서 유비군이 일제히 쏟아져 나왔다. 앞에서는 불, 뒤에서는 화살에 협공당한 조인의 부대는 거의 전멸했다.

겨우 목숨을 건져 본대로 돌아간 병사의 보고를 듣고 조조는 분노를 감추지 않고 큰소리로 호통을 쳤다.

"유비란 놈, 건방지고 아니꼬운 짓을 다 하는군. 이렇게 된 이상 내가 숨통을 끊어줄 수밖에 없다!"

조조가 본대를 이끌고 전장에 도착했을 때 유비군은 신야를 뒤로하고" 철퇴 중이었다. 군대만이라면 몰라도 신야성 내의 주민 수백 명을 데리고 있었기 때문에 행군은 지지부진이었다. 곧바로 조조의 기마대가 추격해왔다.

"적군은 거치적거리는 비전투원을 데리고 있다. 단숨에 짓밟아버려라!"

조조는 앞장서서 공격 명령을 내렸다.

군사인 제갈량은 조운과 장비를 맨 뒤에 남기고 본대를 맨 먼저 달아내게 했다. 그러는 사이에 해가 저물어 적과 아군을 구별할 수 없는 채 혼전이 되었다.

맨 뒤에서 적의 공격을 막던 조운(조자룡)은 한잠도 자지 않은 채 계속 싸웠다. 창끝은 너덜너덜 이가 빠졌으며, 도대체 적을 몇 명이나 찔러 죽였는지 자기 자신도 알 수 없었다.

아침 안갯속에 또다시 조조군의 한 부대와 만났는데 문득 바라보니 중견 장교인 미축이 적의 말에 결박되어 있지 않는가. 깜짝 놀란 조운은 적장을 찔러 죽이고 미축을 구했다.

"아, 조자룡 장군 덕분에 살았습니다."

"적에게 붙잡힌 사람이 또 있는가?"

"저쪽에 주상 부인께서 발을 다쳐 꼼짝 못하고 계십니다."

조운이 급히 달려가 보니 오래된 우물 옆에 유비의 부인 미씨가 주군의 외아들인 아두를 안은 채 쓰러져 울고 있었다. 조운은 말에서 내렸다.

"부인! 자, 어서 이 말을 타십시오."

"아, 조 장군! 제발 이 아두를 주상 곁으로 데리고 가주시오."

"적이 보고 있습니다. 빨리 말을 타십시오."

"아니오. 이 몸으로는 도저히 갈 수 없소. 그보다도 그대는 말이 없으면 꼼짝하지 못하지 않소. 나는 상관하지 말고 아두를…"

부인은 그렇게 말하고는 갓난아이를 조운에게 내밀고 서슴없이 우물 속으로 뛰어들었다.

순식간의 일이어서 조운도 어찌할 수가 없었다. 그는 판자 토막을 우물에 덮어 위장한 다음 갑옷의 앞가슴을 풀어 아두를 품에 안고 말에 뛰어오르자마자 쏜살같이 달아났다. 가는 길을 가로막는 적은 모두 단번에 찔러 죽였다. 마침 그때 언덕에 진을 치고 있던 조조는 번개같이 빠르게 달려가는 말 탄 적장을 발견했다.

"저놈은 누구냐! 저놈을 놓치지 말라!" 하고 조조가 외쳤을 때 조운은 장판교 바로 앞까지 달려가고 있었다. 다리 입구에 있는 장비를 보고는 "장 장군, 뒷일을 부탁하네."라고 한마디를 남기고는 다리를 건너 강 반대쪽에 있는 유비의 본진으로 달려갔다.

조운은 거친 숨을 헐떡이면서 유비 앞에 꿇어 엎드려 외쳤다.

"주상, 유감스럽게도 마님은 구하지 못했습니다. 죄송합니다."

급히 갑옷을 풀어보니 아두는 새근새근 자고 있었다. 조운의 손에서 갓난아기를 받은 유비는 갑자기 위엄을 갖추더니 "이 바보 같은 놈아, 너 때문에 나는 둘도 없는 용장을 잃을 뻔했단 말이다!" 하고 갓난아기를 내동댕이쳤다.

한편, 조운으로부터 바통을 넘겨받은 장비는 1장8척의 창을 들고 혼자서 장판교 위에 버티고 있었다.

"저놈은 또 어떤 놈이냐?" 하고 조조의 부장 두 명이 장비를 향해 돌진했으나 장비의 긴 창이 한 번 번쩍 하자 두 사람의 목은 금세 땅에 떨어졌다.

"저런!"

공포의 소리가 위군 병사들 사이에 일어났다. 거기까지 뒤쫓아 온 이전, 조인, 하후돈 등의 장군들도 장비의 용맹한 모습에 놀라 말을 멈추었다. 그때 다가온 조조가 의아스러운 듯 물었다.

"그대들은 어째서 말을 멈추는가?"

그러자 다리 위에서 장비가 큰소리로 고함을 쳤다.

"내가 바로 연나라의 익덕, 장비다. 자신 있는 놈은 덤벼라!"

위군은 장비 목소리에 기가 죽어 멈칫거렸다. 장비는 적이 웅성거리는 것을 눈치 채자 창을 바싹 잡아당기며 큰소리로 외쳤다.

"이놈들아! 덤빌 테냐 도망칠 테냐, 분명히 하라!"

"혼자뿐이면서 큰소리는…" 하고 부장들이 뛰어나가려고 하자 조조가 말렸다.

"기다려라."

조조는, 전에 관우가 안량과 문추를 베었을 때 그를 칭찬했더니, "승상, 강한 점에서는 저의 의제인 장비가 훨씬 더 위인입니다. 장비는 전장에 나가면 적의 목을 베기를 마치 호주머니 속에서 물건을 꺼내듯 아주 쉽게 해치우는 사나이입니다."라고 한 말을 생각해 냈다.

과연 강해 보이는 놈이다. 조금 전에 무인지경을 달리듯이 하던 그 정장(丁壯, 기운이 좋은 젊은 남자)을 보나, 관우와 장비를 보나 유비는 좋은 부장을 거느리고 있구나 하고 조조는 감탄했다.

"좋다. 이번에는 일단 물러가자."

하지만 조조가 후퇴한 것은 눈앞에 장승처럼 우뚝 서 있는 장비를 무서워했기 때문이 아니었다. 오히려 그런 용사를 죽이는 것은 아깝다고 생각했고, 강 저쪽에 복병이 있을지도 모른다고 의심했기 때문이었다.

조운과 장비의 분전으로 유비의 본진은 위군에게 발각되지 않고 도망칠 수 있었다. 조운과 장비 두 사람은 자기 목숨을 내던지면서까지 주군 일가를 구하고 자신도 구사일생했다.

목숨을 내던지는 필사적인 전법은 결국 사지를 벗어나는 가장 좋은 전략일 수도 있다.

판단과 신뢰

패전한 유비는 장강 상류의 백제성으로 도망가서 재기를 꾀했다. 여세를 몰아 추격해온 육손은 백제성 앞 100리쯤 되는 곳에서 부대를 멈추었다.

오나라는 승전 기분으로 야단법석이었다. 막료들은 모두 손권에게 상신했다.

"일선 사령관인 육손 장군은 왜 진격을 멈추는 것입니까? 이런 경우는 단숨에 유비의 숨통을 끊어야 합니다."

손권은 급사를 보내서 육손에게 그 이유를 물었다. 그러자 육손은

"백제성을 함락시키는 것은 간단하지만 더 전진하면 이번에는 아군과 적군과의 전력이 반대가 됩니다. 이제부터 적의 군사 제갈량이 나올 것입니다. 그는 전략의 귀재로 무서운 상대입니다. 한편 북방의 위나라 움직임에도 대비하지 않으면 안 됩니다. 이런 이유로 저는 진격을 멈추는 것입니다. 여러 가지 정세를 보아 지금은 오히려 철퇴해서 후방의 수비를 단단히 해야 되지 않을까 생각합니다."라고 대답했다.

손권은 육손의 진언을 받아들여 전군에 철수 명령을 내렸다. 육손이 유비를 깊이 쫓지 않았던 것은 제갈량이 고안해낸 "팔진지도(八陳之圖)"를 돌파할 수 없었기 때문이었다. '팔진지도'는 비법의 전술로 여덟 가지 진형으로 이루어져 있다.

제갈량이 이 비법의 전술로 오나라의 육손과 위나라의 사마중달을 격파했다는 설이 있다. 실제로는 오나라 군이 백제성 앞에서 진격을 정지한 것은 지휘관 육손의 전략적인 판단에 의한 것이다.

223년 봄, 백제성에서 중태에 빠진 유비는 성도에 있던 승상 제갈량을 불러 "그대는 위나라의 조비와 오나라의 손권보다도 현격하게 뛰어난 인물이다. 촉나라를 안정시키고 천하통일의 대업을 완수할 수 있는 힘이 있는 것은 그대 외에는 없다. 량이여! 짐이 죽은 다음 황태자인 유선이 만약 보좌할 만한 가치가 있는 인물이라면 돌보아주기 바란다. 만약 그만한 그릇이 아니라고 생각된다면 제발 그대가 황제의 자리에 오르기 바란다." 하며 뒷일을 부탁했다.

감격한 나머지 제갈량은 목메어 울면서 "폐하, 무슨 말씀이십니까? 불초 제갈량은 어디까지나 고굉지신(股肱之臣, 임금이 가장 믿고 중히 여기는 신하)으로서 충절을 다해 목숨을 던져서라도 지키겠습니다."라고 대답했다.

유비는 또 성도에 있는 자식들에게 다음과 같은 유언을 보냈다.

"나는 처음에는 가벼운 병이었으나 그 후 여병이 병발하여 이미 회복할 가망이 없어졌다. 인생 50까지 산다면 단명이라곤 할 수 없을 것이다. 하물며 나는 60여 세, 충분히 만족할 생애였으며 원망이나 후회는 없다. 오직 한 가지 마음에 걸리는 것은 너희들 형제의 일뿐이다. 작은 악이라도 저질러서는 안 되며 작은 선이라도 게을리해서는 안 된다. 인생에서는 현(賢)과 덕(德)의 두 가지 품격이 사람을 움직이는 것이다. 나는 '덕'이 없었다. 이런 나를 본받으면 안 된다. 고전을 잘 읽고 틈이 날 때마다 학문에 힘써 끊임없이 향상을 꾀하기 바란다."

임종 때 유비는 머리맡에 차남인 노왕을 불러 "내가 죽거든 너희들 형제는 승상을 아버지로 생각하고 섬기는 것이 좋다. 무슨 일이든지 승상의 말을 따라야 한다."라고 유언했다.

공명을 향한 유비의 신뢰가 얼마나 두터웠는지 잘 알 수 있는 유언이다.

유비가 죽은 후 10여 년 동안 제갈량은 2대 유선이 암군(暗君)이라는 것을 충분히 알면서도 몇 번에 걸친 원정을 시도하여 촉나라 유선을 끝까지 지키며 일신을 다 바쳤다. 제갈량은 오직 유비의 신뢰와 지우(知遇, 다른 사람이 자기의 인격이나 학식을 인정해서 잘 대우함)에 보답하기 위해서였다.

𝄞 _ 덕으로 심복하게

유비가 죽고 촉나라의 2대 황제는 유선(아두)이었다. 유선은 정견이 없고 머리도 나쁘고 배짱도 없는 사나이였다.

촉나라의 기반을 닦아 온 신하들은 모두 유선을 깔보았으나 제갈량만은 선군의 부탁에 따라 음으로 양으로 끝까지 감쌌다.

제갈량은 유선을 보필해서 내정을 정비했다. 선대가 살아 있을 때는, 다년간의 원정으로, 천국이라고 불렀던 이 나라도 완전히 피폐되어 있었다.

제갈량은 농업 장려를 통해서 식량을 확보하고 감세와 행정 개혁으로 재정을 안정시켰다. 그 결과 촉나라의 경제는 향상되고 국민의 생활은 안정되었다. 이렇게 되자 촉나라 국민은 정부와 군주를 신뢰하게 되었다. 사람들은 평화를 구가하고, 밤에는 문도 잠그지 않고 잠을 잤으며, 길에 떨어져 있는 물건 따위는 줍지도 않을 정도였다.

국내의 정치가 안정되자 승상 제갈량은 차차 눈을 밖으로 돌렸다. 숙적 위나라와는 언젠가 싸우지 않으면 안 되지만, 그러기 위해서는 촉나라 주변을 완전히 굳혀 둘 필요가 있었다.

오나라와의 관계는 소강상태였다. 게다가 손권의 성격을 미루어 보아 이쪽이 침략하지 않는 한 그쪽에서 공격해 올 걱정은 거의 없었다. 그보다는 촉나라의 남쪽 경계가 더 마음에 걸렸다. 당시 촉나라의 남쪽, 운남에서부터 베트남에 이르는 지역은 이민족의 남만이라고 불렸다.

225년, 남만의 맹획이 반란을 일으켜 촉나라 남쪽 경계를 침범했다.

제갈량은 직접 군대를 이끌고 반란군 진압에 나섰다. 성도를 출발할 때 참모인 마속은 먼길을 마다 않고 수십 리나 배웅했다.

호북성의 명가 마씨에게는 뛰어난 아들 다섯 명이 있었다. 모두 병법에 뛰어났으나 그중에서도 특히 우수한 장남인 마량은 눈썹이 희었다. 그래서 같은 또래 중에서 특히 뛰어난 사람을 백미(白眉)라고 부르게 되었다.

마속은 마량의 친동생이며 제갈량이 평소에도 총애하는 청년 장교였다. 그들 형제는 유비를 따라 촉나라로 들어갔으며, 형인 마량은 몇 해 전 이릉의 싸움에서 전사했다.

배웅 나온 마속에게 제갈량이 물었다.

"너하고는 오랫동안 작전 계획을 짜 왔다. 너라면 이민족 통치를 위해 어떤 정책을 취하겠는가?"

"남만은 중앙에서 멀며 더구나 천연적으로 험한 산세가 사이를 가로막고 있습니다. 일시적으로 진압하더라도 시간이 지나면 또 배반할 우려가 있습니다. 그런 걱정을 없애기 위해서는 여자와 아이들까지 몰살할 수밖에 없습니다만, 아마 그럴 수는 없겠지요. 그렇게 하면 우리 촉나라는 불인(不仁)의 나라라는 말을 듣게 될 것입니다."

"그럼, 어떻게 하면 좋단 말이냐?"

"황송하오나, 일반적으로 전쟁이라는 것은 적의 마음을 사로잡는 것이 상책이고, 성이나 영토를 뺏는 것은 하책이라고 생각합니다. 적지의 인심을 수람(收攬, 사람의 마음 따위를 거두어 잡음)하는 것이야말로 적의 땅을 뺏고 사람을 죽이는 것보다 더 나은 책략입니다. 남만 땅에서는 이민족을 심복(心服, 진심으로 기뻐하며 정성을 다하여 따름)시키는 정책이 가장 중요하지 않을까요?"

"음, 나도 그렇게 생각한다."

총사령관 제갈량, 대장 조운, 부장 위연의 촉나라 원정군은 파죽지세로 진격하여 곧 남만왕인 맹획을 사로잡았다. 제갈량 앞으로 끌려온 맹획은 뻔뻔스럽게 말했다.

"이곳 월준 땅은 조상 대대로 우리 일족의 영토이다. 너희들은 예고도 없이 남의 땅으로 공격해 와서 모반자라 부르니 그야말로 도둑놈 배짱이 아니고 무엇이냐!"

"이미 생포되었음에도 우리 촉나라에 심복할 생각이 없다는 말인가?"

"당연하다. 허를 찔리지만 않았더라면 절대로 네놈 따위에 붙잡힐 내가 아니다."

"그럼 놓아줄까?"

"그렇게 해준다면 한 번 더 승부를 가리러 오겠다. 정면으로 싸워 나를 이긴다면 그때는 너에게 항복하겠다."

제갈량은 웃으면서 말했다.

"좋다, 너의 그 용기를 높이 평가해서 이번만은 놓아주겠다."

석방된 맹획은 군세를 만회하고 공격해 왔다. 지난 싸움에서 패배해 혼이 났던지 이번에는 아주 신중했으며 좀처럼 백병전에 응하지 않았다.

촉군의 장수는 위연이었다. 이 사나이는 장비처럼 용맹 과감한 것은 좋으나 저돌맹진(猪突猛進)하는 편이었기 때문에 남만군의 꾐에 빠져 너무 깊이 들어간 탓에 "아차, 속았구나." 하고 물러나려 했을 때 남만군의 반전공격을 당했다.

남만군 병사는 모두 그 지방 특산인 등나무로 만든 갑주(甲胄)를 입고 있었다. 촉군 병사의 칼이나 창은 보통 갑주에는 효과가 있지만 기름을 덕지덕지 바른 등나무 갑주에는 그다지 효과가 없었다. 더구나 남만군 병사는 몸놀림이 빨랐기 때문에 무거운 장비로 몸놀림이 둔한 촉군은 패퇴하고 말았다. 도망친 위연으로부터 보고를 받은 제갈량은 "알았다. 내일 싸움에는 불을 준비하라."고 명령했다.

이튿날, 촉군은 장군 조운을 지휘관으로 하여 맹획에게 도전했다. 조운은 미리 기름과 마른 풀을 휴대한 별동대를 매복시켜 두고 맹획군을 그곳까지 유도하자 일제히 불을 질렀다. 기름을 바른 등나무 갑주는 불에 약했다. 남만군은 순식간에 섬멸당하고 대장 맹획은 또다시 생포되었다.

"어떠냐, 남만왕! 항복할 텐가?"

제갈량이 웃으면서 묻자, 억지가 센 맹획은 "화술을 쓸 줄은 몰랐다. 그렇지 않았더라면 질 턱이 없어, 개개의 병사를 비교하면 아군이 훈련도 잘 되어 있고 훨씬 강하다."라고 대답했다.

"그럼 한 번 더 해볼까?"

공명은 맹획을 다시 놓아주었다. 이렇게 되풀이하기를 일곱 번째가 되었을 때 맹획은 고개를 숙였다.

"승상님께 졌습니다. 앞으로 남쪽 사람들은 절대로 반란을 일으키지 않겠습니다. 언제까지고 심복할 것을 맹세합니다."

이렇게 해서 남방의 여러 나라는 모조리 평정되었다. 제갈량은 각지의 통치는 전부 그 지방의 왕에게 맡긴 채 촉군은 한 사람도 주둔시키지 않았다. 막료들 중에는 반란의 재발을 두려워하여 반대하는 사람도 있었다. 그러자 제갈량은 "군대를 주둔시키면 군량 보급이 큰일이다. 그 위에 이 지방 사람들은 이민족의 주둔군에 결코 마음을 허락하지 않기 때문에 반드시 반발이 생겨 언젠가는 저항이 일어난다."라고 말했다.

이렇게 해서 촉군은 철수했다. 촉나라가 멸망할 때까지 이 지방에는 두 번 다시 반란이 일어나지 않았다. 전쟁에서 완전한 승리란 적의 진지를 빼앗는 것이 아니라 적으로 하여금 심복시키는 일이다.

"덕으로써 사람의 마음을 사로잡아라." 이것은 모든 일에 우선하는 가장 좋은 대응책이라고 할 수 있다.

⌇_ 신속 과감하게 실행

남방의 반란이 평정되고 국내 정국도 안정되었으므로 촉나라의 체제는 굳어졌다.

한편 위나라에서는 조비 문제가 40세의 젊은 나이로 죽고, 태자인 조예가 뒤를 이어 명제가 되었다. 이렇게 되자 위나라는 체제가 갖추어지지 않았으며, 더구나 동부 전선에서 오나라 군과 작은 충돌이 되풀이되었다.

오나라와 제휴해서 위나라를 협공하는 절호의 기회가 도래했다. 급기야 북정으로 출발할 국면이 되었지만 제갈량에게 유일한 걱정은 젊고 더구나 범상한 새 황제 유선이 후방에 남아 조정의 정사를 잘 처리할 수 있을까, 하는 문제였다.

227년, 제갈량은 대군을 이끌고 북상하여 한중으로 진주했다. 출발에 앞서 제갈량은 황제에게 상주문을 올렸다.

"신, 말씀드립니다. 선제가 창업을 시작하여 아직 반도 이루지 못했는데 중도에 돌아가셨습니다. 지금 천하가 삼분되어 익주가 피폐해졌습니다. 참으로 위급존망지추(危急存亡之秋)입니다. …

신은 본시 평민으로 남양에서 몸소 농사를 지으며 적어도 성명(性命)으로 난세에 보존하여 명성이 널리 알려지는 것을 제후에게 바라지 않았습니다. 선제는 신의 비비(卑鄙, 신분이 낮고 식견이 짧음)함을 생각하지 않고 몸소 귀한 몸을 굽히고 신의 초려(草廬)에 삼고(三顧)하시고 당세의 일을 신에게 상의하셨습니다. 이에 감격하여 마침내 선제를 위하여 치구(馳驅, 어떤 일을 위하여 몹시 바삐 돌아다님)의 노고를 다할 것을 승낙했습니다. …

신은 은혜를 받고 감격해마지 않으며 지금 멀리 떠남에 표(表, 신하가 자기의 생각을 적어 임금에게 올리는 글)를 쓰면서 눈물이 흘러 말할 바를 모르겠습니다."

이것이 역사적으로 유명한 '출사표(出師表)'이다. 유비와의 만남에서부터 백제성에서 유혹을 받은 것을 적고 자기로서는 선제의 신뢰와 지우(知遇)에 보답하는 것을 생애의 임무로 삼고 있다는 심정을 토로한 동시에 일인자로서의 마음가짐과 국내의 인사, 행정, 군사에 걸쳐 자세한 의견을 낱낱이 신고했다.

제갈량은 살아 돌아오기를 기약하기 어려운 원정이라고 생각했던 모양이다. 그런 만큼 사리에 어둡고 어리석은 유선을 돌보는 성심이 자연스레 드러나 있어 눈물 없이 읽을 수 없는 주옥같은 명문이다.

한중으로 진주한 제갈량에게는 한 가지 승산이 있었다. 그것은 상용 태수 맹달을 포섭하는 일이었다. 상용은 형주의 서북부에 있는 군사적 요지이며, 거기서부터 한수를 거슬러 올라가면 한중이고 내려가면 형주의 삼각지점인 양양에 이른다. 위나라와 촉나라를 잇는 중요한 거점으로 쌍방에게 꼭 확보해야 할 땅이다.

이 땅을 점령하고 있던 맹달은 관우의 부하였는데, 두목이 죽자 위나라에 항복했으며 문제의 명령으로 상용의 수비사령관에 임명되었다. 방계의 장군인 맹달은 자기를 신임해준 문제가 죽자 마음이 동요되었다. 제갈량는 그 점에 착안하고 맹달의 포섭을 꾀하였다.

"그대는 옛날 촉나라 신하가 아닌가. 문제가 죽은 후 위나라에서는 그대를 이해해주는 사람은 없다. 위나라에서 장래성이 없는 것을 안 이상 옛 보금자리인 촉나라로 돌아오는 것이 마땅하지 않은가. 만약 그렇게 된다면 옛날 이상으로 후하게 대우할 것을 약속하겠다."

제갈량은 밀서를 보내 내응(內應, 적 또는 외부와 남몰래 통하다)을 권했다. 때마침 형주 전체의 사령관은 표기장군(驃騎將軍, 중앙 상비군을 통솔하고 정벌전쟁을 관장하는데, 서열은 승상의 아래였고, 삼공과는 동렬)

사마의였다. 사마의는 하남성 온현의 명문 출신이다. 형제가 모두 수재였으므로 이 지방에서는 사마가의 팔달이라고 불렀다. 형제들의 자는 모두 '달(達)'이었으며 차남인 의가 중달이었다.

인재 발굴에 열심이던 조조에게 등용된 그는 두드러지게 두각을 나타내어 이제는 위나라에서도 뛰어난 장군의 한 사람이 되었다. 맹달이 반역할 움직임이 있다는 정보를 포착한 사마중달은 토벌군을 준비했다. 그러자 부장들이 "맹달도 역시 이제는 우리 위나라 사람입니다. 이번 경우는 명제께 보고하는 데 그치고 좀 더 상황을 보아야 하지 않겠습니까?" 하고 제의했다.

"아니야, 맹달은 신의라고는 손톱만큼도 없는 사나이야. 지금 처치해야지 적에게 돌아선 다음에는 이미 때가 늦는다." 하고 단호하게 물리쳤다.

사마중달이 이끄는 기동부대는 주야로 말을 몰아 관원에서 상용까지 약 700킬로미터를 불과 8일 만에 주파했다.

한편 맹달 측에서도 사마중달의 움직임을 살피고 있었다. 맹달은 제갈량에게 편지를 보내 "저는 승상과 함께 행동할 결심을 굳혔습니다. 사마의도 저의 마음을 안 것 같습니다. 그는 위제의 허가를 얻은 후에 공격해오겠지만 도읍까지는 왕복 1개월은 걸리며, 그런 다음에 출발하면 이곳에 도착하는 것은 빨라도 1개월 반 후일 것입니다. 또한 사마중달이 직접 오지는 않을 것입니다. 그때까지 저는 방어 준비를 단단히 하겠습니다."라고 했다.

어느 날, 갑자기 성문 밖에 사마중달군이 나타난 것을 본 맹달은 기겁을 하며 놀랐다.

"마치 귀신같은 솜씨로구나!"

방비 태세도 갖추지 않은 데다 전의마저 상실한 맹달은 성문을 열고 항복했다. 사마중달은 맹달의 목을 베고 상용을 점령했다. 작전 방침을 결정하면 신속 과감하게 실행하는 것이 매우 중요하다.

신상필벌

제갈량의 작전은 맹달의 죽음으로 좌절되었고, 그 제갈량을 이겨 위나라를 구한 것이 사마중달이다. 사마중달은 상용에서 급히 떠나 명제를 배알한 다음 독단 전횡을 사과했다. 사마중달을 신뢰하던 명제는 책망하기는커녕 신속한 처치를 칭찬하고 정서도독에 임명해서 한중까지 진격해온 제갈량을 대비하게 했다.

228년경, 한중에서 대기하던 제갈량은 해빙을 기다렸다가 10만 장병을 이끌고 위나라 영내로 침입했다. 한중에서부터 사마중달의 본진이 있는 장안으로 가려면 야곡이라는 골짜기를 지나 10일 안에 갈 수 있었다. 일찍이 조조가 한중으로 출정했을 때도 그 지름길을 이용했다. 그러나 제갈량은 그 골짜기의 좁은 길을 택하지 않고 크게 우회해서 기산으로 진출했다. 그것은 탄탄한 공도이기는 했으나 시간이 배 이상 걸리는 거리였다. 신중한 제갈량은 적의 복병을 두려워하여 골짜기의 지름길을 피하고 굳이 먼 길을 택했던 것이다.

기산을 지나, 천수를 건너 가정이라는 요충을 점령한 제갈량은 이곳에 병참기지를 두었다. 가정은 이 지방의 물자 집산지로서 교통의 종착역이기도 했다.

가정에서 동진하여 드디어 장안을 목표로 하려 했을 때 제갈량은 사마중달의 방위군이 서진하고 있다는 정보를 입수했다.

"사마중달은 작전에 능한 사나이다. 반드시 별동대로 아군의 병참기지인 이 가정을 공격할 것이다." 하고 제갈량은 작전회의에서 말했다.

"그렇다면 출격을 중지하고 여기서 적을 맞아 싸우시겠습니까?" 하고 대장인 강유가 말했으나 제갈량은 고개를 가로저었다.

"아니 예정대로 출격한다. 이곳에는 3만 명의 병사와 똑똑한 지휘관을 남겨두면 된다. 누가 가정의 수비를 맡겠는가?"

"원컨대 저에게 맡겨 주십시오." 하고 참모인 마속이 대답했다. 제갈량은 마속을 보더니 "가정은 아군의 중요한 병참기지이며, 만약 이곳을 잃으면 일선부대의 보급이 곤란해진다. 그대는 병법에는 능통하지만 설전 경험이 부족하다. 경험이 풍부한 부장이 함께 있어야 한다."

"외람된 말씀입니다만 저는 어릴 때부터 병서를 늘 읽어 무예 전반에 통달하고 있습니다. 이 좁은 가정을 지키는 것쯤은 어렵지 않습니다. 아무쪼록 안심하시기 바랍니다."

"그렇다손 치더라도 사마중달은 보통 무장이 아니다."

"사마중달도 인간인 이상 별것 있겠습니까. 만약 실패가 있을 때는 참형에 처하셔도 이의가 없겠습니다."

"음…"

평소 총애하던 준재(俊才)인 마속이 이렇게까지 말하자 제갈량도 마음을 놓았다.

"좋다. 그 정도의 각오라면 그대에게 맡기기로 하겠다. 실전에 밝은 왕평을 부장으로 보좌하게 할 테니 만사를 잘 의논해서 하라."

이튿날, 제갈량은 가장 신뢰하던 강유를 선봉으로 하여 장안을 향해 출발했다. 그런데 가정의 교외에는 큰 산이 있으며, 거기 오르면 가정 시내는 물론이고 가도의 길 줄기도 멀리 바라볼 수 있었다. 마속은 이 산에 포진하려고 했다. 부장인 왕평은 그의 경험에 비추어 평야부의 가도를 제압하는 지점에 진을 쳐야 한다고 주장했으나 마속은 듣지 않았다.

"어리석은 짓이다. 이 산이야말로 하늘이 주신 요해(要害, 지세가 군사적으로 중요한 곳)이다. 병서에도 '높은 데 의지해서 아래를 보는 것은 길(吉)하다.'라고 되어 있지 않는가. 위나라 군대가 오면 한달음에 내려가서 돌격하자. 그렇게 하면 적을 몰살할 수 있다."라면서 촉군을 억지로 산 위에 야영시켰다.

아직 젊은 마속은 심히 독단적이었다. 며칠 후, 가정으로 육박한 위나라 군대는 마속의 진을 올려다보고 코웃음을 쳤다. 위군은 촉군이 굳게 버티는 산을 완전히 포위하고, 식량 보급로를 차단했으며, 수원마저 끊는 작전을 펼쳤다.

산 위에 진을 친 촉군은 금세 곤경에 빠졌으며 어쩔 수 없이 강행 돌파하다가 완패했고 본대가 있는 곳으로 허둥지둥 도망쳤다. 장안으로 가는 도중에 마속의 패전을 접한 제갈량은 보급로가 차단될 것을 두려워하여 전군을 후퇴시킨 다음 몸소 3만 기병을 이끌고 또 하나의 병참 기지인 서역을 향해 급히 군사를 몰아갔다. 사마중달이 그곳을 급습할지 모르기 때문이었다.

이 전쟁이 일단락되자 제갈량은 한중에서 군법회의를 열어 마속을 재판했다. 마속의 책임은 컸다. 그렇지만 총사령관인 제갈량이 평소에 특별히 총애하던 장수였다. 게다가 당시 촉나라에서는 군사 인재가 적었다. 이 비상사태에 마속 같은 우수한 인재를 잃는 것은 오히려 큰 손실이라고 생각한 막료들은 어떤 처벌이 내려질지 주목했지만 설마 엄벌은 없을 것으로 생각했다. 그러나 예상과 달리 제갈량은 눈물을 뿌리면서 마속을 참형에 처했다. 처형이 행해질 때 전군 장병은 모두 눈물을 흘리고 옷깃을 여몄다.

제갈량이 총애하던 마속을 처형했다고 해서 후방의 정적으로부터 냉혹한 인간이라는 비난을 받았다. 그러나 냉혹함만으로 군대를 통솔할 수 있는 것은 아니다. 군율을 지킬 때는 타협하지 않지만 제갈량은 부하에 대한 동정심이 남보다 갑절 두터웠다.

처형할 때 제갈량과 마속 사이의 이런 말이 오갔다.

"너는 어릴 때부터 병법을 많이 공부했으므로 병서를 외고 있었을 터이다. 가정의 중요성을 내가 장황할 정도로 설명했을 때 너는 목숨을 걸고라도 이곳을 지켜 보이겠다고 말했다. 그러나 부장 왕평의 간언도 듣지 않고 몰상식하기 짝이 없는 군사 배치를 했으며 그 때문에 많은 장병을 죽이고 귀중한 식량과 무기를 잃었다. 너는 이 모든 책임을 져야 한다."

"승상께서 저를 자식처럼 귀여워해 주셨습니다. 저도 승상을 친아버지처럼 따랐습니다. 그런 만큼 승상께서 몸소 처벌을 내리시니 더 바랄 것이 없습니다. 다만 제가 죽은 다음에는 가족들에 대한 일은 아무쪼록 잘 보살펴 주시기 바랍니다."

"그대 가족은 내 가족이나 마찬가지이다. 염려 말고 형을 받도록 하라."

마속에 대한 이 같은 제갈량의 마음을 "읍참마속(泣斬馬謖)"이라고 한다.

처형이 끝나고 제갈량은 마속의 유해를 정중히 매장한 다음 유족에게 막대한 금품을 주었으며 먼 훗날까지 돌보았다. 촉나라 사람들은 제갈량의 이 따뜻한 배려에 모두 감동했다.

신상필벌(信賞必罰, 상과 벌을 공정하고 엄중하게 하는 일)은 간단한 것 같지만 사실은 상당히 어렵다. 상을 주는 것은 쉽지만 처벌은 의외로 하기 어렵다. 그런 의미에서 '대의를 위해서는 육친도 저버린다.'는 교훈에 따라 마속을 처형한 제갈량의 태도는 가히 칭찬할 만하다.

_ 교착상태에서 전략은 정보

제갈량은 몇 번이나 위나라 영내를 원정했으면서도 성공하지 못했던 것은 보급이 제대로 되지 않았기 때문이라고 깨달았다. 이번에는 병력을 나누어 둔전을 일으켜 자급자족의 태세를 취했다. 둔전병은 위수를 따라 대규모 개간을 하여 그 지방 농민들로부터 대환영을 받았다.

위나라에서는 제갈량이 또 대군을 이끌고 침입했다는 말을 듣고 불안하였다. 명제는 사마중달의 군단을 증강하여 출격하도록 명령했다.

출진에 즈음해서 위나라의 군사 관계자는 입을 모아 "위수 북안에 포진하여 촉군과 강을 사이에 두고 대치하는 것이 좋다."라고 주장했지만 방위군 사령관 사마중달은 단호하게 "위수 남안은 곡창지대로 비축 양식도 많아 먼저 그곳을 확보하는 것이 중요하다."면서 부대를 이끌고 위수 남쪽으로 건너가서 배수의 진을 쳤다.

성채 구축이 끝나자 사마중달은 작전회의를 열고 막료들에게 말했다.

"지금까지 제갈량의 전투 방식으로 보아 그는 근간에 오장원으로부터 산을 따라 동으로 진격할 것이다. 그렇게 되면 아군도 가만히 있을 수 없게 된다. 적이 동쪽으로 진격할 움직임을 보이면 선제공격을 가하자."

그러나 사마중달의 예상과 달리 촉군은 오장원에 항구적인 진지를 만들기 시작했다.

"알 수 없군, 여느 때는 속전즉결의 적극 전법을 취하는 제갈량이 이번엔 어떻게 된 일일까?"

꺼림칙하게 생각한 사마중달은 오로지 수비를 단단히 하기로 했다. 이리하여 오장원을 중심으로 촉, 위의 전선은 교착상태에 접어들었다.

제갈량은 오장원에 자리 잡고 오래 머물 생각은 조금도 없었다. 동쪽으로 진격해서 무공을 점령하면 거기서 장안까지는 200킬로미터밖에 안 된다. 그로서는 사마중달이 두려워하는 전격작전을 쓰고 싶었다.

그런데 유감스럽게도 봄부터 몸의 상태가 좋지 않아 연속적인 행군에는 견딜 수 없게 되었다.

이렇게 해서 오장원에서의 양군의 대치는 100여 일에 이르렀다. 병법의 원칙으로 말하더라도 싸움이 장기화될수록 원정군에게 불리해진다. 제갈량은 차차 초조해졌다. 갖은 방법으로 위군을 도발해 보았다.

사자를 여러 번 보내 결투장을 내던지기도 하고, 부인용 장식품을 보내 모욕함으로써 화를 돋우려고도 했으나 사마중달은 꾹 참을 뿐 움직이려 하지 않았다.

부인이 머리에 꽂는 건귁은 여성의 의미로 쓰인다. 이는 남자로서의 뜻이 없는 것을 의미한다. 즉 '너는 불알이 없는 놈'이라는 욕이다. 이렇게 했지만 위, 촉의 대치는 지루하게 이어졌다. 그러는 동안 제갈량의 몸은 점점 쇠약해졌다.

사마중달은 적과 아군의 우열을 잘 파악하고 있었다. 사기, 병사의 훈련도, 지휘관과 장교의 능력, 병력, 장비 등에서는 부족한 면이 없지 않았지만 그 밖에는 촉군이 위군보다 훨씬 우위였다. 이것은 그때까지의 상황을 미루어 보더라도 분명했다. 특히 공명을 필두로 강유, 위연, 양의 등의 젊은 용장을 거느린 촉군은 단기 결전에는 굉장히 강한 편이었다. 그러나 장기전이 되면서 입장이 반대로 변했다. 촉군은 한중으로부터 먼길을 행군했기 때문에 보급에 어려움이 있었고, 둔전을 개척한다고는 하지만 장병 10만 명을 부양하는 것은 도저히 불가능했다.

한편 위군은 보급선도 짧은 데다가 자기 나라 영토에서 싸우기 때문에 군량 조달이 쉬웠다. 촉군의 병사는 모두 쌀이 많이 나는 사천 출신이며, 먼 북국의 풍토나 음식물에 익숙하지 못했다. 고향으로 빨리 돌아가고 싶은 마음뿐이었다. 따라서 싸움을 오래 끌수록 원정군은 불리해질 수밖에 없었다.

위나라의 사마중달은 적과 아군의 장단점을 잘 알고 있었다. 그렇기 때문에 아무리 유혹을 받아도 또 모욕을 당해도 꾹 참으면서 전쟁의 장기화를 기도했다.

제갈량도 우열을 잘 알았기 때문에 전선의 교착화를 피하려고 했다. 그렇지만 자신의 병이 위독해서 진격할 수 없었으므로 잔재주를 부려 도발했지만 사마중달은 이에 속아 넘어가지 않았다.

▌_ 불굴의 정신

위나라의 본진으로 촉군의 사자가 왔다. 용건이 끝나자 사마중달은 제갈량의 생활에 대해 물었다. 사자는 그 정도의 일이라면 이야기해도 괜찮겠지 생각하고 "승상께서는 매우 건강하시며 아침 일찍부터 밤늦게까지 군무에 힘쓰고 계십니다."라고 대답했다.

사마중달은 "그런가? 다행이군. 나는 요즘 나이 탓인지 아침에는 그래도 괜찮은 편이지만 밤에는 너무 졸려서 일찍 자지. 게다가 식욕이 없어서 애를 먹고 있어." 하며 시치미를 떼고 말했다.

촉군의 사자는 경계심을 늦추고 "우리 승상께서도 두드러지게 식욕이 줄으셨습니다." 하고 말했다.

사마중달은 이 말을 놓치지 않았다. 사자가 돌아간 다음 막료에게 "그 정도라면 제갈량의 목숨도 길지 않을 것이 분명하다."라고 말했다. 사실 그 무렵 제갈량은 중태였다. 마침내 그해 8월에 진중에서 죽었다. 그의 나이 54세였다.

부하인 강유 등은 군사를 집결해 철수하기 시작했다. 이 정보를 포착한 사마중달은 기병부대를 거느리고 추격했다. 그러자 도중에서 강유는 깃발 방향을 바꾸어 북을 요란스럽게 치고 진격 나팔을 불면서 돌격했다. 자세히 보니 촉군 중앙에는 승상기가 나부끼고 그럴듯한 인물이 수레에 타고 있지 않은가.

"공명이 아직 살아 있었구나!"

놀란 사마중달은 발길을 돌리지 않을 수 없었다.

하루가 지난 뒤 위군의 추격이 불가능한 지점에서 강유는 총사령관 제갈량의 상(喪)을 발표했다. 이 추격극을 지방 사람들은 "죽은 공명이 산 중달을 달아나게 했다."고 했다.

어떤 사람이 이 소문을 전하자 사마중달은 억지를 부렸다.

"나도 제갈량이 죽었다는 것은 다 알고 있었지. 하지만 살아 있는 사람이면 모르거니와 죽은 사람을 상대로 싸워봤자 별수 없었기에 철수했을 뿐이네."

제갈량은 청렴결백한 사람으로 개인 재산도 늘리지 않았고 황제로부터 받은 은상은 모두 병사나 부하에게 나누어 주었다. 죽은 후에 조사해 보니 성도에 뽕나무 800그루와 논밭이 조금 있었을 뿐이었으며, 재물 따위는 없었다.

54세에 죽을 때까지 약 30년 동안 제갈량은 유비와 그 아들 유선에게 충성을 다했다. 그가 청사에 불멸의 이름을 남길 수 있었던 것은 다음과 같은 이유 때문이다.

첫째, 촉나라 2대의 황제에 걸쳐 충절을 다함으로써 '평천하'라는 큰 명분을 구하고 적벽의 싸움, 형주 제패, 촉나라 평정, 남만 제압, 여섯 번에 걸친 북정으로 그 귀재를 유감없이 발휘했다. 또 연노(連弩), 목우(木牛), 유마(流馬) 등의 과학적 기재와 장비, 팔진지도 등을 고안하여 병법의 연구도 소홀히 하지 않았다.

둘째, 신상필벌을 제일로 하고 대의멸친(大義滅親)의 엄격한 지도자상을 견지한 한편 자기 자신을 엄하게 다루고 부하에게는 동정심이 두터웠다.

'죽은 공명이 산 중달을 달아나게 하다.'라는 말이 있듯이 죽어서도 여전히 사라지지 않는 제갈량의 투지를 높이 평가하고 있다는 것이다. 제갈량은 작전가로서도 뛰어났지만 재상으로서도 백성을 위로하면서 공평한 정치에 마음을 쏟는 등 최선을 다한 불요불굴의 인간이었다.

제2장

유비의 인물들

유비의 신하들은 슬기롭고, 용맹스러우며, 충절한 인격의 소유자로서 지장(智將)이나 덕장(德將)이나 용장(勇將)으로 불러도 손색이 없다.

제갈량

조운

관우

장비

마초

노심초사
제갈량(諸葛亮, 181~234)

제갈량의 자는 공명(孔明), 낭야 양도(오늘의 산동성 림이시 이남현) 사
람으로 삼국시기 정치가, 군사가, 발명가이다. 유비의 삼고초려로 유
비를 보좌하여 촉나라의 창립 기반을 세웠다.

적벽대전을 승리로 이끈 후 성도를 평정하고 공명은 군사장군에 임
명되었다. 유비가 천자가 된 후 공명은 승상이 되었다. 유비가 죽은
후 공명은 유비의 아들 유선을 보좌하고 촉나라의 모든 정사는 공명
이 관장하였다.

건흥(유선의 연호) 3년 봄에 친히 군사를 이끌고 남만을 정벌했다. 건흥
12년(234) 오장원을 점거하고 위수 남부에서 사마의와 대치했다. 그
해 8월 공명은 영채에서 병으로 세상을 떴다. 향년 54세였다.

제갈량은 27살 때부터 줄곧 전쟁에 패하면서도 임무를 맡았고 건강이 위독할 때도 명을 받았다. 특히 건흥 3년 봄부터 병사한 건흥 12년 가을까지 하루도 편안하고 한가로운 시간을 가지지 못했다.

제갈량은 남만을 정복하기 위해 승상임에도 직접 군사를 이끌고 5월에 강을 건너 불모의 땅 깊숙이 들어갔다. 무더위, 독충, 기아에 시달렸으며 노천에서 음식을 먹었다. 이틀에 겨우 한 번 밥을 먹어야 할 만큼 그 고생은 이루 다 표현할 수 없을 정도였다.

남만의 우두머리를 일곱 번 사로잡았다가 일곱 번 놓아 준 칠종칠금(七縱七擒)은 실로 쉬운 일이 아니었다. 그의 여섯 차례 출병도 긴장과 열악한 조건 등을 감안할 때 건강은 점점 악화되었다.

그 가운데 첫 번째는 전투에서 승리하지만, 뜻밖에 병이 위독해 어쩔 수 없이 한중으로 돌아왔을 때이다. 공명은 장비의 사망 소식을 듣고 대성통곡하다가 피를 토하고 쓰러졌다. 이 때문에 병을 얻어 침대에 누워 일어나지 못했다. 더욱이 병세가 악화되어 정신이 몽롱하고 일을 처리할 수 없는 상태가 되었기 때문에 남몰래 영채를 철수시켜 한중으로 돌아와야 했다.

공명은 장비의 죽음에는 큰 자극을 받았지만, 조운이 죽었을 때는 발을 동동 구르며 울었어도 앓아눕지는 않았다. 그러나 관흥이 병으로 죽었다는 말을 들었을 때 역시 대성통곡하고 쓰러져 한나절 후에야 겨우 깨어날 수 있었다.

오장원에 군대를 주둔시키고 있을 때도 피를 몇 번 토하고 침대에 누워 있어야 했다. 그는 매일 조금씩밖에 음식을 먹지 못했고, 마음도 안정되지 못했다.

"정신이 혼미하고 지병이 도져 오래 살지는 못하겠구료!"라고 신음하며 이번의 병을 지병이라고 했다. 병을 앓는 기간이 그만큼 길어진 것이다. 공명은 유선에게 올리는 글에서 "밖에 병이 깊어 명이 조석에 달렸다."라고 했다.

제갈량은 '후출사표'에서 "신이 몸을 아끼지 않은 탓이 아니라, 돌이켜보면 왕업이 촉의 수도에 치우쳐서는 안정을 취할 수 없으므로 위험과 곤란을 무릅쓰고 선주가 남기신 유업을 받드는 것입니다."라고 했다. 공명은 오직 선주가 남긴 유업을 받들기 위해 여러 해 동안 계속 출정해 적과 싸우는 데 전력을 다했고 그로써 피로가 누적되어 병이 걸린 것이다.

역사상 위대한 공적을 세운 제왕이나 장수 대부분은 모두 수명이 길어서 일생을 거쳐 충분한 시간을 갖고 업적을 이루었다. 그러나 수명이 짧은 사람이 대업을 이룬 적은 아주 드물다. 몇몇 있다 해도 그들은 이미 선조가 마련한 기틀을 토대로 이루었을 뿐이다.

제갈량은 건강을 활동과 맞바꿨는데, 활동은 성공을 거두지 못했고 오히려 뛰어난 재능을 다 써보지도 못하고 죽었다. 결과적으로 공명의 죽음은 한 시대의 유감인 동시에 영웅호걸들의 교훈이 되는 것이다.

제갈량은 "사람이 물방울만큼 작은 은혜를 입었더라도 반드시 용솟음치는 샘물만큼 보답해야 한다."고 여긴 사람이었다. 그는 유비가 세 번이나 누추한 자기 집을 방문하고 자신을 중용한 것과 유비가 죽을 때 자신에게 국가의 대사를 맡겨 자신을 알아준 은인의 은혜를 한시도 잊지 않았다.

그는 일찍이 "신하가 어찌 온 힘을 다하지 않을 수 있겠습니까? 항상 충정의 절개를 다한 뒤에야 죽을 것입니다."라고 했다. 또한 "신이 비록 몸이 흙에 범벅이 될 지경에 이르러 목숨을 바칠지라도 어찌 은인의 은혜에 보답하지 않겠습니까?"라고 했다.

제갈량은 '전출사표'에서 "삼군을 거느리고 북벌해 중원을 평정해서 있는 힘을 다해 간악하고 흉악한 무리를 멸하여 한나라 황실을 다시 일으키고 옛 도읍지로 돌아가려 합니다. 이것은 선주께 은혜를 갚고 폐하께 제 직분을 다하는 것입니다."라고 했다. 공명은 은혜에 보답하는 길은 북벌로 중원을 평정하는 것으로 여겼다. 그러고 이 목적을 이루기 위해 온갖 정열을 다 바쳤다.

공명은 '전출사표'에서 "명을 받은 이래로 이른 아침부터 밤늦게까지 항상 근심 걱정하며 부탁하신 바를 다하지 못하여 선주의 총명하심에 누를 끼치지나 않을까 노심초사하였습니다."라고 했다. 또한 '후출사표'에서 "신은 명을 받은 날 이후 잠자리가 편치 않았고 음식을 먹어도 맛이 없었습니다."라고 했다.

기산에 여섯 번째로 출병했을 때는 "꿈속에서도 위군을 쳐부술 계책을 세우지 않은 적이 없었으며, 전력을 다하여 충성을 다 바쳤습니다. 폐하를 위하여 중원을 회복하고 한 황실을 다시 일으키는 것이 신의 염원이었습니다."라고 했다.

이것으로 공명이 군주로부터 받은 명을 얼마나 중시했음을 알 수 있다. 그래서 목적을 달성하지 못하게 되자 이른 아침부터 밤늦게까지 근심하고 한탄했으며 잠자리가 편치 못하고 음식을 먹어도 맛을 느끼지 못할 정도였던 것이다.

북벌 과정에서 제갈량은 조조의 막강한 군사력과 교활한 사마의 외에 촉한 조정 내부로부터의 방해와 비방 때문에 적지 않은 영향과 심각한 정신적 타격을 있었다.

제갈량이 북벌할 당시 마속은 이렇게 말했다.

"지금 승상이 남방을 평정하고 돌아오셨으니 군마가 모두 지쳐 있습니다. 마땅히 그들을 구휼하셔야 하는데 어찌 다시 출정하십니까?"

후주 유선은 이렇게 말했다.

"아버님께서 남쪽을 정벌하고 먼 곳을 가느라 갖은 역경을 극복하고 오시어 편히 쉬시지도 못했소. 지금 또다시 북벌을 하려고 하니 정신과 마음이 수고로울까 두렵소."

태사 초주는 하늘을 살피고서 공명을 저지하며 말했다.

"신이 밤에 하늘을 관찰하니 북방에 기가 왕성하고 별빛이 더욱 밝으니 아직은 도모할 때가 아니라고 생각됩니다. 승상께서 천문에 밝으신데 어찌 억지를 부리며 강행하려 하십니까?"

두 번째 출정 때 공명은, 유선이 조정의 모든 신하에게 출정 여부를 물어보았는데 의견이 분분해, 가볍게 움직일 수가 없었다. 그러나 공명이 승리하자 유선은 "공명이 큰 공에 의지해 반드시 나라를 빼앗을 것이다."라는 유언비어를 쉽게 믿어 공명을 소환하는 등 사소한 실수로

일 전체를 망치게 되었다.

또 공명이 위나라를 정벌하려 할 때 태사 초주는 그의 '술수'가 재앙을 불러일으킬 수 있다고 생각했다. 그래서 "정벌을 나가지 말고 성을 지켜야 마땅할 것입니다."라고 공명에게 권했다. 이에 대해 공명은 '후출사표'에서 "말 좋아하는 사람들의 계책이란 좋은 것이 없다."고 했다. 이와 같은 비방으로 제갈량은 심리적 압박을 점점 더 크게 받았다.

한편 공명은 한 치의 땅도 얻지 못해 자책감에 빠지게 됐다. 제갈량이 여섯 번 출정해 참패한 적은 없지만 매번 이런저런 이유로 물러서지 않으면 안 되는 상황에 처해 할 수 없이 철수해야 했다. 사실 이것도 실패라고 할 수 있다. 그래서 제갈량은 이 거듭되는 실패로 더 큰 죄책감에 빠지게 된 것이다.

공명이 여섯 번째 기산에 출정하기 전 유비의 묘에 제사를 지낼 때 "저는 다섯 번 기산에 출정했지만 한 치의 땅도 얻지 못해 책임이 무겁습니다." 하는 심리상태였다. 그리고 이번 출정이 마지막이다. 나는 나라를 위해 죽을 때까지 온 힘을 다 바치겠다는 결심을 마음속에 새겼다.

제갈량이 기산에 여섯 번 출정했는데도 결국 한 치의 땅도 얻지 못한 원인은 무엇일까?

처음 기산에 출정할 때 공명은 위연의 자오곡 계책을 받아들이지 않았다. 가정에서의 싸움에서 그는 마속을 잘못 기용해 결국 사마의가 실속을 차리고 말았다. 상방곡을 불태운 후에 만약 그가 무공산을 나와 산을 따라 동쪽으로 갔다면 사마의는 틀림없이 위험에 처했을 것이다. 그러나 공명은 오장원에 군대를 주둔시켜 사마의에게 숨 돌릴 기회를 주고 말았다. 그래서 "아직 성공하지 못했습니다."라고 한 말의 원인은 적의 힘이 강대한 것도 있지만 제갈량의 책략이 잘못되었기 때문이다.

이런 것들을 보면, 제갈량이 유비에게 용솟음치는 샘물 같은 보답을 하려는 동기 때문에 유비는 더욱 중원을 평정하려는 목표를 정하게 된 것이다. 그리고 주관적·객관적 한계 때문에 전력을 다해 싸운다 할지라도 중원 회복이라는 목표를 실현할 방법은 없었다. 그래서 공명은 더 큰 좌절감만을 느꼈던 것이다.

제갈량은 한 나라의 승상으로서 처리해야 할 업무가 뒤엉켜 있었다. 이 때문에 온갖 정사를 처리할 능력을 갖춰야 하는 것은 물론 어떤 고생도 마다하지 않는 정신력도 필요했다.

제갈량의 "밤낮으로 부지런히 일하다."라는 말은 그가 매일 업무를 보는 시간이 길었다는 것이고, "하루 종일 땀을 흘리다."는 그가 처리해야 할 하루 일과가 과중했음을 말한다.

그렇다면 승상인 제갈량이 어떤 일을 어떻게 처리했을까? 제갈량은 사마의에게 부녀자들의 장식품을 위군이 주둔하고 있는 영채로 보냈다. 사마의가 사신에게 물었다.

"공명은 침식을 어떻게 하고 계신가? 집무는 바쁘지 않은가?"

사신은 아무 생각 없이 대답했다.

"승상께서는 아침에 일찍 일어나시고 밤에는 늦게 주무십니다. 잡수시는 양은 아주 적습니다."

주부 양옹도 이렇게 말했다.

"저도 승상께서 일체의 문서를 몸소 검토하시는 것을 보고 그렇게까지 하실 일이 아니라고 생각했습니다."

뿐만 아니라 제갈량은 아픈 몸을 아끌고 영채를 나와 각 군영을 살폈다. 그는 군에서뿐만 아니라 평소에도 이렇게 일했다. 유비는 죽으면서 공명에게 자신의 아들을 맡겼고, 그래서 유선이 즉위한 후에는 조정의 모든 일이 공명에게 맡겨졌다. 그는 성도에 있을 때도 크고 작은 일을 모두 직접 결정하고 처리했다. 그는 어떤 일도 손에서 놓지 않았으니 과연 하루 종일 땀 흘렸다는 말은 이상하지 않다.

제갈량은 왜 사소한 일까지 몸소 처리하려고 했을까? 주된 원인은 다른 사람을 믿지 않았기 때문이다. 제갈량은 분명히 이렇게 말했다.

"내가 그것을 모르는 것이 아닙니다. 다만 선주께서 아드님을 내게 맡기시어 중한 소임을 받은 터이라 다른 사람이 나만큼 전심전력을 다하지 않을까 걱정하기 때문이오!"

제갈량이 직접 남만을 평정하려 할 때 간의대부 왕련이 이렇게 간했다.

"남만은 불모의 땅으로 전염병이 창궐하는 곳입니다. 승상께서 국정을 맡아 공평하게 다스리는 중요한 위치에 계신데 원정을 떠나시면 마땅치 않습니다."

그러자 공명은 이렇게 답했다.

"남만의 땅은 아주 멀리 있어 사람들 대부분에게 왕의 은덕이 미치지 않아 수복하기 쉽지 않으니 내가 친히 정벌해야 하오. 절대로 다른 사람에게 맡길 수가 없소."

공명이 보기에는 다른 사람은 믿기 어렵다는 말이다. 이것도 안 되고 저것도 믿을 수 없으니 가장 믿을 만한 사람은 오직 공명 자신뿐이었다.

공명이 죽었다. 촉나라의 황금 명패가 넘어졌다. 그의 죽음은 촉나라의 거대한 손실이 아닐 수 없다. 강유 등은 공명의 영구를 호송하여 성도로 돌아왔다. 공명의 영구를 본 유선은 "선부께서 짐을 두고 떠나시더니 상부(相父)도 나를 버리고 가십니까? 사후 누가 나를 위해 일을 획책하겠습니까?" 하고 비통해하였고 문무백관, 군사 장군들도 모두 비통하여 통곡하였다.

공명의 유언대로 유선이 지시하여 공명을 정군산 아래에 매장했다. 제갈량은 살아서는 유비의 촉나라를 다스리느라 필생의 지혜와 정력을 다 쏟아 부어 진짜로 "모든 힘을 다 바쳤다."고 후세에까지 그의 품행과 지혜가 칭송을 받고 있으니 "죽어도 살아 있다."라고 할 수 있다.

지와 덕을 갖춘 용장
조운(趙雲 ?~229)

조운의 자는 자룡(子龍), 상산 진정(오늘의 하북 정정) 사람이다. 훌륭한 창법으로 수많은 전공을 세워 오호상장(五虎上將, 호랑이 같은 다섯 명의 장군)의 한 사람이 되었다.

조운은 처음에 원소 밑에서 일할 생각을 했으나, 원소의 사람됨을 알고 포기하고 반하전투에서 궁지에 처한 공손찬을 구하고 그곳에서 유비를 만나 유비를 보필하게 되었다.

장판파 전투에서 조조의 100만 대군 속에서 혈혈단신으로 싸워 조조의 무장 50여 명을 죽이고 아두(유선)를 구해 용맹을 펼쳤고, 219년 한중공방전에서 위의 주력 부대를 후퇴시켰고 황충을 구했다. 228년 유비가 죽고 제갈량과 함께 기산에 출전하여 기곡에서 조조의 대군을 만나 적장 한덕의 5부자를 혼자서 싸워 죽이는 용맹을 떨쳤다. 제갈량이 재차 위나라를 치기 전에 세상을 떠났다. 일생을 전진 중에서 달리면서 큰 공을 세우고도 와석종신(臥席終身)한 의리와 충절의 사나이였다.

...

조운은 처음에 원소 밑에 있었다. 그러나 지략이 모자라고 인품이 형편없었던 그에게 더 머무를 필요가 없다고 느껴 공손찬에게 갔다.

공손찬과의 만남은 매우 극적이었다. 북방의 영웅 백마장군이라는 명성을 떨치던 공손찬은 동생이 원소의 부하에게 죽음을 당하자 원수를 갚겠다고 대군을 이끌고 출정했다. 반하라는 다리를 사이에 두고 원소군과 맞닥뜨린 공손찬은 몸소 말을 몰아 원소군의 명장 문추와 맞섰으나 힘이 달려 목숨이 끊어지려 할 때 난데없이 젊은 무장이 나타나 능숙한 창 솜씨로 문추를 물리치고 공손찬을 살려냈다. 그가 바로 조운이었다.

그때 유비, 관우, 장비는 자리를 잡지 못하고 공손찬에 의지하고 있었는데, 공손찬이 목숨을 구해준 은인인 조운을 유비에게 소개한 것이다. 그 후 조운은 유비와 잠시 헤어졌다. 공손찬을 따를 수밖에 없던 조운은 유비와의 이별을 슬퍼하면서 "언젠가는 꼭 다시 만나게 될 것입니다."라며 눈물을 흘렸다. 그러던 중 공손찬이 원소와의 싸움에서 패하고 스스로 목숨을 끊자 조운은 다시 유비를 찾아 나섰고, 방랑 끝에 재회의 기쁨을 맛보게 되었다.

유비를 만난 조운은 이렇게 말했다.

"지금까지 모시고 싶은 주인을 찾아 헤맸는데 이제야 진실한 주인을 만나게 되어 기쁜 마음 금할 수가 없습니다. 저를 현덕께서 받아주신다면 더없는 영광입니다. 설사 비참한 죽음을 맞이한다고 해도 결코 후회하지 않을 것입니다."

자룡의 깊은 충성심과 인품에 감복한 유비는 큰 인물을 얻었다고 기뻐하며 받아들였고 후에 관우, 장비, 황충, 마초와 함께 오호상장으로 임명했다. 자룡은 키가 192cm가 넘는 당당한 체구였다. 거구임에도 몹시 날렵했으며 두려움을 모르는 담력은 주위 사람들의 칭찬이 끊이지 않았다.

'장판파 전투'가 일어날 즈음 유비는 빈약한 상태였다. 명참모 제갈량이 곁에 있기는 했지만 아직은 보잘것없는 처지여서 겨우 형주의 작은 현 하나를 맡아 의지하고 있을 뿐이었다. 상대적으로 조조는 막강한 군사력으로 천하를 움켜쥘 야망을 품고 있어서 그 위세는 감히 유비가 감당하지 못할 정도였다.

조조는 형주를 점령하기 위해 대군을 일으켜 남하했다. 우금, 장료, 장합 등 맹장들을 앞세운 조조군이 침공하자 항복하는 자가 속출하고, 유비는 거점을 잃었다. 유비 일행은 하는 수 없이 조조군의 발자국 소리를 등 뒤로 하며 남쪽으로 도피했다. 한수를 건너 양양에 이를 즈음 유비의 인덕(仁德)을 따르는 형주 백성들이 연이어 몰려들었다. 당양에 도착했을 때에는 피난민 숫자가 무려 10만 명을 넘어섰다. 가재도구를 실은 마차도 수천 대나 되었다. 그 때문에 아무리 서둘러도 하루에 10리 정도밖에 갈 수 없었다. 행로가 지지부진하자 유비는 관우로 하여금 수백 척의 배를 모으게 하여 난민들을 먼저 태우고 강릉으로 가도록 명령했다. 이에 부하들이 항의했다.

"대장이 먼저 가셔서 강릉을 지켜야 마땅합니다. 이 많은 난민들을 떠맡고 싸우기엔 전투 인원이 너무 부족하므로 조조군이 쳐들어오면 막을 도리가 없습니다."

유비는 "모든 일의 근원은 백성이다. 큰일을 하려는 사람은 백성을 먼저 생각해야 하는 법, 나를 따르는 자들을 어찌 버린단 말인가."라며 받아들이지 않았다.

조조는 강릉 지역에 군사물자가 풍부하게 비축되어 있기 때문에 유비가 그곳으로 도망치면 쳐부수기 힘들다는 사실을 잘 알고 있었다. 그래서 빨리 뒤쫓기 위해 전투요원만을 이끌고 양양으로 가는 길을 서둘렀다.

조조가 양양에 도착하니 유비가 이미 그곳을 통과한 후였다. 조조는 정예 기병대 5천 명을 뽑아 급히 유비의 뒤를 추격했다. 밤낮을 가리지 않고 하루에 300리 이상을 달린 끝에 양양의 장판파에 이르러 유비 일행을 따라잡았다.

유비는 조조 군대가 밀어닥치자 혼비백산하여 허겁지겁 도망치기에 바빴다. 제갈량, 관우, 조운 등이 유비의 뒤를 따랐고, 장비에게는 후위부대 임무를 맡겼다. 후위부대는 힘들고 많은 책임이 지워지는 중대한 역할로서, 전투에 패했을 때는 그 임무가 더욱 막중하다. 그래서 후위부대의 책임은 경험이 풍부한 명장이 아니면 해낼 수 없는 것이다.

장비가 이끌던 후위부대는 고작 20여 명에 불과했다. 정예 기병대 5천 명을 선발하여 쫓아온 조조는 그만큼 유비군의 상황을 너무나도 잘 알고 있었다.

장비는 우선 장판교를 막아섰다. 냇물을 방패삼아 적을 막으려는 속셈이었다. 조조군이 도착하자 장팔사모(丈八蛇矛)를 꼬나들고 적군을 노려보며 큰소리로 외쳤다.

"내가 바로 장익덕이다. 목숨이 아깝지 않은 놈이 있거든 썩 나서라."

장비의 기세에 눌린 조조군은 겁에 질려 멍하니 서 있을 뿐이었다. 그 사이에 유비 일행은 간신히 도망칠 수 있었다. 그때 유비와 함께 도망치던 조운은 유비의 아들 아두(유선)와 그의 모습이 보이지 않자 즉시 말머리를 돌려 조조군 진영으로 달려갔다. 한편 조운과 함께 달리던 병사는 조운이 갑자기 적진을 향해 달려가는 것을 보고 유비에게 일러바쳤다.

"조운이 조조에게 항복하러 갔습니다."

"이놈, 왜 그런 허튼소리를 하느냐. 자룡은 절대 나를 버리고 갈 사람이 아니다."

적진을 향해 뛰어든 조운은 아두와 생모를 발견하고는 말에 태워 쏜살같이 내달았다. 이를 본 조조군의 장수들이 그의 앞을 가로막았다. 특히 맹장 장합을 만나 위험한 순간을 맞기도 했다. 아두를 품에 안은 채 장합과 십여 합을 겨루었으나 승부가 나지 않자 더 싸우지 않고 도망쳤다. 그때 조운의 말이 발을 헛디뎌 웅덩이로 빠졌다. 장합은 기회를 잡았다 싶어 웅덩이에 빠진 조운에게 돌진했다. 그 순간 조운이 탄 말이 솟구쳐 밖으로 나오며 장합에게 덤벼들었다. 놀란 장합이 물러가고 잇달아 다른 장수가 덤볐다. 조운은 그들을 하나씩 거꾸러뜨렸다.

당해낼 장수가 없자 조조군은 활을 쏘려고 했다. 그때 조조가 활쏘기를 멈추게 하고 생포하라고 명령했다. 조운이 싸우는 모습을 본 조조는 죽이기 아깝다는 생각이 들어 부하로 삼고자 했던 것이다.

그 틈에 조운은 적진을 빠져나올 수 있었다. 조조의 장수 문빙이 끝까지 추격했지만 조운이 장판교에 무사히 다다랐을 때 그의 품에는 아두가 고이 안겨 있었다. 조운은 아두와 생모만을 구한 것이 아니었다. 겹겹이 둘러싸며 공격하는 조조군을 상대로 엄청난 전공을 세우기도 했다.

칼로 쳐서 큰 기를 쓰러뜨렸고 창을 세 자루나 빼앗았으며, 그의 창과 칼에 찔리고 베인 조조의 장수가 50여 명이나 되었다. 파리처럼 죽어간 그 장수들은 조조 진영에서는 그래도 이름이 알려진 싸움꾼들이었다.

단기필마로 적진에 들어가 아두와 생모를 구해낸 조운의 용기와 담력은 그 후에도 여러 전투에서 전과를 올렸다. 조조가 차지하고 있던 한중을 빼앗기고 나서 그곳을 다시 찾기 위해 전쟁을 일으켰을 때의 일이다.

조조는 대군을 동원함과 동시에 엄청난 양의 식량까지 한수 북쪽 산기슭에 산더미처럼 쌓아 놓았다. 이 정보를 입수한 유비는 식량을 빼앗으려고 황충에게 군사를 끌고 나가도록 했다. 그런데 약속된 시간이 되었는데도 황충의 부대는 돌아오지 않았다. 걱정이 앞선 조운이 수십 명의 부대를 데리고 성 밖으로 나갔다. 황충을 마중하러 나갔지만 그는 못 만나고 뜻밖에 조조 군대와 마주쳤다.

수십 배가 넘는 조조 군대에 대항해서 싸우기를 몇 차례, 도저히 이길 수 없음을 깨달은 조운은 성안으로 후퇴했다. 그때 부하 장수 장저가 부상을 입고 쓰러지자 조운은 단신으로 나아가 그를 구출해 왔다. 성으로 돌아온 조운은 몰려오는 조조의 대군을 물리칠 계책을 세웠다. 성의 수비 사령인 장익이 성문을 굳게 닫고 수비 태세를 취하려 하자 제지했다.

"성문을 다 열어 놓으시오. 그리고 군기를 전부 버리고 북도 치지 못하게 하시오."

성 앞까지 쳐들어온 조조군은 성문이 모두 활짝 열려 있고 사람의 모습이 보이지 않는 것이 이상했다.

"무엇인가 계략이 있구나. 혹시 복병이 있는 것이 아닌가?"

불안한 징조라고 여긴 조조군은 공격을 포기하고 되돌아가기 시작했다.

바로 그때였다. 성안에서 일제히 군기가 오르고 요란하게 북을 쳐대며 등을 돌려 퇴각하는 조조군을 향해 공격이 퍼부어졌다. 마음 놓고 있던 조조군은 불의의 습격에 당황한 나머지 이리저리 흩어졌다. 도망가기에 바빠 자기들끼리 밟고 밟히고 한수에 빠져 죽는 자가 헤아릴 수 없이 많았다. 기습공격에 의한 완전한 승리였다. 조운은 아무리 막강한 군대라도 마음을 풀게 해놓고 예기치 않은 공격을 감행하면 우왕좌왕해서 스스로 무너진다는 심리전을 이용했던 것이다.

다음 날 승리 소식을 듣고 조운을 찾은 유비는 그의 엄청만 담력에 극찬을 아끼지 않았다.

"참으로 장하오. 자룡은 몸 전체가 담력이구료."

이 싸움의 참패 때문에 조조군은 막심한 타력을 입었고 조운은 호위

장군, 즉 호랑이 같은 맹장이라고 불리게 되었다.

조운이 계양을 점령해서 태수인 조범의 항복을 받고난 후의 일이다. 조범은 조윤의 환심을 사려고 과부가 된 형수를 맞이하라고 권했다. 그 여인은 나라에서 미인이라고 할 정도로 빼어난 미모였다. 그러자 조운은 한마디로 거절했다. 주위 사람들이 왜 그러한 미인을 마다했느냐고 묻자 조운은 이렇게 대답했다.

"조범은 억지로 항복한 사람이오. 그자의 속마음을 아직 모르거늘 내 어찌 그가 권함에 순순히 다르겠소. 더구나 여자라면 필시 간교한 생각이 있을 것이오. 무릇 사나이는 여색을 조심해야 하지 않겠소."

조운의 예측대로 잔꾀를 부리려다 실패한 조범은 후환이 두려워 그 길로 줄행랑을 치고 말았다.

이처럼 조운은 모범적인 명장으로서 여러 사람들로부터 두터운 신임을 받았다. 유비가 그를 믿고 아꼈던 것은 말할 것도 없고 제갈량의 신뢰 또한 그에 못지않았다.

70세 되던 해에 조운이 세상을 떠나자 제갈량은 몹시 슬퍼하며 그의 죽음을 아까워했다.

"조운의 죽음은 국가로 보면 큰 재목 하나가 쓰러진 것과 같고 개인으로 볼 때에는 한쪽 팔을 잃은 것과 같다."

유비의 뒤를 이어 촉나라 왕이 된 유선 역시 자신을 돌보아주던 조운의 부음을 듣고 눈물을 흘리며 "진정한 충신은 조자룡 같은 사람을 일컫는 것이니라." 하며 애통해했다.

"조자룡 헌 칼 쓰듯이 한다."라는 말이 있다. 별로 힘들이지 않고 일을 쉽게 처리한다는 뜻이다. 조운이 얼마나 뛰어난 장수였으면 헌 칼로도 적을 쓰러뜨릴 수 있었을까.

조운은 키가 장비와 비슷했다. 그러나 같은 장수라 해도 장비와는 확연하게 비교된다. 장비가 싸움은 잘한 것은 누구나 다 아는 일이다. 반면 조운은 싸움에 능했을 뿐만 아니라 머리까지 갖추었다. 생각이 깊고 지략이 뛰어나며 인간성에서 흠을 잡을 만한 틈이 없었다.

조운의 일생은 고결하기도 했다. 한 주인을 섬기며 맡은바 임무에 충실하고 큰 공을 세우고도 결코 내세우려 하지 않았다. 오로지 충과 의로 일관했으며 용기를 내야 할 때는 망설임이 없었다. 정의롭게 용기를 낼 줄 아는 진정한 인간성의 교본이라 하겠다.

무성
관우(關羽, 160~219)

관우의 자는 운장(雲長), 동한 때 하동군 해현 상평리 사람. 삼국시기에 저명한 인물 가운데 한 사람이다. 군사가. 저명한 장령으로 사람들은 그를 무성(武聖)으로 숭배했다. 188년, 관우는 유비, 장비와 함께 의병을 일으켜 황건적을 진압하는 전쟁에 가입하였다.

200년, 관우는 조조에게 투항하며 편장군(偏將軍)에 임명되었고, 한수정후(漢壽亭侯)에 봉해졌다. 그해 7월에 관우는 조조에서 나와 유비를 따랐다. 유비가 강남의 각 군을 수복한 후에 관우를 양양 태수에 봉했고 유비가 익주를 평정한 후에는 형주를 통치했다.

219년, 유비가 한중왕이 되자 관우는 전장군이 되었다. 그해 12월, 손권이 형주를 빼앗고 관우는 손권의 장령 마충에게 잡혀 그와 그의 아들 관평도 죽음을 당했다.

...

관우가 임저 싸움에서 포로가 되었을 때 손권이 그에게 물었다.

"관공은 평소 스스로 천하무적이라고 하더니 지금은 어찌하여 내 포로가 되었는가?"

사실 관우는 일생에 걸쳐 천하무적이라 할 만한 많은 공적을 세웠다. 술을 데우는 동안에 화웅의 목을 베었고, 안량을 참했으며, 문축을 처형했고, 5관을 지내면서 여섯 장수를 죽였다. 홀로 칼 한 자루만을 가지고 연회에 참석했고 강물을 터서 7군을 몰살시켰다.

이런 관우가 결국 맥성에서 패하고 업신여기던 손권에게 그의 목숨을 맡기게 되었으니, 무엇 때문일까?

당시, 손권이 관우에게 깊이 생각할 시간을 주지 않았기 때문에 "나는 지금 실수로 간계에 넘어갔다."는 관우의 말에서 한 가지 이유를 찾을 수도 있다. 그러나 사실 관우가 맥성으로 패주하게 된 원인은 모두 그 자신에게 있었다.

한중왕 유비는 관우 부자가 죽었다는 소식을 듣고 통곡하다가 쓰러졌다. 공명이 유비에게 간곡히 말했다.

"관공이 평소에 성격이 너무 강하고 자만했기 때문에 이렇게 화를 입었습니다. 왕께서는 마땅히 옥체를 보존하고 그 다음에 복수해야 합니다."

공명의 말은 관우가 죽을 위기에 처한 것은 자업자득으로, 전부 동오의 탓으로 돌릴 수 없다는 것이다. 또 그의 죽음은 성격이 지나치게 강해 자만에 빠져 자초한 것이며, 이미 오래 전부터 예고된 것이라는 의미이다.

공명의 평가는 충분한 근거가 있다. 관우의 강한 성격과 지나친 자존심은 가장 먼저 동오에 대한 태도에서 나타난다. 공명이 유비를 도와 서주를 치자고 하자 형주를 관우에게 넘겨주며 말했다.

"관공께서는 형주를 맡으라는 나의 군령을 물리치지 말고 흔쾌히 따르시오."

"사내대장부가 이미 막중한 소임을 맡았으므로 죽어서야 비로소 쉴 수 있을 것이오."

관우는 의심할 여지없이 자부심에 가득 찬 목소리로 답했다. 공명이 다시 물었다.

"만약 조조가 군사를 몰아 형주로 온다면 그때는 어찌 하겠소?"

"그렇다면 군사로써 그들을 격퇴할 것입니다."

"만약 조조와 손권이 함께 거병해 온다면 어찌 하시겠소?"

"군사를 둘로 나누어 그들을 격퇴할 것입니다."

"관공께서 그와 같이 방어하신다면 형주는 위험할 것이오. 나에게 좋은 전략이 있으니 장군께서 그것을 명심한다면 형주를 능히 방어할 수 있을 것입니다."

공명의 전략은 북으로는 조조를 깨뜨려 없애고 동으로는 손권과 화친하는 것이었다. 관우는 즉시 대답했다.

"군사의 말씀, 응당 깊숙이 새겨 두겠습니다."

관우는 점잖게 말했지만 군사의 말은 마이동풍으로 치부했다.

유비가 서천을 탈취하자 동오에서는 즉시 공명의 친형 제갈근을 유비에게 보내 이미 약조한 대로 형주를 다시 내놓으라고 했다. 유비는 공명의 집안도 생각하고 손권의 누이를 아내로 맞이한 혼인 관계를 고려해 형주의 반을 나누어 주기로 약속했다. 그러고 형주를 방어하는 관우에게 세 개 군을 떼어주라는 편지를 써 제갈근에게 주었다. 그러나 관우는 완고했다. 고집을 꺾지 않고 유비의 명에 순순히 따르려 하지 않았다.

"비록 내 형님의 서찰을 가지고 왔다 해도 난 절대 돌려드릴 수가 없소이다."

그러면서 제갈근을 내쫓았다. 이후에도 관우는 계속 손권이 보내 온 관리를 쫓아냈다.

이 때문에 손권은 격분했고 관우를 죽이려고 작정했다. 하루는 꾀를 내어 관우를 연회에 초대했다. 관우는 동오의 신하를 코흘리개로 여기는 기개로 칼 한 자루에 의지해 연회에 참석했다. 이는 왕년에 한가닥 했던 영웅의 기개에서 나온 행동이었으나 실제로는 악수를 둔 것이었다. 만약 노숙이 관우를 잡아끌어 자기 곁을 떠나지 않게 하지 않았다면 그의 목은 훗날까지 남지 않았을 것이다.

유비가 한중왕을 자처하자 조조는 즉시 대군을 있으켜 한중을 토벌하려 했다. 이를 위해 손권이 먼저 형주를 공격하도록 충동질하고 자신은 중간에서 가만히 앉아 이들을 취하려 했다. 그러나 손권은 유비와 원수지간이 되는 것을 꺼려 제갈근을 형주로 보내 관우의 동정만을 살피게 했다. 제갈근이 관우에게 말했다.

"우리 주인 오후께서는 아드님이 한 분 계신데 매우 총명합니다. 장군께서도 따님이 한 분 계시다고 들었습니다. 그래서 제가 이렇게 특별히 장군을 찾아와 두 분의 혼인을 청하는 바입니다. 양가가 단결하여 힘을 합쳐 조조를 깨뜨리도록 하시지요. 이 경사스러운 일을 관공께서 한번 헤아려 주시기 바랍니다."

그런데 관우가 격분하며 소리쳤다.

"범의 딸을 어찌 개의 자식에게 보낼 수 있는가!"

결국 이것이 관우에게는 큰 화근으로 작용했다. 이 약혼은 당연히 두 집안과 두 국가 모두에게 경사스러운 일이었다. 그리고 관우가 손권과 사돈이 되기 싫었다면 좋은 말로 정중하게 사절하는 것이 좋았다.

손권은 진심으로 두 집안의 혼인 관계를 맺고 싶어 했다. 그래서 왜 관우가 그렇게 격분했는지 도무지 이해할 수 없었다. 훗날 관우를 사로잡았을 때 손권이 그에게 물은 첫마디가 바로 "내가 장군의 덕을 흠모한 지 오래되어 혼인 관계를 맺고자 했는데 공은 어찌하여 뿌리쳤소이까?"라는 것이었다.

손권은 관우가 그 제안을 뿌리친 이유가 단지 지나친 자긍심 때문이었다는 것을 몰랐다. 예부터 적을 친구로 삼으라는 말이 있는데, 관우는 도리어 냉정하게 친구를 쫓아버려 적으로 만들었다. 이는 전략상 너무나 큰 실책이었다. 이 실책은 단순히 판단 착오로 저질러진 것이 아니고 관우 자신이 자긍심이 지나쳐 오만했기 때문에 초래된 일이었다.

관우는 자신을 천하무적으로 여겼기 때문에 그와 대등해지려거나 넘어서려는 자에 대해 전혀 아랑곳하지 않았다. 상황에 따라 복종한다거나 분노한다거나 하지 않고 그냥 무시할 뿐이었다.

유비가 서천을 공격하려 할 때 마초를 휘하로 거두어 중용했다. 새파란 것이 갑자기 굴러 들어와 중용되는 것을 본 관우는 심기가 편치 않았다. 그래서 아들 관평을 시켜 천릿길을 내달아 유비에게 편지 한 통을 전해 올리게 했다. 잠시 형주를 떠나 서천에 가서 마초와 무예를 겨뤄 보겠다는 내용의 편지였다.

다행히 공명이 회신을 통해 관우를 구슬렸다.

"마초는 아직 관공의 무예에는 미치지 못합니다. 그리고 서천에 들어왔다가 만에 하나 형주를 잃는다면 그보다 더 무거운 죄가 어디 있겠습니까?"

그제야 관우는 서천으로 갈 생각을 버렸다. 그의 허영심이 만족된 것이다. 다른 한편으로 공명의 회신이 관우의 자긍심을 더욱 높였다고 할 수 있다.

한중왕 유비가 관우를 오호대장 가운데 으뜸으로 봉했을 때의 일이다. 관우는 또 다른 오호대장인 황충이 자신과 같은 반열임을 전해 듣고 버럭 화를 내며 소리쳤다.

"대장부는 죽을 때까지 황충 같은 늙은 병졸과는 대오를 이루지 않는 법이다."

그러고는 고집을 부리며 오호대장의 인수(印綬, 관인 따위를 몸에 찰 수 있도록 인(印) 꼭지에 단 끈)를 받지 않으려 했다. 주변 사람들이 관우에게 마치 투정부리는 아이를 달래듯 거듭 권유하지 않았다면 형주를 잃고 그 피해가 성도에까지 미쳤을지도 모른다.

관우의 위태로움이란 바로 스스로 높다는 생각에서 말미암은 것이고, 그의 흘러넘치는 자만심에서 비롯된 것이며, 그의 고집은 자만심에서 조성된 것이다. 사람이면 당연히 관용과 겸양의 도량이 있어야 한다. 남을 이기려고만 들어 호기를 부리거나 고집불통으로 남의 의견을 듣지 않고 자만심에 빠져서는 더욱 안 된다.

관우는 자신의 실패 원인을 간악한 계략에 잘못 걸려들어서라고 했다. 이를 다시 생각하면 비록 자신의 실수가 있었음을 알았지만 절대 심각하게 여기지 않았다는 뜻이 된다.

하지만 관우가 큰 뜻을 품었으나 형주를 잃고 나서야 비로소 문제의 본질을 깨달았고 더욱이 그때조차도 그것을 중요하게 여기지 않았다는 것이 문제이다. 결국 실패의 주 원인은 관우가 적을 너무 얕잡아본 것이다.

관우가 양양을 함락시켰을 때 왕보가 그에게 이렇게 제의했다.

"오늘 동오의 여몽이 육구에 주둔한 것을 보면 호시탐탐 형주를 삼키려는 뜻을 품고 있는 것이 분명합니다. 만약 군사를 동원해 형주를 빼앗으려 들면 어찌 하시겠습니까?"

이렇게 중요한 문제를 관우는 신경 쓰지 않았다. 그는 대비책으로 단지 봉화대 몇 개를 지었을 뿐이다. 그는 봉화대가 기껏해야 소식을 전달하는 역할밖에 할 수 없고, 적의 기습을 막는 역할은 전혀 할 수 없음을 몰랐을까? 더욱이 여몽이 몇몇 봉화대에 군사들을 보냈을 때도 기습을 막기는커녕 통신 역할조차 제대로 해내지 못했다.

그밖에 왕보는 관우에게 미방, 부사인, 반준 등을 절대 믿지 말라고 이야기했었다. 그러나 관우는 아랑곳 않고 "이미 결정했으니 변경할 필요가 없다."고 했다. 이것 또한 관우가 스스로를 기만하고 남도 속이는 것과 같은 일이다. 그는 이렇게 하면 동오가 형주를 감히 치러 오지 못한다고 여겼다. 더욱이 동오가 이미 계책을 세우고 형주를 기습해 빼앗으려고 칼을 갈 때에도 관우는 아무것도 모르고 있었다. 동오는 그를 속이기 위해 육손에게 여몽을 대신하도록 하겠다. 이때도 관우는 속으로 손권을 비웃으며 말했다.

"손권이 식견이 모자라 그런 어린애를 대장으로 삼았구나."

육손은 관우를 사로잡기 위해 한걸음 더 나아가 사람을 시켜 매우 겸손하고 정중한 편지 한 장과 후한 예물을 갖추어 그에게 바치도록 했다. 그러자 관우는 머리를 뒤로 젖힐 정도로 크게 웃으며 선물을 받았다. 이렇게 육손이 안중에도 없었기 때문에 관우는 형주를 지키던 대부분의 군사를 즉시 번성으로 철수시켰다.

이런 관우의 태도에 영향을 받아 봉화대는 군사들의 경계가 느슨했다. 정박하는 배가 있어도 전혀 검사하지 않았고, 적이 선물을 보내도 전혀 의심하지 않고 받았다. 결국 동오군이 몰려와 형주를 빼앗았을 때까지도 그것을 알아차린 병사는 아무도 없었다.

요화가 형주를 잃었다는 소식을 알게 되었을 때도 관우는 이를 믿지 않았고 헛소문이라고 여겼다. 그리고는 "만약에 병사 가운데 이런 말을 하는 자는 목을 베겠다."는 명으로 엄포를 놓았다. 시간이 흐르면서 더 많은 부하들이 형주가 이미 여몽에게 점령당했다고 말했다. 그래도 관우는 막무가내로 부하들을 꾸짖기만 했다.

"적들이 퍼뜨린 헛소문은 우리 군대 사기를 떨어뜨릴 뿐이다. 동오의 여몽은 병환이 위급하자 어린애 육손으로 대신하게 했다. 걱정할 필요 없다."

부하들이 급히 말을 몰아 보고하려고 들이닥쳐도 관우는 여전히 이를 믿지 않았다. 결국 전방에 군량 조달을 독촉하자 관우는 문제의 심각성을 깨달았다. 그제야 진짜로 믿고 "과연 이런 일이 일어날 수 있단 말이냐!" 하면서 발을 동동 구르고 "우리 무리 안에 간악한 모사가 있다!"며 탄식했다. 때는 이미 늦었다. 결국 관우는 분기탱천해 쓰러지고 말았다.

관우는 오직 싸움에서 이긴다는 생각만 했고, 질 수도 있다는 생각은 전혀 하지 않았다. 잃어서는 안 될 형주를 잃은 것은 관우의 자만심이 원인이다.

관우의 무공은 정말 대단했다. 조조는 "관공은 그 위력을 천하에 펼쳤고 아직까지 상대를 만나지 못했다."라고 했다. 반대로 생각하면 관우는 좀더 일찍 상대를 만나지 못했기 때문에 결국 적에게 화살을 두 번 맞았고 또 사로잡혔다.

처음은 방덕과의 결전에서였다. 방덕은 조조의 극진한 예우에 보답하기 위해 관우와의 결전에서 죽을힘을 다해 싸우기로 맹세하고 큰 관을 끌고 와 살아서 돌아갈 생각이 없다는 뜻을 과시했다. 이에 관우는 몹시 화를 내며 호통을 쳤다.

"천하의 영웅이라도 내 이름을 듣고 굴복하지 않는 자가 없는데 방덕 같이 새파랗게 어린놈이 어찌 감히 나를 업신여겨!"

그러고는 방덕의 목을 베려고 나섰다. 그러자 아들 관평이 간절하게 말했다.

"아버님께서는 태산처럼 무거우신데. 잡석 같은 자와 겨루실 필요가 없습니다. 설령 아버님께서 이자를 죽이신다 해도 그는 졸병에 불과하지 않습니까?"

관평의 간언에는 부친에 대한 존경의 뜻도 있지만, 일리가 있었다. 왜냐하면 관우는 이미 도독으로 형주와 양양 등 아홉 개 군의 정사를 맡은 중책을 짊어졌기 때문에 그의 안전과 위험은 단지 한 사람의 목숨에만 관련 있는 것이 아니었다. 그러나 관우는 자신의 무공만 믿고 고집을 부렸다.

"이 놈을 죽이지 않으면 무엇으로 원한을 씻겠느냐? 나의 뜻은 이미 결정되었으니 더는 말하지 말라!"

방덕과 50여 합을 겨룬 후에 방덕은 칼을 끌면서 도주했다. 그때 관우는 방덕이 기만전술을 쓰는 것이라고 여겨 방비를 철저히 하지 않았다. 관우는 여전히 방덕을 쫓아가다가 갑자기 날아온 화살에 오른쪽 어깨를 맞고 말았다.

어쩌면 이번에는 관우가 죽어야 할 운명이었는지도 몰랐는데, 운이 좋아 화살에 맞은 상처가 깊지 않았다. 그 때문에 촉군의 예봉은 꺾이고 말았다.

그 다음 화살에 맞은 것은 강물을 터서 일곱 군을 몰살시킨 후였다. 관우는 우금을 생포하고 방덕에게 상처를 입혀 자신의 뜻이 관철된 데에 대해 만족했다. 여세를 몰아 직접 군사를 이끌고 번성을 공격했다. 이번 싸움은 화살에 맞은 지 얼마 지나지 않았기 때문에 당연히 첫 번째 실수를 교훈 삼아야 마땅했다. 하지만 관우는 여전히 대수롭지 않게 생각했다.

북문에 도달한 관우가 말 위에서 성벽을 향해 고함을 질렀다.

"이 쥐새끼 같은 놈들아! 빨리 항복하지 않고 언제까지 기다리기만 할 것이냐?"

이때 관우는 녹색 전포의 한쪽 소매를 걷어 올린 채 심장을 가리는 엄심갑(掩心甲)만을 걸치고 있었다. 성안에 있던 조인이 이를 보고 궁수 5백 명에게 일제히 활을 쏘도록 명령했다. 결국 관우는 팔에 화살을 맞아 몸이 뒤집히며 말에서 떨어졌다. 순식간에 벌어진 일이라 왼팔뿐 아니라 오른팔에도 화살을 맞았다. 이번에는 화살을 맞지 않아도 되었다. 하지만 관우가 상대의 유효 사거리 내에서 큰소리로 외친 것이 화근이었다. 또한 양 군사가 격렬하게 싸우는 전선에 나설 때 어떻게 심장을 보호하는 쇠붙이만 걸칠 수 있단 말인가? 관우가 녹색 전포의 한쪽 소매를 걷어 올린 것만 보더라도 얼마나 자만심에 차 있으며 오만했음을 알 수 있다.

더 불행한 점은 이번 싸움에서 맞은 화살은 깊이 박혔고 게다가 독이 묻어 있어 화타가 뼈를 깎아 독을 빼내지 않는다면 그의 오른팔은 잘라야 했을 것이다.

또 관우가 맥성을 버리고 서천으로 도주하려 할 때 큰 길을 택하라는 왕보의 충고를 듣지 않았다. 그저 북쪽으로 가면 산속으로 통하는 외딴길이 있고 그 길을 따라 서천으로 들어갈 수 있다는 그 지역 사람의 말만 듣고 그 길로 갔다.

관우는 형주를 잃은 후 거듭 왕보에게 후회한다며 이렇게 말했다.

"그대의 말을 듣지 않은 것을 후회하는데, 오늘 또 이런 일이 있게 생겼구려."

사실 왕보의 판단은 정확했는데 관우는 그의 말을 듣지 않았다. 관우가 왕보의 말을 듣고 큰 길로 갔다면 생명을 구할 수 있었을 것이다. 관우는 자신의 무공만을 믿고 왕보의 간언을 듣지 않아 세 번이나 자신을 사지에 몰아넣었다.

여몽이 계책으로 형주를 습격해 탈취한 후에도 군사 요충지인 공안과 남군은 여전히 촉군의 수중에 있었다. 이 두 지역은 부사인과 미방이 나누어 지키고 있었다. 만약 이 두 사람이 형주를 구하기 위해 출병했다면 형주를 탈환할 수 있었다. 설령 그렇게 하지 않고 두 사람이 각자 자신의 성을 굳게 지키며 관우가 구하러 돌아오길 기다리기만 했어도 관우는 원하는 지역을 차지할 수 있었고, 맥성이 곤경에 빠지지는 않았을 것이다. 그러나 두 사람 모두 결정적인 순간에 동오에 투항했다. 이것은 관우의 입장에서는 설상가상, 끓는 솥 밑에 땔나무를 지피는 거나 마찬가지였다.

관우가 형주를 잃었다는 것을 깨닫고 군사를 이끌고 형주를 탈환하러 갈 때에도 행군 중 많은 병사들이 도망쳐 동오에 투항했다. 관우가 행군 도중 포위를 당하자 그의 수중에 있던 병사들이 하나둘씩 도망쳤다.

해질 무렵까지 싸우다가 관우가 산 위에서 내려다보니 모두 형주 출신의 병사들뿐이었다. 형을 부르고 아우를 부르며 아들을 찾고 아비를 찾느라 함성이 끊이지 않았다. 군심이 크게 변해서 모두들 부르는 소리에 따라 흩어졌다. 관우가 아무리 꾸짖어도 소용없었다. 그의 수하에 남은 병사는 겨우 3백여 명이었다. 관우군은 사기가 급격히 떨어지고 전투력을 완전히 상실할 지경에 이르렀다.

이때 관우가 참패당했다 할지라도 맥성으로 물러나 성을 굳게 지키고 유봉과 맹달이 제때에 출병해 구원했다면 관우 부자는 포위망을 뚫고 나와 생명을 보전하는 데는 문제가 없었을 것이다.

그러나 유봉과 맹달이 오히려 "이 산성에 있는 군사를 나누어 어떻게 그 두 곳에 있는 강병을 당해내겠느냐?"는 이유를 들며 구경만 하고 관우를 구하러 가지 않았다. 관우는 맥성에서 밤낮으로 구원병이 오기만을 기다렸지만 그들은 끝내 오지 않았다. 상황이 급변해 어찌할 도리가 없자 성을 포기하고 도주하는 수밖에 없었다. 이렇게 해서 관우가 길을 가던 도중에 살해당했다.

유비가 관우에게 군대를 이끌고 가서 번성을 탈취하라고 명하자 관우는 즉시 부사인, 미방을 선봉으로 삼았다. 그런데 두 장수가 형주성 밖에 주둔하고 있을 때 부주의해 무기, 군량미, 마초를 모두 불태워버렸다. 이에 관우는 몹시 화를 내며 호되게 꾸짖었다.

"이와 같이 일을 그르치는데 너희 두 사람이 무슨 소용이 있겠는가?"

관우는 이 둘을 참수하라는 명을 내렸다. 두 장수는 비시가 관우에게 죄를 사면해 줄 것을 청해 간신히 각각 곤장 40대를 맞고 목숨을 구했다. 하지만 관우는 두 장수의 선봉장 직책을 빼앗고 미방에게는 남군을 수비하라는, 부사인에게는 공안을 수비하라는 벌을 내렸다. 관우는 이에 그치지 않고 때리고 또 때렸으며 죄를 묻고 또 물었다. 그러면서 두 장수에게 말했다.

"내가 승리하는 데 조금이라도 착오가 생긴다면 돌아와 너희 두 사람의 죄에 대해 모두 벌할 것이다."

관우가 두 사람을 미워하는 이상 잘못을 찾아내지 못할 리 없었다. 실제로 조금이라도 잘못이 생기면 두 사람의 죄에 대해 벌하겠다는 말은 두 사람 모두 영원히 완벽할 수 없다는 것과 다름없다. 그래서 부사인은 투항할 때 "관공이 지난날 우리를 원망했던 것을 생각하니 항복하는 편이 낫다."고 생각했다. 미방은 처음에는 투항하려 하지 않았다.

"우리 형제는 오랫동안 한중왕 유비를 섬겼는데 어찌 하루아침에 배반할 수 있겠는가?"

군량미를 독촉하기 위해 파견되어 온 관우의 사자가 미방에게 이야기했다.

"관공께서 군량미가 떨어져 특별히 남군, 공안 두 곳에 가서 백미 10만 섬을 가져오라고 하셨소. 두 장군께서 밤을 새워 실어 날라 군대에 바치되, 지체하면 참하겠다고 하셨습니다."

참하겠다는 말은 망설이는 미방을 핍박하는 것이다. 형주가 동오에게 점령당했기 때문에 그렇게 많은 군량미를 빠르게 운반할 수 없음을 미방은 알았기 때문이다. 관우 또한 틀림없이 기한 내에 가져오지 못할 것임을 알고 있었다.

그들은 관우가 자신들을 단단히 별렀기 때문에 이번에는 자신들을 죽이려 한다고 여겼다.

"손발을 묶고 앉아서 죽기만을 기다릴 수는 없고 빨리 동오에 항복하지 않으면 반드시 관공의 손에 죽게 될 것이다."

이렇게 생각한 미방은 성 밖으로 나가 투항했다.

유봉이 관우를 구해주지 않았던 것도 그럴 만한 까닭이 있었다. 원래 유비는 한중왕이 된 후 유봉을 후계자로 세우려고 했다. 이에 공명은 문제를 일으키고 싶지 않아 집안일이라며 책임을 회피했다.

그러나 관우는 사안의 중대성을 제대로 인식하지 못하고 또한 대비책도 마련하지 않은 채 유봉을 후계자로 삼는 것에 공개적으로 반대했다. 더 나아가 적극적으로 나서서 유봉을 멀고 먼 용산성으로 파견해 후환을 끊어야 한다고 주장했다. 게다가 맹달을 무리에서 떼어내려고 해 유봉은 기회를 틈타 보복할 생각을 품었다.

물론 이 사람들은 전쟁터에서 적에게 투항하고 사람이 죽어가는 것을 보고도 구원하지 않았기 때문에 처벌을 피하기는 어려웠다. 그러나 관우도 일정한 책임을 져야 한다. 이 모든 것은 관우가 인간관계를 잘 처리하지 못했기 때문에 빚어졌다.

이 밖에 여몽이 형주에서 촉군을 회유할 때 관우는 그것이 간악한 도적의 계략임을 간파했음에도 그에 적합한 대비책을 마련해 군사들의 동요를 진정시키려 들지 않았다. 오히려 여몽의 사신에게 화를 내며 질책하고 물리쳤다. 그래서 사신은 많은 장수들과 접촉하며 회유책을 썼다. 여러 장수들이 사신에게 몰려와 저마다 자기집 소식을 물었고 사신은 다들 무고하며 여몽이 그들을 극진히 돌봐주고 있다고 말했다. 사신의 회유에 관우의 수하 장수들과 병사들은 모두 적과 싸울 마음이 없어지고 말았다. 이는 바로 관우가 심리전을 모르고 저지른 큰 실수였다.

관우의 죽음은 자신의 성격 때문에 필연적으로 발생한 것이라고 할 수 있다. 관우의 죽음을 굳이 여몽 때문에 죽은 것이라고 내세울 필요가 없다. 주변의 충고를 묵살하고 자신의 뜻만 고집하는 관우의 성격 탓에 측근들의 반발은 컸으며 결국 그 성격이 자신을 죽음으로 몰아간 것이다.

의리의 맹장
장비(張飛, ?~221)

장비의 자는 익덕(翼德), 탁군 탁현(오늘의 하북성 탁주) 사람으로 가축 도살장을 경영하여 생계를 유지했다. 유비, 관우와 함께 도원결의에서 의형제를 맺었다. 삼국시기 촉한의 중요한 장령이었다.

장비는 오호상장(五虎上將)의 한 사람으로서 우장군, 거기장군(車騎將軍)으로 봉해졌다. 유비가 조조의 대군에 쫓겨 형세가 위급할 때 장판교에서 "내가 장익덕이다!"라고 소리쳐 조조의 정예군 5천여 명을 물리쳐 용맹을 전국에 떨쳤다.

유비가 한중왕이 된 후 서향후(西鄉侯)에 봉했다. 221년, 형주를 탈취하기 위해 유비와 함께 동오를 공격하려고 할 때 부하 장수 장달과 범강에게 살해되었다. 향년 55세였다.

...

　장비는 일생 동안 많은 전쟁을 겪었으나 털끝 하나도 다치지 않았다. 그러나 자기 군영의 말단 장수에게 참살당했으니 참으로 안타까울 뿐이다.

　말단 장수 장달과 범강은 원한을 품을 수는 있겠지만 살인할 사람이 아니었다. 이들과 장비 사이에는 어떤 은혜나 원한도 없었기 때문에 두 사람이 살기를 품은 것은 전적으로 장비가 그들을 심하게 핍박한 결과이다.

　부하가 생각하기에 윗사람의 명령이 과중하면 어쩔 수 없이 반역의 마음을 품을 수도 있고 더 나아가 예측 불허의 보복 행위도 발생할 수 있다. 윗사람이 자신의 불만을 아랫사람에게 전가하면 아랫사람의 반발심이 윗사람에게 되돌아갈 수 있다. 불만이 클수록 반발심도 커진다. 장비가 암살된 이유 중 하나는 바로 이것 때문이었다.

　관우의 복수를 위해 장비는 3군에게 백기와 흰 갑옷을 만들어 상복 차림으로 동오를 정벌하라는 명령을 내렸다. 장달과 범강은 애당초 백기와 흰 갑옷에 대해서는 반감이 없었다. 화근은 바로 3일이라는 기한을 정한 명령이다. 이것은 실현 불가능한 가혹한 명령이다. 당시 여건으로 볼 때 그렇게 많은 백기와 흰 갑옷을 며칠 만에 만든다는 것은 불가능했다.

　덕을 쌓고 선을 행하도록 남을 구슬릴 때에도 지나치게 높은 수준의 요구를 다그쳐서는 안 되며, 상대방의 능력이 그것을 달성할 수 있는

지를 고려해야 한다.

장비는 재능 있는 장수는 사랑하고 존중했지만 자기 수하의 사병들은 사랑할 줄 몰랐다. 장비와 하급 병사들의 관계는 항상 긴장의 연속이었고 크게 대립하곤 했다.

유비가 군사 3만을 통솔하고 원술을 토벌하기 위해 남양으로 출병하고, 장비는 남아 서주를 지킬 때의 일이다. 유비가 떠난 날 밤에 장비는 모든 관리들을 연회에 초대했다. 그는 끊임없이 장수들에게 술을 권했다. 모든 사람들이 술에 취하길 원한 것이다.

장비는 술을 싫어하는 조표에게 술을 강권해 조표는 하는 수 없이 술을 한잔 마셨다. 장비는 또다시 술을 권했고 조표는 애걸복걸하며 자신은 술을 못 마신다고 했다. 이에 장비는 화가나 조표에게 곤장 50대를 쳤다. 조표는 자신을 무례하게 대한 장비를 증오했고 결국 밤에 사위 여포를 끌어들여 서주를 빼앗았다. 장비는 도망가기에 급급해 두 형수를 적에게 빼앗겼다. 이 일로 장비는 유비를 만날 면목이 없어 칼을 뽑아 자신의 목을 베려고까지 했다.

그 후 장비는 둘째 형 관우가 동오에게 참살당했다는 소식을 듣고 하루 종일 술을 마셨다. 그는 술에 취하자 몹시 화를 냈고, 주위 사람들은 눈을 내리 깔고 눈치만 보았다. 장비는 자신의 마음에 들지 않거나 비위에 거슬리는 자가 있기만 하면 누구든지 채찍으로 때렸고 그 때문에 많은 사람들이 무참하게 맞아 죽었다.

장비의 이런 치명적인 약점을 잘 아는 큰형 유비는 몇 번이나 그를 훈계했다.

"너는 술을 마시면 화를 잘 내어 마구 병사들을 매질하는구나."

"나는 평소에 경이 술에 취하면 감정이 격해져서 화를 잘 낸다는 것을 잘 알고 있다."

"네 옆의 사람들을 매질하면 그들이 원한을 품어 너에게 복수할 마음을 가지게 되고 그로써 화를 자초하게 되니 오늘 이후로는 관용을 베풀고 너그럽게 대하고 예전처럼 괴롭히지 말라."

장비는 병사들이 전쟁에 나아가지 않으면 화를 냈고, 화가 나면 병사들에게 포악하게 대했다. 그래서 군심이 변했고 장비는 이 기회를 틈탄 공격을 당했다.

강산이 변해도 사람의 본성은 바뀌기 힘들다고 하는데, 이 때문인지 장비는 죽기 전까지도 자신의 약점을 전혀 고치려 들지 않았다. 사람에게는 혈기의 화와 의리의 화가 있는데, 혈기의 화는 내서는 안 되지만 의리의 화는 없을 수 없다.

장비가 술에 취한 후에 병사들에게 뿜어낸 화는 혈기의 화이다. 장판교에서 조조의 대군에게 화를 내어 물리칠 때 그 화는 의리의 화이다.

유비는 장비에게 "일을 경솔하게 처리하고 남의 충고를 받아들이지 않는다."고 훈계했다. 이 훈계는 장비의 정곡을 찌른 말이다. 특히 경솔한 일처리는 장비에게 일생 동안 계속되어 약점이 되었다.

황건적을 토벌할 때 유비, 관우, 장비는 죄인이 되어 수레에 구금돼 경성으로 향하는 노식을 만났다. 장비는 노식이 환관에게 뇌물을 준 적이 없는데 오히려 무고당했다는 것을 알게 되자 곧바로 화를 내며 수레를 호송하던 병사들을 베어 죽이고 노식을 구해냈다.

그때 유비가 제때에 막지 않았다면 수레는 부서지고 말았을 것이다. 그 후 세 사람은 동탁을 구해 영채로 돌아갈 수 있게 해준 적이 있다. 동탁은 감사할 줄 모르고 오히려 세 사람을 백신(白身, 벼슬이 없는 사람. 소·돼지·개 따위를 잡는 일을 업으로 하는 사람)이라 업신여기며 예를 갖추지 않아 장비가 매우 화를 내며 칼을 뽑아들고 동탁을 죽이려고 했다.

또 한 번은 장비가 술을 몇 잔 마시고 난 뒤였다. 그는 독우가 유비를 두목이라고 모함하는 것을 알게 되자 눈을 부릅뜨고 이가 부서지도록 입술을 깨물었다. 그리고 독우의 머리칼을 낚아채어 말뚝에 묶어놓고 버드나무 가지 열 개가 부러지도록 때렸다. 결국 이 일이 큰 문제가 되어 세 사람은 관직을 그만두고 도망쳐야 했다.

한번은 유비가 백성들을 이끌고 강을 건널 때, 누군가 조운이 조조에게 투항했다고 말하자, 장비는 그 연유를 묻지도 않고 이렇게 단언했다.

"우리의 힘이 다했다는 것을 알았거나 혹은 배반하여 조조에게 투항해 부귀영화를 도모하려는 것이다. 내 친히 그를 찾아가 만나면 칼로 찔러 죽일 것이다!"

관우 혼자서 1,000리를 달려와 유비를 찾았는데 장비는 관우가 적에게 투항했다고 의심했다. 그 바람에 관우는 고성에서 장비와 결사적으로 싸우지 않으면 안 되었다.

관우의 복수를 위해 동오를 원정하려 할 때도 유비는 공명, 조운 등 여러 신하들의 강력한 간언으로 원정에 직접 나서려 하지 않았다. 그러나 장비의 의리와 감정에 호소하는 간언으로 유비는 마음이 흔들려 결국 원정의 이해득실을 따지지 않고 원정에 나서게 됐다.

장비의 이러한 경솔한 일처리는 큰 과실을 낳았다. 자신을 비명에 죽게 했을 뿐만 아니라 서촉에게 재난의 원인을 제공했다. 장비의 죽음은 그로 인해 몹시 화가 난 유비에게는 불난 집에 기름을 쏟아 부은 격이 되었다.

만약 장비가 중요한 고비에 이와 같이 죽지 않았다면 유비가 군사 전체를 동원해 동오를 공격하는 어처구니없는 행동은 하지 않았을 것이다. 또한 적군이 동오를 공격하러 나가지 않았다면 이릉에서 참패를 당하지 알았을 것이고, 그 참패가 없었다면 서촉의 힘이 그렇게 약화되지는 않았을 것이다. 일처리가 경솔한 장비의 흠은 장군이 되기 위한 기본 자질이 모자랐기에 주요한 인사 처리에서 화를 자초했다.

신위장군
마초(馬超, 176~222)

마초의 자는 맹기(孟起). 삼국시기 부풍군 무릉현(오늘의 섬서성 흥평시) 사람이다. 유비의 오호상장의 한 사람으로서, 얼굴은 희고 늘씬한 키에 허리는 가늘고 어깨통이 넓은 미남형이라서 '비단마초(錦馬超)'라는 미칭이 있다.

마초가 유비군에 항복했을 때 제갈량은 마초를 장비와 겨룰 만한 용장이라고 칭찬했다. 마초는 오호상장으로 극진히 대우를 받았으나 제갈량이 위나라를 치기에 앞서 서평관을 지키다가 병으로 세상을 떠났다. 시호는 위후(威侯)였다.

...

    서량 태수인 마초의 아버지 마등은 황실을 생각하는 마음에 거기장군 동승과 함께 조조 암살 계획에 가세했다. 이 계획은 사전에 조조에게 발각되어 동승 등은 참살되고 말았다. 마등은 이때 서량에 돌아와 있었기 때문에 난을 피했으나, 마등을 살해하려고 한 조조는 마등을 정남장군에 임명하고 그것을 구실로 하여 도읍으로 유인하려 했다. 마등은 살해당할 가능성을 알고 걱정하면서도 상경했다가 작은아들 마휴와 함께 조조에게 죽음을 당했다.

    아버지와 동생이 살해된 직후에 서량을 지키던 마초는 아버지와 함께 상경했던 마대로부터 소식을 듣고 통곡한 다음 조조에 대한 복수를 맹세하고 군대를 일으켰다.

    마초가 흰 옷을 입고 말 위에 오른 모습을 본 조조는 적장이면서도 "여포에게 뒤지지 않을 정도로 멋진 장수로다!" 하며 감탄을 금치 못했다.

    동관을 둘러싼 싸움에서 조조를 상당히 괴롭혔다. 그가 싸우는 형태를 보면 기회를 민감하게 포착했고 밀어붙이는 싸움에 능했음은 말할 나위도 없었으며, 특히 승리의 기회를 포착했을 때 돌진하는 힘은 조조나 그의 휘하 장수들이 도저히 당해낼 수 없을 정도였다. 그러나 힘으로 하는 싸움에 뛰어난 마초도 모략을 쓰는 싸움에는 약해서 조조의 계략에 걸려들고 말았다.

    의리의 숙부인 한수와 사이가 틀어진 마초는 한수 일당이 비밀회의를 하는 곳으로 쳐들어가서 한수의 왼쪽 팔을 칼로 잘라버렸다. 한수와 조조의 군대로부터 공격을 당한 마초는 격전 끝에 탈출했으나 그의 가족들은 조조의 부하인 하후인에게 죽음을 당하고 말았다. 조조에 대한 복수심에 불타는 마초는 유비와 손을 잡고 촉의 오호상장이 되었으나 얼마 후 병사했다.

마초가 유비의 휘하로 들어가자 유비는 그를 평서장군으로 임명하고 도정후에 봉했다. 유비는 마초가 자기 밑으로 들어오자 측근에게 "마초가 가세한 덕분에 익주를 수중에 넣을 수 있었다."라고 하며 기뻐했다.

마초는 유비가 내려준 군대를 이끌고 성도로 향했다. 성도에 있던 유장은 마초가 유비의 군대에 가세한 이상 농성해 봐야 소용없는 저항에 불과하다는 것을 깨닫고 성문을 열어 항복했다.

유비는 한중왕이 되자 마초를 좌장군으로 임명하였다. 그리고 221년에는 마초를 표기장군, 양주목으로 봉하였다. 222년에 병을 얻어 47세의 젊은 나이에 사망했다.

임종을 맞아 마초는 유비에게 "저의 일가는 조조에게 살해되어 전멸했고 사촌형제인 마대만 남아 있습니다. 집안의 제사를 모셔야 할 사람이니 아무쪼록 마대의 일을 폐하께 부탁드립니다."

마초가 죽은 후에 그의 아들 마승이 뒤를 이었다.

'비단마초'라는 별명은 그의 당당하고 아름다운 자태에서 생겨난 이름이다. 그러나 신위장군(神威將軍)이었지만 가족을 잃은 슬픔이 끝내 그를 일으켜 세우지 못하고 세상을 마치게 했다.

유비의 인물관계도

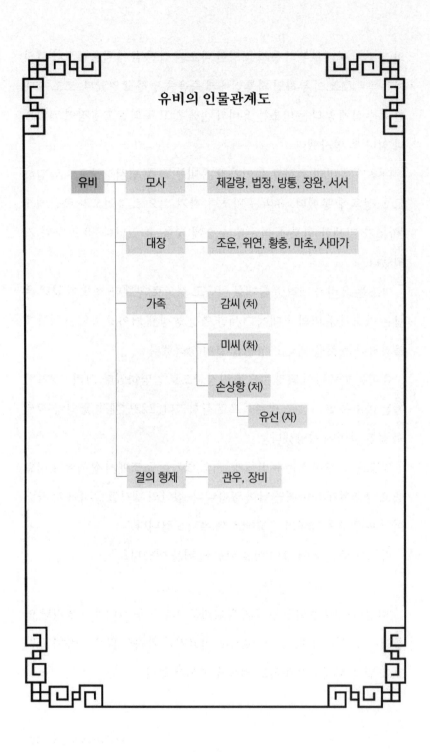

오(吳)나라 주요 인물

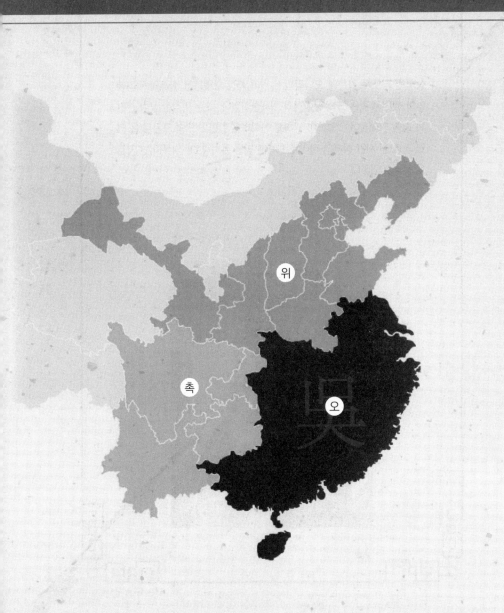

제1장

수성의 황제 손권(孫權, 182~252)

삼국의 지도자 가운데 오나라의 손권이 가장 오랫동안 황제의 자리에 앉아 있었던 것은 그의 통솔력과 처세술이었다. 그는 명석한 상황 판단과 강한 인내심이 있었으며 부하를 신뢰하고 한번 믿으면 모든 것을 맡겼다. 오랜 시간 황제의 자리를 지켜온 만큼 통치자로서의 뛰어난 자질을 갖추고 있었다.

손권의 자는 중모(仲謀). 삼국시기 오나라를 건립한 사람으로 탁월한 정치가이다. 19세에 형 손책이 죽자 제위를 계승했다. 손권은 착실하게 세력을 넓혀서 건안 13년에는 아버지 원수인 황조를 무찌르고 강동 전역을 장악했다.

208년, 촉의 유비와 함께 남하한 조조의 대군을 적벽에서 대파하여 강동의 기반을 굳혀 천하삼분의 기초를 닦았다. 219년, 조조와 연계하여 형주를 지키는 관우를 공격했고, 맥성에서 관우를 잡아 목을 쳤다. 이렇게 해서 조조, 유비, 손권의 세력이 교차되던 형주는 손권의 세력에 들어가게 되었다.

229년, 황제에 올라 건업을 도읍으로 정하고, 강남 일대에 둔전을 실시해 개발을 촉진하는 등 국가 발전에 힘썼다. 재위 24년인 71세에 세상을 떠났다.

┼ _ 인재 활용

열아홉 살 젊은 나이에 형 손책의 정권을 물려받은 손권은 형이 물려준 인재들을 중용했다. 특히 형의 죽마고우며 인척 관계인 주유(周瑜)에 대해서는 사부(師父)의 예를 취하고 군사의 대권을 맡겼다. 그리고 두뇌가 있는 장소(張昭)에게는 재상의 자리를 주고 행정을 맡겼다.

주유는 친구 중 노숙을 손권에게 천거했다. 손권은 즉시 자리를 마련하고 노숙을 초대했다.

"바야흐로 한 왕실은 기울고 천하는 어지러울 대로 어지러워졌으니 나는 아버지와 형이 이루지 못한 꿈을 실현하고자 합니다. 그러기 위해서는 야심을 가진 간신들을 멸망시키고 한 왕실을 다시 일으켜야 합니다. 그대와 이렇게 알게 된 것도 인연이니 좋은 방책이 있으면 가르쳐 주시기 바랍니다."

그러자 노숙은 솔직한 의견을 토로했다.

"황송하오나 저는 이렇게 생각합니다. 역신을 제거하고 한 왕실을 다시 일으키고자 함이 요즈음 영웅호걸들의 대의명분입니다. 누구나 그렇게 생각하고 있습니다. 장군의 순수한 마음은 잘 알겠습니다만 실제로는 이미 한 왕실을 다시 일으킬 가망은 없으며, 서울에서 실권을 쥐고 있는 조조를 제거하려면 무력에 의지할 수밖에 없습니다. 취할 길은 단 하나, 이곳 강남 땅에 강대한 나라를 만들고 스스로 황제의 자리에 오르셔서 천하를 장악하는 것이 아니겠습니까?"

손권은 노숙의 말에 감탄했다. 노숙이 지적한 대로 이미 한 왕실을 다시 일으킨다는 것은 바랄 수 없는 일이었다. 시대는 크게 흔들리며 움직이지 않는가. 스스로 한 나라의 제왕이 될 생각이 아니라면 천하를 다툴 자격이 없을 것이다.

손권은 당장 노숙을 채용하고 참모장으로서 후하게 대우했다. 그로부터 형주의 전선에서 전사할 때까지 군사 전략에 빼어난 노숙은 손권이 대외 전략을 결정하는 데 없어서는 안 되는 존재가 되었다.

손권은 "사람은 누구든지 장점과 단점이 있기 마련이다. 각자의 장점을 기르고 작은 결점에는 눈감아 주는 것이 지도자가 된 자가 취할 길이라고 생각한다."라고 스스로 말하고 있다.

손권의 부장에 여몽이라는 사람이 있다. 불량배였으나 무예가 뛰어나 군대에서 장군까지 승진했다. 한번은 손권이 여몽 외에 처음부터 육성한 장군들에게 말했다.

"너희들도 장군이라는 지위에 올랐으므로 무예에만 의지하지 말고 제대로 학문을 익혀 두는 것이 좋다."

"하오나 군무에 종사하는 사람은 전투나 훈련에 쫓기다 보면 도저히 책을 읽을 틈이 없습니다."

"내가 그대들에게 학자가 되라는 것이 아니다. 기초적인 학문을 익혀 자기를 높이라고 말하는 것이다. 바쁘다고 하지만 나만큼 바쁘지는 않겠지. 나는 진중에 있을 때도 군무의 짬을 보아 될 수 있으면 책을 읽으려고 노력하고 있다.

일군의 지휘관이 된 이상 병법서는 〈손자〉와 〈육도〉, 역사책으로는 〈좌전〉, 〈국어〉, 그리고 〈전국책〉, 〈사기〉, 〈한서〉의 삼사(三史)는 읽어 두는 것이 좋다. 반드시 도움이 될 책들이다."

이 말을 듣고 여몽은 학문을 시작했다. 공부에 열심인 그는 곧 병법 학자로서도 일류가 되었다. 어느 날, 노숙이 임지로 가는 도중 여몽을 찾아갔다. 여몽과 이야기해 보니 놀랍게도 옛날과 달리 시시한 학자는 당할 수 없을 정도의 지식인이 되어 있지 않은가.

"아니, 다시 봤네. 자네는 무예밖에 모르는 사람인 줄 알고 있었는데, 어느새 우수한 전략가가 되었군. 이제 '오하의 아몽' 취급은 할 수 없겠는걸."

그러자 여몽은 이렇게 대답했다.

"선비는 헤어지고 3일 지나면 마땅히 눈을 크게 뜨고 상대해야 합니다."

'오하의 아몽'이라는 말은 오나라 마을에 무리를 짓고 있는 불량배인 몽(蒙)이라는 뜻으로, 학문과 교양에 어둡고 진보하지 못하는 사람을 두고 한 말이다.

'선비 된 자는 일진월보(日進月步)한다.'는 말은 3일 만에 만났을 경우 눈을 크게 뜨고 상대하지 않으면 망신을 당한다는 의미이다.

손권은 개성도 강하지 않으며 인덕도 없으나 범상한 그릇은 아니다. 그렇지만 군웅이 할거하는 세상에서 지방 정권에 지나지 않는 오나라를 3대 강국의 하나로 길러낼 수 있었을까?

대세를 쥐고 흔들 만한 재능이 없는 손권이 이토록 위대한 왕자가 된 까닭은 무엇일까? 그것은 그가 부하를 신뢰하고 인재 육성에 열심이었기 때문이다. 능력이 없고 서툰 지도자라도 부하를 신뢰하고 젊은 사람들 잘 육성하며 우수한 인재를 자기의 손발처럼 쓰면 되는 것이다.

자기만을 믿고 무엇이든지 자기가 직접 하지 않으면 직성이 풀리지 않는 지도자가 있다. 이런 지도자 밑에서는 부하의 그림자조차 흐려지고 조직의 흐름이 막힌다.

✟ _ 결단

208년 6월, 승상이 된 조조는 대군을 동원해서 형주의 유표를 공격했다. 유표는 손님 대우를 하고 있는 유비 등과 함께 저항했으나, 조조는 힘들이지 않고 순식간에 장강 연안에 도달했다. 그 무렵 부상에 있던 오나라 손권에게 조조의 친서가 닿았다.

"이번에 나는 책명을 받들고 남정했다. 형주 유가 일족이 저항했기 때문에 응징하기 위해 진군했던바, 유표는 죽고 후계자인 유종은 항복했다. 바야흐로 아군은 80만을 헤아리며 장강에서 수군 훈련에 여념이 없다. 강을 건너 장군과 함께 오나라에서 사냥이라도 즐기고 싶다. 우리 군에 항복하는 것이 좋다고 생각하는데, 어떤가?"

편지를 본 손권의 부하들은 사색이 되어 저마다 비관적인 말을 했다.

"조조는 황제를 받들고 대의명분을 내세워 진군하고 있습니다. 거역하면 역적이 됩니다."

"유표의 군이 궤멸하고 그 밑에 있던 수군과 선박은 모두 조조에게 압류되었습니다. 용맹을 자랑하는 위군이 이것을 이용한다면 장강을 건너는 것쯤은 간단합니다. 위군이 강남에 상륙하면 우리나라는 잠시도 지탱하지 못합니다."

"조조는 악역무도한 효웅(梟雄, 사납고 용맹스러운 영웅)이며 더구나 수십만이라는 병력을 움직이고 있습니다. 전력으로 보더라도 도저히 맞설 수 없는 상대입니다. 항복하는 편이 현명합니다."

문무 막료들이 입을 모아 항복을 권하는 가운데 오직 노숙 한 사람만

이 불쾌하다는 뜻이 팔짱을 끼고 입을 다물고 있었다. 손권이 잠시 휴식을 선언하고 자리를 뜨는 것을 보고 노숙이 뒤를 따라왔다. 별실에서 손권은 노숙의 손을 잡고 물었다.

"그대도 여러 사람과 같은 의견이오?"

"아닙니다. 저는 다릅니다. 여러 장수의 생각은 너무나도 패배주의적이며, 저래서는 나라의 앞날을 그르칩니다. 신하와 군주는 입장이 다릅니다. 신하들이 항복할 경우 조조는 어쩌면 그들을 우대할지도 모릅니다. 적어도 죽이거나 감옥에 넣지는 않을 것입니다.

그렇지만 주군께서 항복하시면 조조는 주군의 재능이 무서워서 틀림없이 냉대할 것입니다. 잘못하면 목숨을 뺏기고 잘돼봤자 강남으로 추방당해 몸조차 의지할 곳도 없어질지 모릅니다. 이번에는 저 사람들의 어리석은 비관론에 현혹되지 않도록 부탁드립니다."

노숙은 한숨을 돌린 후 입을 열었다.

"어떻겠습니까? 군략에 통달한 주유 장군의 의견을 들어보시면…"

"잘 말해주었소. 나도 여러 사람의 의견이 사실은 마음에 들지 않던 참이요."

손권은 그날의 회의를 중단하고 급히 주유를 불러들였다. 최일선인 파양에 있던 주유는 강행군하여 시상으로 돌아와 손권의 작전회의에 참석했다. 손권이 주재하고 문무백관이 참석한 긴급회의 석상에서 주유는 의견을 발표했다.

"조조는 한나라의 승상이라는 이름을 빙자한 역적입니다. 주군과는 비길 자가 못됩니다. 주군은 지략과 무용이 계신 데다가 아버님이나 형으로부터 물려받으신 광대하고 공고한 지반과 충용한 인재를 갖추고 계십니다. 이곳 강동 땅은 지세가 거칠고 험하면서도 경제력이 풍부합니다.

이런 유리한 조건을 갖추고 계시는 주군께서야말로 천하에 웅비(雄飛)하여야 하며, 조조 같은 무리에게 의지할 처지가 아닙니다. 하물며 역적 놈이 죽을 줄도 모르고 불에 날아든 벌레가 된 지금, 항복 운운한다는 것은 참으로 언어도단이 아닐 수 없습니다."

여기서 주유는 무기력한 소리를 하는 장수들을 노려보고 나서 위군의 약점을 다음과 같이 분석했다.

"첫째, 위나라 북쪽 변경은 완전히 진정된 것이 아니며 후고(後顧)의 염려가 남아 있다. 둘째, 북방에서 자란 위군의 병사는 원래 수전이 서툴며 황급히 훈련시켰더라도 어릴 때부터 물에 익숙한 오군과는 비교되지 않는다. 셋째, 멀리 중원으로부터 끌려온 위나라 병사는 먼 길을 행군했기 때문에 완전히 지쳤으며 풍토에도 익숙하지 않아 환자가 속출하고 있다. 넷째, 일반적으로 원정군의 결함은 보급로가 너무 길다는 데에 있다. 위군도 군량과 말에 먹일 꼴의 조달에 고생하고 있다. 다섯째, 이제부터 겨울철을 맞는 장강은 계절풍이 몹시 거칠게 분다. 도하 작전은 쉽지 않다."라고 말하고 나서 큰 목소리로 또 말했다.

"이와 같은 여러 가지 병법상의 금기(禁忌)를 범하고 조조가 오나라에 도전하고 있습니다. 지금이야말로 역적 놈을 칠 절호의 기회입니다. 저에게 정병 3만 명을 준다면 반드시 조조를 쳐부수고 말겠습니다." 주유의 논리 정연한 분석에 손권은 결의를 굳혔다.

"주유 장군, 참으로 옳은 말이요. 지금이야말로 조조가 쓰러지느냐 내가 지느냐 결전할 때요!"

말을 마치자마자 허리의 칼을 뽑아 책상 모서리를 베고 일동을 향해 날카롭게 외쳤다.

"알겠느냐, 앞으로 항복론을 주장하는 자가 있으면 이 책상과 같은 운명이 될 것임을 각오하라!"

손권의 결연한 태도로 오나라는 거국일치의 태세를 취할 수 있었다. 평소 부드럽고 부하의 의견을 잘 듣는 손권은 어딘가 우유부단한 기미가 있다고 생각되던 젊은 주군으로서 일생일대의 결단이었다.

⚔ _ 의기투합

제갈량은 오나라에 가서 손권을 만나 유비와 동맹을 맺어 조조를 쳐야 한다고 설득했지만, 손권은 마음을 정하지 못하고 지지부진했다. 그러자 제갈량은 대장군 주유를 충동질하여 드디어 오나라의 군대를 움직이게 되었다.

한편 주유는 제갈량이 드문 천재임을 알았기에 살려두어 봤자 오나라에 해가 될 것으로 생각하여 늘 제갈량을 죽이려고 했다. 주유는 제갈량을 진중으로 불렀다.

"공께서는 물 위의 싸움에서 제일 적당한 무기가 무엇이라 생각하시오?" 하고 묻자 제갈량은 영문을 알겠다는 듯 미소 지으며 "물론 화살이라고 생각되옵니다." 하고 대답했다.

주유는 기다렸다는 듯이 "저도 공의 생각과 같소. 한데 진중에 화살이 부족하니 한 10만 개쯤 만들어주었음 하는데 어떻겠소? 내 열흘의 시간을 주겠소."

제갈량은 여전히 미소 지으며 "하루가 바쁜 이때에 고작 화살 10만 개 만드는 데 무는 열흘씩이나 필요하겠소. 사흘만 기한을 주십시오."

주유는 뜻대로 됐다는 듯 크게 웃으며 "진중에는 농이 없는 법이오." 하며 군령장을 쓰게 하였다. 공명은 군령장을 쓴 뒤에 노숙을 불러 "공이 나를 도와주어야겠소."라고 했다.

노숙은 전에 일도 있고 해서 알겠다고 대답했다.

"공께서는 저에게 어떤 도움을 원하시는지요?" 하고 노숙이 제갈량에게 물었다. 제갈량은 노숙에게 비밀리에 배 20척에 군사를 스무 명씩 태우고, 배마다 허수아비를 잔뜩 매달라고 했다.

노숙은 모든 준비가 끝난 뒤에 제갈량에게 말했다. 하지만 어찌된 일인지 제갈량은 하루가 지나고 이틀이 지나도 움직일 생각을 하지 않았다. 노숙은 애간장이 타 제갈량을 졸랐지만 제갈량은 태평했다. 약속기한 마지막 4일째 새벽에 제갈량은 노숙을 불러 조조의 진영 쪽으로 가기 시작했다. 크게 놀란 노숙이 "어디를 가십니까?" 하고 묻자 제갈량은 웃으며 "조조에게 화살 좀 얻으려고 합니다."라고 대답했다.

조조의 진영에 가까이 다가가자 제갈량은 병사들에게 북과 징을 치고 함성을 지르게 하였다. 그날은 장강에 안개가 자욱해서 한 치 앞도 보이지 않았다. 난데없이 함성을 지르고 북을 치는 소리에 잠에서 깨어난 조조는 감히 배를 내지는 못하고 함성이 나는 쪽으로 화살을 쏘게 하였다.

근 1만 명의 궁수들이 화살을 쏘대니 짚으로 만든 허수아비에는 금세 화살이 빽빽하게 박혔다. 안개가 걷힐 때쯤 되자 제갈량은 돌아가자고 말하고, 병사들에게 조조의 진영 쪽으로 함성을 지르게 하였다. 조조는 이를 갈며 멍하니 돌아가는 오군을 바라보았다.

배에 가득 실린 화살을 보자 주유는 감탄하며 제갈량을 인정했다. 주유는 제갈량을 정중히 진중으로 불러 조조를 타개할 자구책을 모색하였다. 이에 제갈량은 자기가 생각한 것을 손바닥에 쓴 뒤 각자에게 보여주자고 하였다. 그러고 나서 둘이 손바닥을 펴자 똑같이 '화(火)' 자가 씌어 있었다. 주유와 공명은 큰소리를 내어 웃었다. 그러면서 주유는 제갈량의 천재성에 두려움을 느끼며 지금 이 사나이를 적으로 돌리면 무서운 상대가 될 게 분명하다고 통감했다. 또 유비, 관우, 장비만 하더라도 장래에는 오나라에게 강력한 적이 될 것으로 생각했다.

그렇지만 조조라는 공동의 적과 상대하는 지금 유비군과 오나라는 한 편이다. 그렇게 판단한 주유는 제갈량을 손님으로 맞고 공손하게 대하여 그의 작전 책략을 이용했던 것이다.

제갈량은 주유를 이용하여 조조를 물리치고 서주를 기반으로 두는 데는 주유가 절대적이었기에 지금은 주유를 도와야 그런 기회가 온다는 뜻에서 의기투합하여, 두 사람은 크게 웃으며, 진중에서 마음껏 술에 취하였다.

╋_ 소가 대를 이긴 전략전술

그날, 오나라에 오랫동안 충성해온 황개가 주유를 찾아와 물었다.

"대장군께서는 왜 시급한 때 출병하지 않으신지요? 화공을 써서 적들을 장강의 물고기밥으로 만들어버리시죠."

그러자 주유는 크게 놀란 표정으로 "공께서는 그 계책을 누구에게 들으셨는지요?" 하고 묻자 황개는 자신이 생각해낸 것이라고 말했다. 주유는 웃음을 지으며 늙은 황개의 손을 꼭 잡고 공 같은 충신이 있기에 오나라는 망하지 않을 것이라며 칭찬했다.

그러나 이내 주유는 얼굴이 어두워지며 "하지만 조조 진영의 수문을 열 방법이 없구료." 했다.

황개는 크게 웃으며 "이 황개, 이미 오나라에 몸을 바치기로 했습니다. 대장군은 '육도삼략'에 밝으시며 병법에 도통하신 분이 어찌 고육책을 쓰려 하지 않습니까?"

주유는 크게 기뻐하며 "공께서 이 나라를 살려주시겠소?" 하고 물었다.

황개가 고개를 끄덕이자 주유는 크게 절하며 고마움을 표했다.

다음날 주유는 애매한 황개에게 누명을 씌워 죽지 않을 만큼 채찍으로 때린 뒤 황개의 처소에 던져버렸다. 옆에서 보던 노숙과 여러 장수들이 말렸지만 주유는 요지부동이었다. 그날 밤 황개의 처소에 감택이 찾아왔다. 황개는 감택을 보자 그 자리에 주유가 있다면 마치 죽이기라도 할 듯한 저주를 퍼부었다. 하지만 어쩐 일인지 감택은 미소 띤 얼굴로 가만히 황개의 말을 듣고 있었다.

"공, 이 계책은 고육책이 아니옵니까?" 하고 묻자 황개는 크게 놀라며 감택에게 오나라를 살려달라고 하였다. 감택은 "공도 오나라의 신하이고 저도 오나라의 신하이옵니다. 전 그저 장군을 도울 게 없을까해서 찾아온 것이옵니다."라고 했다.

황개는 크게 절하며 감택에게 조조에게 가는 항복 사절을 맡아 달라고 했다. 감택은 기꺼이 응해 조조에게 가는 항복 사신으로 장강을 건너고 있었다. 감택이 장강을 건너기 전 이미 제갈량은 방통과 한 패가되어 조조에게 방통을 보낸 연환계를 써 조조의 모든 전함을 쇠사슬로 하나의 성처럼 묶어 놓았다. 감택 또한 조조를 감쪽같이 속여 이제 화공에 필요한 준비는 바람만 남은 것이다.

주유가 바람 문제로 고심할 때 제갈량이 진중으로 찾아와 자신이 바람을 불게 할 터이니 동남산에 제단을 크게 쌓아 제사를 지내면 사흘 밤낮은 동남풍이 불 것이라고 호언장담했다.

이에 주유는 동남산에 제단을 크게 쌓아 부장 장흠과 주태에게 지키게 했다.

제갈량이 약속한 날 주유는 모든 전함과 5만의 수군을 준비해 놓고 바람이 불기만을 기다렸다. 주유가 초조하게 기다릴 때쯤 갑자기 깃발이 바뀌며 동남풍이 불었다. 주유는 기쁘기도 했지만 제갈량이 두려워졌다. 이에 주유는 제갈량을 살려두면 오나라에 큰 피해를 줄 것이라 생각하고 동남산에 주둔하고 있는 장흠, 주태와 또 다른 부장 마충, 반장에게 제갈량을 죽이도록 명령했다.

하지만 주유는 감정에 치우치지 않는 명장이었다. 감정 정리를 재빠르게 끝낸 뒤 전군 출격 명령을 내렸다. 이때 선봉의 황개는 이미 조조의 진영에 가까이 다가오고 있었다. 조조는 황개가 온다는 소식을 듣고 진중에 나와 마중할 준비를 했다. 옆에 있던 모사 정욱이 "승상, 저 배가 아무래도 수상하옵니다. 승상께 항복하기로 할 때 오나라의 군량미를 싣고 온다고 했는데 저 배는 쌀을 실은 것치고는 너무 가벼워 보입니다."

그 말에 승상은 급하게 수문을 닫게 했지만 이미 때는 늦었다. 빠르게 돌진해 온 오나라의 화선들은 이미 조조의 전함과 위나라마저 손에 넣겠다는 야망을 불태우고 있었다.

이에 조조는 이를 갈며 양양으로 돌아갈 수밖에 없었다. 물론 가는 길도 편하지는 않았다. 장비, 조운, 관우를 만나 목이 붙어 있는지를 확인하며 양양으로 돌아갔다.

이 적벽의 싸움은 약한 군사가 거대한 군세를 철저히 이긴 전투로 유명하다. 조조의 군사는 100만, 오군과 유비의 연합군 병력은 약 5만 정도였다. 물론 이 정도의 군대만 해도 대군이었다. 하지만 조조 쪽에 머리를 쓸 사람이 모자랐다. 기껏 정욱과 순유 정도였다. 물론 조조가 전략과 임기응변 등 전술에 밝은 사람인 것을 세상 사람이 다 알지만, 그래도 조조 한 명으로, 오나라와 유비의 연합군에는 제갈량, 주유, 방통, 노숙 등 전략가들이 많이 포진해 있었다.

전략에 밝은 조조도 주유의 국지적인 기상 조건까지 감안한 주도면밀한 작전과 황개의 몸을 바쳐 나라를 구하려는 지혜에는 당해낼 수 없었다. 바로 여기에 소가 대를 삼킨 진짜 전략전술이 있는 것이다.

╬ _ 나랏일과 사사로운 정

오나라에서는 돌아간 유비가 약속을 어겼음을 알고 야단법석이었다. "그것 보란 말이야. 유비나 제갈량은 그렇게 만만한 사람이 아니라고 했잖아." 하고 발을 동동 구르며 분개한 주유는 곧 새로운 전략을 제안했다.

"이렇게 된 이상 형주는 누이동생 부부에게 일시 대여한다고 선언하는 것입니다. 그렇게 하면 유비는 안심할 것이고 조조를 비롯하여 천하 사람들은 주상의 기량이 크다고 감탄할 것입니다. 제갈량은 전부터 촉나라 땅에 눈독을 들였기 때문에 형주가 안정되면 반드시 유비를 부추겨 촉을 공략하러 나갈 것입니다. 그 틈을 노려 저는 기동부대를 이끌고 삼각형의 꼭짓점인 양양을 공격하겠습니다. 그런 다음 형주에 압력을 가해서 도로 찾을 것입니다."

손권은 주유의 전략을 찬성하고 곧 유비에게 편지를 보내 새 근거지를 마련할 때까지는 형주를 대여하겠다고 했다.

몇 달 뒤에 총사령관 자리를 사임한 주유는 임지인 강릉을 떠나 정병 2만 명을 이끌고 남모르게 양양으로 향했다. 그러나 아깝게도 병을 얻어 파구를 지나다가 36세의 짧은 생애를 마쳤다. 주유가 죽었다는 소식은 손권에게는 들고 있던 붓을 떨어뜨릴 만큼의 큰 충격이었다.

국장을 거행할 때 손권은 관 옆에서 통곡했다. 그 비탄해하는 모습을 보고 감동하지 않은 부하가 없었다. 오나라의 제일 전략가 주유는 손권에게는 가까운 인척, 경외할 만한 스승, 무엇이든 의논할 수 있는 형님 같은 존재였다.

주유가 죽음으로써 오나라의 대외 방침은 방향을 바꾸었다. 촉나라와 연합해서 위나라에 대항하는 것을 기본적인 원칙으로 하고 유비와의 우호관계 유지에 힘썼다.

유비가 서쪽의 촉 땅에 새 근거지를 개척하자 손권은 형주를 되찾고 싶은 생각이 들었다. 마침 제갈량의 친형인 제갈근이 오나라에 있었으므로 손권은 그를 사자로서 촉나라로 보내 형주의 반환을 요구했다. 유비는 다음과 같이 대답했다.

"우리 쪽은 촉나라의 통일에 성공한 지 얼마 안 되며 머지않아 양주를 공략할 예정입니다. 양주를 평정한 날에는 북쪽으로부터의 위협은 없어집니다. 그때는 형주를 귀국에 물려주겠습니다."

보고를 받은 손권은 "나와의 약속을 지연시킬 작정이군. 더구나 빌린 것을 물려주겠다니 본말전도도 이만저만이지 역시 주유의 충고대로 그때 유비를 죽였어야 했는데…" 하고 분개했다.

손권은 화전 양면(和戰兩面)의 태세를 갖추고 총사령관 노숙에게 명령해서 병사 3만을 남방에 전개시키는 한편 제갈근·제갈량의 형제관계를 이용해서 끈질기게 촉나라와 교섭을 계속했다.

형주 지구 동남부에서 촉군과 오군이 각각 3만 병력으로 대치하고 있었다. 촉군의 대장은 관우였고, 오군의 대장은 노숙이었는데 두 사람다 우수한 용장과 지장이었다.

여기에서 싸우면 쌍방이 상처를 입는데, 그렇게 되면 기뻐할 사람은 화북에서 눈독을 들이는 조조뿐이다. 그러므로 장강 남안의 육구에 도착한 노숙은 대안인 하구에 있는 관우에게 편지를 보내 협상을 하자고 제의했다.

"협상 장소는 육구의 강안으로 하고, 서로 경기병은 100미터 떨어지게 한다. 종자는 3명, 휴대 무기는 칼 한 자루뿐이며, 회견 책임자는 쌍방의 대장끼리 한다. 일시는 촉나라 쪽에서 지정한다."라는 조건을 제시했다.

"뭐, 노숙이 나하고 직접 담판하고 싶다고? 그렇다면 그쪽에서 이쪽으로 오는 것이 예의가 아니냐? 육구로 오라고 하다니, 무례한 놈 같으니!"

자존심이 상한 관우는 불쾌했다. 그렇지만 응하지 않으면 겁쟁이라고 비웃음을 살 것이다. 관우는 날짜와 시간을 지정하고 배를 준비하여 육구에 상륙했다. 그리고 애용하는 청룡언월도(靑龍偃月刀)를 가지고 노숙의 진영으로 들어섰다. 초대면의 인사가 끝나자 노숙은 당장 형주를 돌려주기 바란다고 머리를 숙였다.

관우는 오만한 태도로 말했다.

"그대는 몇 해 전의 적벽의 대전을 기억하는가? 그 싸움은 귀국의 존망에 관계되는 결전이었는데 그때 우리 촉나라의 유 황숙 님을 비롯하여 전군이 피투성이 싸움을 했다. 그 덕택으로 조조를 쫓아내고 오나라는 구제되었단 말이오. 말하자면 은인이기도 한 우리 촉나라를 보고 새

삼스럽게 형주를 돌려 달라니 이해할 수 없는 이야기로군."

"관우 장군, 적벽에서 장군들의 활약과 형주는 관계없는 것입니다. 형주는 원래 오나라의 영토였습니다. 실례지만 적벽의 대전 때는 귀국은 영토도 없이 어려움에 처하고 계셨던 것을 우리 주상 님의 은정으로 일시 빌려준 땅입니다. 그러므로 유비 주군께서 우리 주군의 매씨와 결혼하실 때도 돌려주시겠다고 약속하셨습니다. 이미 귀국은 광대한 천부(天府, 사천성)를 영유하셨습니다. 이제 형주는 필요하지 않은 것입니다. 아무쪼록 약속대로 돌려주시기 바랍니다."

"……?"

단순하고 억세기만 한 관우는 이론은 질색이었으며, 게다가 약속은 꼭 지키는 편이었다. 노숙의 논리정연한 말에 '그것도 일리가 있군' 하고 입을 다물었다. 그러나 이런 일로 감탄하다가는 교섭 당사자로서의 입장이 묘해진다.

관우는 노숙의 논리가 못마땅해 오만상을 찌푸린 얼굴을 했다.

"형주를 영유하게 된 경위에 대해서는 지금 여기서 토론해 봤자 별 수 없는 일이오. 현실적으로 우리가 점령하고 있는 땅을 그저 돌려 달라고 하는 것은 무리요. 굳이 돌려받고 싶으면 힘으로라도 빼앗아 보시겠소?"

"관우 장군, 그래서는 협상이 되지 않습니다. 빌려 준 땅을 약속대로 돌려 달라고 하는 것뿐이지 결코 무리한 요구를 하는 것은 아니란 말입니다. 더구나 우리 주상은 형주 전체가 아니라 우선 그 세 군만 반환을 요구하고 계시는 것입니다. 이것은 큰 양보입니다. 아무쪼록 들어

주시기를…"

그 말이 채 끝나기도 전에 관우의 무관인 주창이 말참견을 했다.

"땅은 덕이 있는 사람에게 붙는 법입니다. 형주는 인덕 높은 우리 주상이 다스리고 있으니 그것으로 족하지 않습니까?"

"닥쳐라, 나는 관우 장군과 이야기하는 중이야. 무례하지 않는가!"

노숙은 큰소리로 야단쳤다. 그러자 관우가 벌떡 일어나 주창을 노려보고는 "네가 쓸데없는 말참견을 할 장소가 아니다." 하고 호통을 치고 나서 노숙을 향해 "실례했소. 이것은 천하 국가에 관계되는 큰 문제이므로 나 같은 사람이 도저히 결정할 수 있는 일이 아니요. 오늘은 이것으로 실례하겠소." 하고 말을 마치고는 강가로 향했다.

노숙을 비롯하여 오나라 장군들은 어안이 벙벙할 뿐이었다. 청룡언월도를 겨드랑이에 끼고 걸어가는 모습엔 털끝만큼의 빈틈이 없었다. 자기가 타고 온 배에 올라타자 관우는 곧 북안으로 돌아가서 방비를 단단히 했다.

양군이 적대시하는 동안에 위군이 한중으로부터 촉나라 북부로 진격해 왔다. 이렇게 되면 형주가 문제가 아니다. 유비는 황급히 손권에게 화해를 제의했다.

이때 오나라 대표를 맡은 것이 제갈근이었고 촉나라의 대표는 제갈량이었다. 두 사람은 공식 석상에서 회견할 뿐이지 형제로서 사적으로 만나지는 않았다. 두 대표 다 사사로운 정은 일체 곁들이지 않고 형주의 동부 3군을 오나라에 반환하고 서부 3군은 촉나라가 영유하는 식으로 협상을 정립시켰다. 그 덕택에 유비는 조조와의 대결에 전념할 수 있게 되었고, 손권은 체면을 지킬 수 있었다.

오나라와 촉나라의 현안 문제가 지금까지 누가 해도 성공하지 못했던 어려운 문제를 평화롭게 해결한 것은 제갈 형제의 사사로운 정을 곁들이지 않은 시시비비의 교섭 덕분이었다.

┤_ 설욕전

221년, 유비는 한 왕실의 정통을 계승하여 황제의 자리에 오르기는 했으나, 유비의 마음에 떠나지 않는 것은 의제(義弟) 관우의 원수를 갚고 손권을 격파하는 일이었다.

유비는 관우의 복수를 갚기 위해 직접 대군을 이끌고 오나라로 진공할 계획을 세웠다. 그러나 제갈량과 조운을 비롯한 군신들은 모두 그것을 반대했다. 조운은 유비에게 다음과 같이 말했다.

"폐하, 국적은 조조이지 손권이 아닙니다. 위나라만 멸망시킨다면 오는 자연히 폐하에게 머리 숙일 것입니다. 위나라를 그대로 두고 오나라와 싸워서는 안 됩니다. 국적을 치는 것은 대의명분이 서지만 형제의 원수를 갚는 것은 사사로운 일입니다. 그런 일로 먼 오나라까지 원정하시면 돌이킬 수 없게 됩니다."

군사인 제갈량도 "한 나라의 역적을 치기 위해서라면 폐하의 친정은 명분이 서지만 손권을 겁주는 일이라면 그에 알맞은 장군을 파견하시면 되는 일입니다." 하면서 유비의 친정(親征)을 반대했다.

오직 한 사람, 유비에게 출진을 촉구한 것은 장비였다.

"우리 세 사람은 도원에서 생사를 맹세한 이래 35년간 관우 형은 폐하를 그림자처럼 따라왔습니다. 지금이야말로 손권을 쳐서 돌아가신 관우 형의 원통함을 풀어야 합니다."라고 주장했다.

한쪽은 정론(正論)이고 한쪽은 사정(私情)이었지만 결국 유비는 사정에 휩쓸려 오나라 원정이라는 결단을 내렸다. 또 그것이 '정의 사람'이라는 말을 들었던 유비의 본형이기도 했다.

유비가 출정한다는 말을 듣고 흥분한 장비는 부장인 범강과 장달에게 3일 이내에 전군에게 흰 옷차림으로 준비하라고 엄명했다. 두 부장이 시간의 여유를 청원했더니 장비는 화를 내며 "내 명령을 들을 수 없단 말이냐? 만약 못한다면 죽이겠다."고 말하고 두 사람을 소나무에 묶고 심하게 때렸다. 범강과 장달은 그날 밤에 장비의 침소로 몰래 들어가 술에 취해 정신없이 자던 장비를 암살한 다음 오나라로 도망쳤다.

유비가 군사를 일으킨다는 정보를 입수한 오나라에서는 육손을 방위사령관으로 임명하여 대비하는 한편, 화평의 사자를 촉나라로 보냈다. 때마침 남군 태수로 있던 제갈근도 동생 제갈량의 관계를 이용하여 친서를 유비에게 보내서 그 계획을 그만두게 하라고 했다.

그러자 손권에게 와서 제갈근을 헐뜯는 자가 생겼다.

"제갈근은 오나라의 녹을 먹고 있으면서도 유비와 서로 연락하고 있습니다. 제갈근은 제갈량의 형인 만큼 신용해서는 안 됩니다."

"나와 제갈근은 신뢰로 맺어지고 굳은 약속을 주고받은 사이이다. 그 사람에 한해서는 나를 배반하는 일은 없다."

손권은 이렇게 한번 마음을 허락한 부하는 끝까지 계속 신뢰했다. 손권은 또 위나라 문제 조비에게 사자를 보내 구원을 요청했다. 조비의 측근들은 손권을 원조하는 데 반대했으나 부모로부터 물려받은 냉철한 정치적 판단력을 지닌 조비는 다음과 같이 말했다.

"궁조입회(窮鳥入懷, 쫓기는 새가 품안에 날아든다는 뜻으로, 어려운 지경에 있는 사람이 와서 의지함을 비유)하면 이를 쏘지 않는다는 속담도 있다. 손권이 머리를 숙이고 구원을 요청해 온 이상 이것을 받아들여 오나라와 호응해서 촉나라의 배후를 치기로 하자."

문제 조비는 오나라의 원조 요청을 받아들여 손권에게 오왕의 칭호를 주었다. 그는 허도에서 즉시 건업으로 사자를 보냈다. 위나라 사자는 손권에게 신하로서 복정(卜定, 지정한 일에 대하여 꼭 실행하라고 강요하는 일)하는 증거로 상아 · 공작 · 비취 · 큰 조개 · 진주 · 장명계(長鳴鷄) 등의 남국 특산품을 조공하라고 요구했다. 오나라 신하들은 분개해서 상주했다.

"문제의 태도는 무례하기 짝이 없습니다. 이것들은 모두 진귀한 물건이며, 이런 조공을 바치면 오나라는 완전히 위나라의 속국이 되었다고 비웃음을 살 것입니다. 즉시 거절해야 합니다."

손권은 조용히 말했다.

"옛날 한나라의 유방도 때가 이롭지 않다고 보아 항우에게 머리를 숙이고 신하로서 복종할 것을 맹세한 일도 있지 않느냐. 서쪽으로부터 유비의 대군이 육박해 오고 있는 지금, 우리 백성의 목숨은 나의 인내 하나에 달려 있다. 위나라가 요구한 물건은 나에게는 잡동사니나 마찬가지이다. 이런 경우는 몸을 굽히고 치욕을 참는 것이 군주 된 자가 취해야 할 길이다."

참아야 한다고 생각했을 때 손권은 허세를 부리지 않고 꾹 참고 견뎠다. 그렇지만 적벽의 싸움처럼 결단을 내릴 때는 단호한 태도를 보였다. 이런 식으로 피아의 권력을 분석해서 때론 1보 물러서고 때로는 2보 전진하는 강온(强穩) 양면의 정략을 구별해서 썼기에 손권이 오나라 정권을 장기적으로 안정시킬 수 있었다.

222년, 유비는 대군을 이끌고 수륙 양면으로 오나라 영토로 밀어닥쳐 노도 같은 기세로 이릉으로 육박했다. 장강 북안에 있는 이릉은 군사 교통의 요충지이며 이곳을 돌파하면 강릉 하구까지는 일직선이 된다. 이릉을 지키던 오군의 요격부대 장교들은 유비군이 육박해 왔다는 말을 듣고 술렁였다.

유비군은 이릉 바로 앞 협곡에 주둔했다. 여기에서 원정의 피로를 풀고 군을 재편성해 다음에 공격으로 할 작정이었다. 유비군이 진격을 중지하고 장기 주둔의 태세를 보였다는 정보는 후방에 있는 손권에게 전해졌다. 손권은 그 정보를 곧 동맹국인 위나라에 알렸다.

"유비의 군대는 장강을 따라 이릉까지 육박했으나 그 바로 앞의 길고 가느다란 협곡에서 끝이 보이지 않는 장사진(長蛇陳)을 치고 주둔하고 있다."

문제 조비는 이 보고를 듣고 웃음을 참지 못했다.

"유비는 병법을 모른다. 700리에 걸쳐 진영을 쌓다니 바보 같은 짓이다. 병법에도 '습지나 협곡에 포진하는 부대는 패한다'라고 되어 있지 않은가. 오군이 반격을 가하면 잠시도 지탱하지 못할 것이다."

한편 육손은 조급히 서두는 장수들을 달래며 전군에게 다음과 같이 지시했다.

"적의 기세를 당해낼 수 없을 듯하지만 다행히도 이릉 앞의 협곡에서 진격을 정지하고 정비에 힘쓰고 있다. 당분간 우리 쪽은 방심하지 말고 만반의 준비를 갖추고 정세의 변화를 기다리자. 이 일대가 평지라면 대군을 전개할 경우 난전으로 몰릴 위험도 있지만 거칠고 험한 산악 지대에서는 그것도 마음대로 되지 않을 것이다. 적은 먼길의 원정으로 보급에도 곤란이 있다. 아군은 차분한 마음으로 적이 한층 지치기를 기다렸다가 공격해야 한다."

이렇게 해서 기다리기를 반년, 초목도 태울 듯한 무서운 호북의 여름이 왔다. 장강 중류에 있는 이 일대는 내륙성 기후여서 여름에는 섭씨 40도를 넘는 날이 계속되었다. 원정군 병사들은 밤이 되면 갑옷이고 투구고 모두 벗어 던지고 큰대자로 누워서 쉬었다.

"지금이야말로 반전 공세로 나갈 때이다!"

그렇게 판단한 육손은 전군에 총공격 명령을 내려 좁고 긴 골짜기에 진을 치고 있던 촉군에게 대규모 화공을 감행했다. 피로와 더위로 녹초가 되어 있던 촉나라 병사들은 화공을 받자 잠시도 지탱하지 못했다.

오군의 기습작전으로 촉군은 선박, 무기, 양식을 거의 잃고 수많은 군사들이 목숨을 잃었다. 패주하는 유비는 굴욕으로 몸을 떨면서 외쳤다. "나는 결국 손에게 설욕(雪辱)을 당했다. 어찌 하늘을 거역하랴!"

─ 후계자 선택

수성의 명군 손권은 태자로 장남인 손등을 내세웠다. 그러나 손등은 아버지보다 먼저 죽었다. 손등이 죽자 손권은 왕부인과의 사이에 난 큰아들 손화를 태자로 지명했다. 그때 손화는 19세로 차기 후계자로서는 연령, 인품, 재능이 모두 그저 그런 정도의 왕자였다.

사람은 나이를 먹으면 같은 아들이라도 나이가 어린 쪽이 귀여운지 손권은 손화의 동생 손패를 무척 사랑하고, 손패를 노왕에 봉하고 태자와 동등한 대우를 했다.

"폐하께서는 내심 노왕(魯王)을 후계자로 삼고 싶어 하는 것 같다."는 억측이 퍼지고, 신하들 사이에 태자파와 노왕파가 생겼다. 양파는 서로 자기가 선택한 왕자를 후계자로 만들기 위해 발목잡기에 열을 올렸으며, 비난 · 중상 · 아첨 · 추종이 횡행했다. 그리고 도읍인 건업에서는 어느 파에 가담하느냐가 중신들의 화제가 되었다.

양파의 싸움은 마침내 피의 항쟁으로 발전했다. 특히 노왕파는 끊임없이 술책을 짜내어 태자(손화)의 실각을 꾀하고 있었다. 그 무렵 대장군 겸 승상으로서 형주에 머무르던 육손은 양파의 소문을 들었다. 군인이고 정치적 항쟁에는 흥미 없는 육손이지만 승상을 겸한 이상은 조정 내의 분쟁을 그대로 내버려 둘 수가 없어서 손권에게 상주했다.

"태자는 차기 제왕이며 국가 정통의 상징입니다. 하지만 노왕은 보통의 왕자이며 제왕의 자리를 이을 지위가 아닙니다. 당연히 태자 전하와 노왕 전하의 처우에는 엄연한 차이가 있어야 마땅할 것입니다."

손권은 전혀 고칠 생각을 하지 않았다. 게다가 노왕파 사람들은 육손을 배척하는 운동까지 벌였다.

"이대로 두었다간 실각하겠다."고 두려워한 노왕파는 육손의 죄상을 날조해서 손권에게 상주했다. 손권은 나이를 너무 먹은 데다가 때마침 병석에 누워 있었기 때문에 판단력이 둔해져 있었다. 노왕파들의 중상모략을 믿고 형주로 사자를 보내 육손을 꾸짖었다. 육손은 너무 한심해서 죽음으로써 손권에게 간했다. 그의 나이 63세였다.

육손이 죽자 손권은 그 충성을 재인식하고 자책감에 사로잡혔다. 250년, 손권은 병석에서 마지막 기력을 다해 이 문제에 결단을 내렸다.

"피를 나눈 형제가 이렇게도 추악하게 싸우다니 한심스럽다. 이대로 두었다간 원소의 전철을 밟을지도 모른다."고 깨달은 손권은 태자 화는 폐하고 노왕에게는 죽음을 내린 다음 그 일당을 모조리 처형했다. 그 대신 만년에 총애한 번부인의 몸에서 태어난 손량을 태자로 지명했다. 손량의 나이 겨우 8세였다.

그로부터 2년 후, 손권은 71세로 세상을 떠났다. 아직 나이도 차지 않은 태자를 남기고 손권도 마음 놓고 눈을 감을 수 없었을 게 틀림없었다. 손권이 죽은 다음 세 명의 황제가 뒤를 이었으나 모두 범상해서 시조의 뒤를 잇기에는 됨됨이가 좋지 못했다.

280년, 오나라의 제4대 황제 손호는 진(晉)의 유명한 유학자이기도 했던 두예 장군이 이끄는 부대에 건업을 내주고 포로가 되었다. 손권 즉위 이래 51년 동안 계속된 오나라는 이로써 멸망했다.

제2장
손권의 인물들

손권이 형의 패업을 이어받아 24년간 재위할 수 있었던 것은 영웅호걸 주유를 비롯한 충실한 모사와 지장들이 있었기 때문이다.

주유 　　　　　 노숙

여몽 　　　　　 육손

자멸로 끌고 간 시기심
주유(周瑜, 175~210)

주유의 자는 공근(公瑾), 여강 서현(오늘의 안휘성 여강현 서남) 사람이다. 동한 말년 동오 집단의 장령으로 삼국의 명장이고 군사가이다. 용모가 아름답고, 음악에 조예가 깊으며, 지모가 많고, 기량이 단아하여 사람들은 그를 '미주랑(美周郞)'이라 불렀다.

24세에 손책에 의해 건위중랑장에 임명되었고 후에 춘곡 현장을 겸임했다. 손권이 강하를 공격할 때 전부대독을 맡았고, 적벽대전 승리 후에는 편장군에 임명되었고 남군의 태수를 겸임했다.

위를 공격할 때 조조군에게 맞은 화살의 상처가 터져 진중에서 죽으니 그의 나이 36세였다. 주유가 숨이 넘어갈 때 "이미 하늘이 주유를 내셨는데 공명은 왜 또 내셨단 말인가?"라고 소리쳤다.

...

　주유는 제갈량의 재능을 꿰뚫어본 이후부터 줄곧 음모를 꾸며 그를 해치려 했고 네 번에 걸쳐 실제 행동에 옮겼다.

　첫 번째는 제갈량이 혈혈단신 강동에 갔을 때다. 제갈량은 강동의 선비들과 설전을 벌이고 지혜로써 주유 등을 격동시키면서 각고의 노력을 쏟아 결국 촉을 대신해 손권이 조조를 쳐부술 계획을 세우도록 했다. 그러나 손권은 여전히 조조의 군대가 두려워 중과부적이라고 생각했다. 제갈량은 손권의 마음을 꿰뚫어보고 주유에게 직접 그를 찾아가 병력의 숫자를 설명하도록 요청했다. 결과는 제갈량의 예상과 같았다.

　이 일로 주유는 제갈량은 손권이 조조에게 항복하기를 권하고 천하를 셋으로 나누는 계책에 안주하려는 강동의 한가한 무리들과는 다른 사람이라는 것을 깨달았다. 이때부터 주유는 제갈량을 죽일 생각을 시작했다.

　"제갈량은 진작부터 오후의 마음을 알아차리고 있었다. 그의 꾀는 나보다 한 수 위다. 오래 두면 반드시 강동의 우환이 될 것이므로 그를 죽이는 것이 좋겠다."

　두 번째는 세 강의 입구에서 조조의 군세가 크게 꺾였을 때였다. 주유는 칼을 빌려 대신 남을 죽이는 계책을 써서 제갈량을 제거하려 했다. 하루는 주유가 제갈량에게 짐짓 관도 전투를 이야기하다가 조조의 군수 보급로를 차단하는 계책을 제안했다. 그리고 제갈량이 별이 총총한 새벽에 취철산으로 가서 조조의 군수 보급로를 끊는 임무를 맡도록 압박했다.

사실 제갈량은 주유가 조조의 손을 빌려 자기를 죽이려 한다는 것을 이미 알고 있었다. 그러나 그는 내색하지 않고 명령을 받고 출동 준비를 했다. 이때 "주유는 수전에 능합니다."라는 제갈량의 말이 주유의 자존심을 건드려 화를 돋우지 않았다면 제갈량은 반드시 사지에 빠지고 말았을 것이다. 주유는 제갈량을 사지로 몰아넣은 후에도 여전히 성에 차지 않았다. 그는 고개를 절레절레 흔들며 안절부절 발만 동동 굴렀다.

"이자의 식견은 나보다 열 배나 높으니, 지금 갈라놓지 않으면 후에 반드시 우리의 화가 되리라!"

이번에도 제갈량을 죽이려는 주유의 시도는 성공하지 못했고, 나아가 유비까지 제거할 생각이었으나 주변 여건이 좋지 않아 결국 뜻을 이루지 못했다.

세 번째는 천하 영웅들의 화합에서 장간이 주유의 계책에 걸려들고 조조가 채모와 장윤을 오해해 죽인 후였다. 주유는 제갈량이 이 계책을 꿰뚫고 있는지 시험 삼아 떠보려 했는데 그를 속일 수는 없었다. 노숙이 이 상황을 주유에게 알리자 그는 대경실색하며 말했다.

"정녕 이자는 살려주면 안 되겠구나! 내 결단코 그의 목을 베리라!"

하지만 제갈량을 직접 죽이자니 조조가 비웃을 것 같아 떳떳하게 제갈량을 제거할 계책을 세웠다.

주유는 제갈량을 꼬드겨 군령장을 쓰게 했다. 3일 안에 화살 10만 개를 만들어 내지 못하면 군법에 의거해 처벌받겠다는 것이었다. 주유는 장애물 몇 개를 만들면 제갈량이 군령의 시한을 넘겨 그날이 바로 제 삿날이 될 줄 착각했다. 주유는 제갈량이 풀을 가득 실은 배를 이용해 화살을 얻는 꾀로 조조 진영으로부터 10만여 개의 화살을 빌려 오리라고는 생각하지 못했다.

이 일로 주유는 매우 놀라며 탄식했다. "제갈량은 신 같은 기지와 묘수가 있는 사람이다. 나로서는 당해내지 못하겠다!" 이때부터 제갈량이 주유에게 안겨준 부담은 날로 커졌다.

네 번째는 주유가 치밀한 계획을 세운 후에 갑자기 "모든 것이 다 준비되었으나 중요한 동풍이 불지 않는다."는 사실을 발견했을 때다. 이때 제갈량은 손권과 유비 두 집안의 공동 이익을 위해 이전에 품었던 원한을 잊고 주유에게 동풍을 빌려주었다. 사실 주유는 제갈량이 동풍을 불게 하지 못할 것이라고 생각했다. 순식간에 동남쪽에서 큰바람이 불어오자 주유는 이상하다고 생각하면서도 놀랐다.

"이 사람은 천지조화를 부리는 능력이 있고 귀신도 예측할 수 없는 술수가 있구나! 이 사람을 살려두면 동오의 화근이 될 것이다. 일찌감치 죽여서 훗날의 우환을 막아야 한다."며 주유는 정봉과 서성을 남병산의 칠성단에 서둘러 파견했다.

"불문곡직하고 제갈량을 붙잡아 즉시 참수하라."

주유가 명령했지만 뜻밖에도 제갈량은 이미 예측하고 사전에 조운을 배치해 놓았다. 주유는 제갈량이 자신의 모해를 피해갔다는 말을 듣고 놀라며 말했다.

"이 사람은 이처럼 지모가 풍부해 나를 밤낮으로 불안하게 만드누나!" 주유는 자신의 불안을 해소하기 위해 몇 번이고 되풀이해 제갈량을 모해하려고 했는데, 그는 결코 어떤 죄도 짓지 않았다.

동오의 손권, 문무 대신, 장수들은 주유를 몹시 편애했기 때문에 그의 약점을 보고도 못 본 척했다. 오히려 주유와 신의가 깊은 노숙이 그의 죽음에 대해 비교적 공평하고 타당한 평가를 했다. 노숙은 주유가 죽은 후 제갈량이 조문하러 왔을 때 너무 슬퍼하는 것을 보면서 생각했다.

"제갈량은 정이 아주 많은데 주유는 도량이 작아 자신을 죽음에 이르게 한 것이로다." 너그럽지 못하고 생각이 좁은 것이 죽음의 직접적 원인이 됐다는 것이다. 주유에게 천하가 받아들이기 힘든 일도 수용할 기량이 있었다면 제갈량도 주유를 어찌할 도리가 없었을 것이다.

제갈량이 주유를 처음 화나게 한 것은 남군 등 몇 개 성을 빼앗았을 때이다. 당시 주유는 직접 병사를 이끌고 남군을 공격해 조인을 사로잡을 수 있었다. 그러나 조조군의 수비를 맡은 조인 역시 그리 간단한 사람이 아니었다. 오랫동안 자신이 공격을 해도 남군을 함락시킬 수 없었을 뿐만 아니라 오히려 주유 자신이 독화살에 맞았다.

결국 그는 여러 차례 패한 후에야, 호랑이를 산에서 유인하는 계략을 생각해 냈고, 조인을 성 밖으로 끌어내는 데 성공했다. 그리고 복병을 이용해 조인을 포위해서 마침내 조조군을 물리쳤다. 조인은 남군을 버리고 도주했다.

그런데 주유가 남군을 점령하기에 앞서 제갈량이 먼저 남군을 점령하고 그 승세를 몰아 형주와 양양까지 점령했다. 이렇게 되자 주유는 길게 탄식했다.

"한 군데도 내 것이 없구나. 그동안 고생한 것은 누굴 위한 것이었나!" 결국 주유는 화를 내며 큰소리를 질러댔고 그 때문에 상처가 터져 쓰러졌다가 한참 후에야 깨어났다.

제갈량이 주유를 두 번째로 화나게 한 것은 주유가 미인계를 써서 형주를 강제로 달라고 요구했을 때였다. 유비가 감부인을 잃자 주유는 손권의 누이동생 손상향을 시켜 유비를 유혹했다. 유비를 속여 그가 동오에 오면 죽이고 기회를 틈타 형주를 빼앗으려고 한 것이다. 이 음모를 제갈량이 간파하고 만일의 사태를 생각해 조운에게 위급할 때 사용할 묘책이 담긴 주머니 세 개를 주었다.

다른 한편 유비를 흠모하던 손상향, 또 유비에게 호감이 있었던 오국태와 교국로 등을 이용하는 계책을 썼다. 유비는 손권이 누이동생을 자신에게 시집보낸 의도를 간파하고 손상향에게 오빠를 미워하게 만들었다. 손상향은 유비가 '호랑이 입'에서 탈출할 수 있도록 적극 도왔다. 정월 초하룻날 유비와 함께 강변에 나가 조상님께 제사를 지내겠다는 핑계를 대어 교묘하게 동오 진영에서 빠져나갈 수 있었다.

주유가 파견한 군대는 유비를 추격하는 도중에 제갈량이 매복해 놓은 군사들의 공격을 받았다. 제갈량은 군사들에게 강가에서 큰소리로 외치게 했다.

"주유의 묘책은 천하를 편하게 하는 것인데 손부인을 손해 보고 군사마저 잃었구나!" 이런 창피를 당하자 주유는 화를 내며 큰소리를 외치다 또 상처가 터져서 쓰러졌다.

제갈량이 주유를 세 번째로 화나게 한 것은 주유가 길을 빌린다는 구실로 유비와 제갈량을 제거하려는 계책을 실행할 때이다. 주유는 유비를 위해 서천을 빼앗는 척하고 군사를 이끌고 형주로 왔다. 유비가 성밖으로 나와 군사들을 맞이할 때 유리한 형세를 이용해 그를 죽이려는 생각이었다. 그러나 오히려 유비군에게 포위되고 말았다.

주유는 체면을 되찾기 위해서라도 정말 서천을 빼앗아야겠다고 마음먹었다. 이때 제갈량은 대의를 밝히면서 주유가 조조에게 허점을 이용당하지 말라고 충고했다. 결국 주유는 진퇴양난 상황에 빠지게 되었다. 이번에도 "한 수 높은 고수를 대적하기 어려우니 여러 번 꾀를 내도 죄다 헛일"이 된 것이다. 주유가 또 화를 내 혼절하며 쓰러져 가슴속에 가득 찬 원한을 품고 죽었다.

제갈량이 주유를 세 번 화나게 한 것을 달리 보면 주유가 그와의 직접적인 대결에서 세 번 모두 패배한 것과 마찬가지이다. 이 세 번의 실패는 주유에게는 체면이 깎이는 일이겠지만 동오에게 치명적인 손상을 준 것은 아니었다.

이기고 지는 것은 장수에게는 흔히 있을 수 있는 일이기 때문에 이런 실패를 지나치게 크게 보지 말아야 한다. 만약 이런 일이 조조에게 일어났다면 절대로 화내지 않았을 것이다. 적벽대전 참패에도 태연하게 대처하는 것을 보면 조조의 도량이 얼마나 큰지 짐작할 수 있다. 이와 달리 주유는 매번 실패할 때마다 크게 화를 내어 상처가 터져 쓰러지곤 하였다.

이런 성격을 사람들은 옹졸하다고 한다. 즉 마음이 좁다, 도량이 작다고 한다. 주유는 상황 변화에 대해 감정의 기복이 컸다. 화내거나, 걱정하거나, 놀라거나, 기쁘거나 항상 조급했고 그 정도가 심각했다.

적벽대전 전후만 보더라도 주유가 제갈량에게 조조의 군수 보급로를 차단하라고 하자 제갈량이 흔쾌히 수락했을 때 주유는 매우 기뻐했다. 그리고 장간을 환영하는 영웅 회합에서 주유가 "남자답게 웃으면서 쫙 들이킵시다."라고 말한 것 역시 그러하다. 3일 내로 화살 10만 개를 건네주겠노라고 제갈량이 응답하고 군령장까지 썼을 때도 주유는 매우 기뻐했다. 채화, 채중이 위장 투항했을 때도 그는 대단히 기쁘다고 했고, 장간이 두 번째로 장강을 건널 때도 "이 주유는 매우 기쁘다."라고 했다. 조조의 영채에 강풍이 일어 누런 깃발이 부러지는 것을 봤을 때 "이 주유는 저 광경이 우스워 견딜 수 없구려!"라고 했다. 제갈량이 밤낮으로 3일간 동풍을 불게 하겠노라고 대답했을 때 그는 아주 기뻐했다. 능통이 주유 대신 잠시 성을 지키겠다고 했을 때도 그는 매우 기뻐했다.

주유가 형주를 공격하러 가면서 제갈량이 그의 길을 빌려 형주를 빼앗으려는 계책에 속았다고 여겼을 때 그는 배 안에서 혼자 웃었다. 주유가 형주로 떠나기 전 노숙이 그에게 돌아와 유비와 제갈량이 매우 기뻐하며 성에서 나와 마중할 준비를 하겠다고 했다는 말을 전하자 주유는 자신의 계교에 속은 줄 알고 크게 소리 내서 웃었다.

이런 큰 기쁨은 주유가 제갈량의 계책에 속은 것을 알고 난 뒤 별안간 큰소리로 부르짖고 상처가 터져 말에서 떨어진 결과와 대비할 때 그것은 내심에서 우러나오는 억제할 수 없는 흥분 때문인 것이다.

한번은 주유가 유비를 연회에 초청해 처음으로 관우를 만났을 때 그는 매우 놀라 등에 땀이 흐를 정도였다. 또 야간에 높은 곳에 올라 탐색할 때 조조의 영채에 불빛이 환한 것을 보고 놀라워했다. 그 다음날 조조가 수군의 전략을 터득하고 있다는 것을 알아차렸을 때도 매우 놀랐다. 또한 주유가 남의 손을 빌려 채모와 채윤을 죽이려고 한다는 것을 제갈량이 간파했다는 사실을 알았을 때도 많이 놀랐다. 제갈량이 화살 10만 개를 얻어왔다고 노숙이 보고했을 때도 주유는 몹시 놀랐다. 제갈량이 동풍을 불게 했을 때도 주유는 크게 놀랐고, 감녕이 이릉성에 포위되어 곤경에 처했을 때도 매우 놀랐다. 이렇게 주유는 크게 놀란 것이 여러 차례였다. 그리고 주유는 생사가 오갈 만큼 걱정했고 편안하지 못하고 불안해할 만큼 걱정이 많았다.

조조를 공격할 계책을 세운 주유는 공격 준비를 완료한 후 조조를 쉽게 사로잡을 수 있다고 생각했다. 하루는 주유가 강기슭에서 먼 곳을 바라보다가 갑자기 바람이 불어 깃발이 얼굴을 스치자 마음속에 있던 어떤 생각이 떠올라 크게 소리 지르고 뒤로 넘어졌다. 그러고는 입에서 피를 토하고 인사불성이 되었다. 여러 가지 약을 먹어 보았으나 전혀 효험이 없었다. 사람들은 이것이 조조의 복이고 강동의 재앙이라고 수군거렸다.

결국 제갈량이 주유의 병인을 간파하고 조조를 격파하기 위해 불을 사용해 공격하고 동풍이 부족하다는 처방을 내렸더니 그제서야 주유의 걱정이 해결되었다.

돌이켜보면 제갈량에게 그 시름을 없애는 방법이 없었다면 주유는 여전히 침대에서 일어나지 못했을 것이다. 그때 동오는 그의 위신이 실추되기를 정말로 바랐을지도 모른다. 주유의 이러한 근심은 나라에게나 자신에게나 대단히 두려운 일이었다.

주유의 분노는 그가 화병으로 죽게 된 직접적인 원인이다. 주유의 성격을 보면 설령 죽을 당시가 아니더라도 언젠가는 또다시 화병으로 죽게 된다. 의학적인 면에서 보면 화를 잘 내는 것은 일종의 병적 현상으로, 대부분은 가슴에 맺힌 원한에서 비롯된다.

자신보다 능력이 뛰어난 사람에 대한 열등의식이 화로 변해서 가슴이 답답해지는데, 이런 화는 시간이 흐를수록 점점 커지고 나중엔 자연히 밖으로 폭발하게 된다. 이런 분노 때문에 상처를 입거나 화가 머리 끝까지 치솟아 간과 뇌에 치명적인 상처를 입는다. 이것이 바로 주유가 화가 나면 정신을 잃고 쓰러지는지에 대한 이유이며 죽음의 원인이다.

덕과 지를 갖춘 전략가
노숙(魯肅, 172~217)

노숙의 자는 자경(子敬)이고 임회군 동성현(오늘의 안휘성) 사람이다. 주유의 추천으로 손권 밑에서 일하며 두터운 신임을 받았다.

조조의 남하 때는 재빨리 유비와 공동 전선을 펴도록 제창하고 동맹을 맺었다. 노숙은 제갈량, 주유와 함께 적벽대전에서 조조군을 물리친 역할이 컸다.

주유가 젊은 나이에 죽자 뒤를 이어 오나라의 대도독의 군세를 인계받고 병권을 장악했다. 적벽대전 후 유비와 분쟁이 되는 형주 분할 문제 해결에 성공했다.

...

    노숙은 부친을 여의자 홀어머니를 지극정성으로 모셔서 효자로 소문났는데, 남에게 베풀기를 좋아해서 재산을 풀어 가난한 사람들을 구제하고 유능한 인재들과 교분을 두텁게 했다.

    이 소문을 듣고 거소현의 현령이 된 주유가 그를 찾아가 식량을 요청했다. 노숙은 두말 않고 3만 섬이나 되는 식량을 선뜻 내주었다. 이 일로 말미암아 주유와 노숙은 친해졌고 주유는 그가 비범한 인물임을 알게 되었다.

    그 후 주유가 노숙에게 간곡하게 원했다.

    "지금은 어진 군주가 신하를 택할 뿐만 아니라 신하 역시 어진 군주를 택해야 합니다. 손권 장군께서 공을 어진 선비의 예로 대접할 것이오니 나와 함께 동오로 가십시다."

    이렇게 해서 노숙은 오나라 손권에게 가서 자리를 잡았고 그의 일급 참모가 된 것이다.

    손권은 노숙과 더불어 술을 나누면서 담론을 하는 경우가 많았고 어떤 날은 밤을 새우기도 했다. 그러던 어느 날 술자리에서 손권이 노숙에게 물었다.

    "이제 한 왕실이 기울어 사방에 도둑 떼가 들끓고 민심이 흉흉해서 위태로울 지경에 빠졌소. 내가 부형이 이룬 업적을 이어받아 제나라의 환공이나 진나라의 문공처럼 패업을 이루려는데, 공의 생각은 어떻소? 찬성한다면 나를 위해 도와주시오."

이에 노숙이 정색하며 대답했다.

"전에 한고조(유방)가 초의 의제를 높여서 섬기려 했으나 뜻을 이루지 못한 것은 항우가 해치기 때문이었습니다. 지금의 조조가 바로 항우에 비할 수 있는 사람이라 장군께서 패업을 이루기는 어려울 것입니다.

생각건대, 한 왕실은 다시 일어서기 어려울 것이며 조조 또한 쉽게 멸하지 못할 것입니다. 따라서 장군께 권하고 싶은 방법은 오직 강동에 거점을 튼튼히 구축해서 천하가 다투어 싸우다가 어느 한쪽이 무너짐을 지켜보는 일입니다. 그런 다음 북방이 혼란한 틈을 노려 황조를 제거하고 유표마저 쳐서 장강 유역을 완전히 장악하는 것입니다. 이것이 곧 한고조를 이룩하는 업이라고 믿습니다."

손권은 노숙의 엉뚱한 패권 야망에 어리둥절했지만, 그의 기발한 생각에 감탄해 마지않았다.

강동에 인접한 형주는 산세가 험하긴 하지만 비교적 물자가 풍부하고 요충지라서 그곳에 세력을 뻗쳐서 거점으로 삼는다면 손권이 패업을 이룰 수 있다는 것이었다. 그때는 마침 유표가 죽고 유비가 조조와의 싸움에서 패한 직후였다. 유비를 충동질해서 유표의 장수들을 끌어 모으고 손권과 손을 잡게 하여 조조를 치면 승산 있다고 노숙은 판단했다.

노숙은 유표의 문상을 핑계 삼아 유비의 진영으로 들어갔다. 유비 진영의 실정을 파악하고 손권과의 동맹을 주선하기 위해서였다. 그런데 노숙 앞에는 제갈량이라는 큰 별이 가로막고 서 있었다. 두 사람은 유비와 손권이 힘을 합쳐 조조를 쳐야 한다는 생각은 같았지만 속셈은 전혀 달랐다. 어떻든 노숙의 계획대로 유비와 손권의 연합군은 조조군을 맞아 적벽대전에서 대승을 거두고, 조조를 북으로 쫓아 보내는 데 성공했다.

적벽대전 대승은 손권으로서는 너무나 기쁜 일이었다. 그래서 장수들을 모두 모아 가장 먼저 도착하는 노숙을 마중하러 나갔다. 손권은 말에서 내려선 자세로 기다렸다. 손권은 노숙을 반갑게 맞으며 두 손을 잡았다. 두 사람은 말을 타고 나란히 가면서 대화했다.

"내가 말에서 내려 공을 마중한 것은 공에게 충분한 예우를 하기 위함이었는데, 공의 생각은 어떻소?"

"그것으로는 충분하지 못합니다."

노숙의 대답에 손권뿐만 아니라 모든 장수들이 놀랐다. 손권이 다시 물었다.

"그렇다면 어떻게 해야 충분한 예우가 된단 말이오?"

"바라옵건대, 폐하의 위덕이 천하에 떨쳐 전국을 통일하시고 제왕의 대업을 이루신 다음 저의 이름이 널리 알려지게 하셔야 비로소 충분히 예우해주셨다고 하겠습니다."

이 말을 듣고 손권은 손뼉을 치며 크게 웃었다. 노숙은 착한 마음씨를 가지고 손권의 패업을 위해 노력했다. 제갈량이 손권의 마음을 훤하게 들여다보고 있음을 알게 된 주유가 제갈량을 죽일 계획을 노숙과 의논한 일이 있었다. 노숙은 한마디로 반대했다.

"제갈량은 으뜸가는 책략가입니다. 조조를 무너뜨리지 못한 지금 제갈량을 없앤다는 것은 스스로 팔다리를 자르는 것이나 다름없는 일이오. 오히려 그를 살려두고 잘 이용해서 패업의 뜻을 이루는 것이 현명한 일입니다."

이것이 계략인지 착한 마음에서 나온 것인지는 분명하지 않지만, 노숙은 제갈량과 주유 사이를 오가며 충실하게 뜻을 전달하는 역할을 했다. 결국 주유와 함께 제갈량의 교묘한 술수에 놀아난 적이 있었다.

적벽대전이 있기 전, 주유는 조조가 보낸 사신 장간을 역이용해서 조조로 하여금 수군 도독 채모와 장윤을 죽이게 했다. 물론 수전에서 승리하기 위해 반역의 죄를 뒤집어 씌웠던 것이다. 그러고 나서 주유는 자기의 교묘한 술책을 제갈량이 알고 있는지를 파악하기 위해 노숙을 보냈다. 제갈량을 만난 노숙이 말을 꺼냈다.

"연일 업무가 바빠서 오랫동안 찾아뵙지 못해 죄송합니다."

"저도 바쁘기는 마찬가지여서 주유 도독께 치하의 말씀을 올리러 가지 못했는걸요."

"치하할 말씀이라니 그게 맞는 뜻입니까?"

"주유 도독께서 공을 저에게 보낸 것은 제가 그 일을 알고 있나를 알아보기 위함이 아니겠습니까? 바로 그것을 말하는 것입니다."

노숙은 제갈량의 말에 깜짝 놀라 황망히 불었다.

"아니, 그것을 어떻게 아셨다는 말입니까?"

"주유 도독의 술수가 교묘해서 장간을 농락하여 조조를 속인 것은 저로서도 능히 짐작했던 것입니다. 어찌 되었든 수전에 능한 채모와 장윤을 죽이게 했으니 이후의 싸움은 크게 걱정할 것이 없게 되지 않았습니까. 그러한데 어찌 제가 도독께 치하의 말씀을 드리지 않을 수 있습니까?"

노숙은 할 말을 잃고 그저 멍하니 앉아 있었다. 그런 그에게 제갈량이 한마디 더 했다.

"도독께는 제가 이번 일을 알고 있다고 말하지 마십시오. 혹시라도 도독께 말하면 시기하는 마음이 생겨서 저를 해치지 않을까 두렵습니다."

제갈량은 노숙이 주유에게 틀림없이 사실대로 말할 것을 알면서도 일부터 당부했다. 그만큼 제갈량의 머리는 뛰어났고 주유와 노숙을 마음대로 데리고 놀았다.

노숙은 주유에게 사실대로 말했고, 주유가 펄펄 뛰며 분한 마음을 이기지 못했음은 자명하다. 주유는 제갈량을 죽일 마음을 더욱 굳혔고, 명분을 찾기 위해 제갈량으로 하여금 10일 안에 화살 10만 개를 만들어 오라고 요구했던 것이다. 제갈량이 상상하지도 못할 계책으로 화살 10만 개를 마련하자 주유의 계획은 수포로 돌아갔고, 노숙의 제갈량에 대한 존경심은 더욱 굳어졌다.

노숙은 제갈량은 신 같은 사람이라고 칭송했다. 그의 비범함과 재주를 진심으로 부러워하며 감탄했다. 그럼에도 노숙은 질투하지 않고 시기하지 않았으며 칭찬과 더불어 살해 음모마저 중간에서 차단하고 나섰던 것이다.

노숙은 더구나 인재를 중요시했기에 방통을 상대편 진영인 유비에게 보내면서 추천서까지 써주었다. 방통이 손권보다는 유비에게 가야 중용되어 더 큰 일을 할 수 있다는 판단에서였다.

유비가 방통의 도움으로 형주 땅인 형양의 아홉 군을 평정하자 주유는 더욱 화가 치밀어 상처가 도졌다. 이에 주유는 군사를 일으켜 유비 군을 공격하고 제갈량을 없앨 계획을 세워 노숙에게 의논했다.

"그건 안 될 일입니다. 조조를 그대로 둔 상태에서 우리와 유비가 싸우게 되면 그 틈을 노리고 조조가 쳐들어올 것이 분명합니다. 그리고 유비는 과거에 조조와 친했던 사이라 사태가 불리해지면 형주를 조조에게 양보하는 조건으로 힘을 모아 우리를 칠지도 모릅니다. 그런 위험한 일은 도모하지 않는 게 좋습니다."

주유는 뜻을 굽히지 않았다. "공도 알다시피 우리가 계책을 쓰고 수많은 군사를 잃으면서 싸움에서 이겼는데 결국 저들만 좋게 해준 꼴이 아니겠소. 이 분함을 어찌 참고 있으란 말이오."

"그래도 참으셔야 합니다. 공연히 일을 그르쳐 화를 불러서는 안 됩니다. 제가 가서 동정을 살펴보겠습니다. 그래도 여의치 않으면 그때 군사를 일으켜도 늦지 않을 것입니다."

노숙은 이처럼 매우 침착하고 매사에 신중하면서도 정확한 사리 판단을 앞세웠다. 웬만한 일에는 격하거나 감정을 드러내지 않아 화를 내는 경우는 드물었다. 그 길로 노숙은 유비를 찾아가 형주를 내줄 것을 요구했다.

"조조가 남쪽으로 쳐내려온 것은 현덕 공을 도모하기 위함이 아니었습니까. 그러한 조조를 우리가 물리쳤으니 형주의 땅은 우리에게 넘겨주는 것이 마땅할 것입니다."

노숙의 말에 유비는 대답을 못 하고 있으니 제갈량이 대신 나서서 대답했다.

"공은 고매한 선비로서 어찌 그런 말씀을 하십니까? 형주는 본래 우리 주공의 형님이신 유경승의 터전이었습니다. 비록 유경승께서 세상을 떠나셨다고는 하나 그 아드님이 계신데, 숙부가 조카를 도와서 그 땅을 다시 찾은 것은 당연한 일 아니겠습니까?"

노숙은 물러서지 않았다.

"그야 그렇지만, 주공의 조카는 형주에 없지 않소. 강하에서 기거하고 있는 줄로 아는데."

"허, 참 딱하십니다. 그럼 공께서 공자 조카를 직접 보시렵니까?"

그러면서 제갈량은 주위에게 명하여 유비 조카 유기 공자를 청해오도록 했다. 제갈량은 이런 사태가 벌어질 줄 미리 짐작하고 강하에 있던 유기 공자를 형주로 오도록 해서 유비 곁에 머물도록 했다. 난감해진 노숙은 떼를 쓰듯 매달렸다.

"그렇다면 만약 공자가 형주에 머물지 않을 경우에는 어쩔 셈이오?"

"주인이 집을 비운다고 그 집 주인이 아닌 것은 아니지 않습니까. 설령 하루를 계신다 해도 하루는 지키는 것입니다. 오래 안 계실 때에는 그때 다시 의논하기로 합시다."

노숙은 제갈량의 상대가 되지 못했다. 제갈량의 능란한 임기응변에 노숙은 빈손으로 돌아가야만 했다. 그런데 얼마 후에 노숙에게도 기회가 왔다. 유비의 조카 유기 공자가 세상을 떠난 것이다. 이때다 싶어 노숙은 서둘러 형주로 가서 유비를 만나 공자가 죽었으니 형주를 내놓으라고 했다.

"주인이 없으니 형주는 마땅히 양보하셔야 되지 않겠습니까?"

이번에도 제갈량이 나섰다.

"공의 말씀은 지당합니다. 허나 조조군을 물리친 건 오의 혼자 힘으로 이룬 게 아니지 않습니까? 주공과 저도 많은 공을 세웠으니 일방적으로 형주를 내놓으라는 건 부당한 일입니다."

"다시 의논하자고 해놓고 이건 약속과 다르지 않소?"

"맞는 말씀입니다. 하지만 의논하자고 했지 양보한다는 약속은 안 했습니다. 그리고 형주는 본래 유씨의 영토였는데, 유씨인 주공께서 차지한다고 해서 이상할 건 없지 않습니까?"

"아무리 그렇더라도 조조를 물리치는 데 결정적인 역할을 한 오에게 형주를 양보하는 것이 당연한 도리인 줄 압니다."

두 사람의 설전은 팽팽했고 한 치의 양보도 없었다. 여기에서 제갈량은 뜻밖의 제안을 했다.

"그럼 좋습니다. 저희가 서천을 평정할 때까지 형주를 잠시 빌리는 것으로 합시다."

노숙은 그것마저 거절하지는 못해서, 문서로 작성해서 수결을 함으로써 증거를 남겨놓게 되었다. 말하자면 노숙이 자진해서 유비에게 형주를 빌려준 결과가 되고 만 것이었다.

노숙이 돌아오자 주유가 발을 구르며 분을 참지 못했다. 형주를 빌려준다는 문서까지 보고서는 제갈량의 꾀에 넘어갔다고 이를 갈았다.

노숙은 손권이 패권 위업을 달성하도록 바라면서 오나라의 참모이면서도 유비, 제갈량과 잦은 교분을 가졌던 것은 결국 그의 야망을 실현시키기 위한 전략이다.

손권도 노숙을 중용하면서 철저하게 신뢰하고 대우했다. 주유 역시 노숙을 높이 평가했다. 주유는 눈을 감으면서 손권에게 보낸 유서에 이런 글을 남겼다.

"노숙은 충렬하며 몸을 아끼지 않고 일에 임하기 때문에 가히 제가 했던 도독의 소임을 충실히 할 것입니다."

노숙은 군사를 움직이고 진영을 구축할 때 실수하는 일이 없었다. 그가 남긴 큰 오점이라면 형주를 유비에게 빌려준다는 문서를 만든 것뿐이었다. 그것도 제갈량의 술수에 말려들었던 것이며 그가 세운 공적에 비하면 아무것도 아니다. 이처럼 노숙은 도량이 넓고 대범했다. 그는 병이 들어 46세에 수명을 다했다.

괄목상대할
여몽(呂蒙, 178~219)

여몽의 자는 자명(子明), 여남군 부피현 사람으로, 오나라의 유명한
용장이다.

손권에게서 학문에 대한 설명을 듣고 발분하여 유학자도 따르지 못
한 학식을 지니게 되었다. 조조의 남침을 앞두고 유수에 토성을 쌓게
하는 등 많은 계교를 내놓았다.

노숙의 뒤를 이어 동요의 군사권을 맡게 되자 양양성에 관우가 주력
을 동원한 배후를 기습하여 형주를 찾고 관우를 곤경에 몰아넣어 붙
잡아 죽였다. 손권이 크게 승전하고 큰 잔치를 벌인 자리에서 급성
질환으로 세상을 떴다.

...

오하(吳下)의 아몽이 손권 밑에서 일하기 시작했을 때의 여몽은 용맹스러움밖에 모르는 난폭한 사람이었다. 본인은 "무장은 무용(武勇)만 있으면 된다." 고 생각하고 있었는데 "강함뿐이라면 단순한 무장에 지나지 않는다. 명장이 되기 위해서는 학문도 갖추고 있어야 한다."고 손권은 여몽에게 설명했다. 여몽은 손권의 말을 듣고 생각을 완전히 바꿨다.

노숙이 임지인 육구로 가는 도중에 여몽을 만났다. 서로 이야기를 주고받는 사이에 여몽의 교양이 보통이 아님을 알게 되었다. 깜짝 놀란 노숙은 이렇게 말했다.

"실례지만 귀공은 이전에 무용밖에 모르던 장수가 아니었소? 오하의 아몽과는 딴사람 같소(非復吳下阿蒙)!"

"사내와 헤어진 지 사흘이 되었으면 괄목해서 봐야 합니다.(사내대장부가 변하는 데에는 그리 오랜 시간이 필요하지 않다. 사흘 정도 떨어져 있었다면 눈을 크게 뜨고 상대를 보지 않으면 진가를 놓친다)"라고 여몽이 대답했다.

여몽은 오나라 군대의 중추로 수많은 전투에 참가했다. 적벽대전에서는 "조조 군대의 진영을 불태우라."는 명령을 받아 병사 3천 명을 이끌고 오림의 감녕과 조조의 군대를 배후에서 습격했다. 또한 주유와의 연계작전에서도 뛰어난 실력을 보여 주유 사망이라는 가짜 정보에 유인되어 온 조인의 군대를 격파했다. 그 후에 서천으로 들어가는 것처럼 위장하여 형주를 공격하는 주유 군대의 후속 부대를 맡기도 했다.

합비 전투 때는 감녕과 함께 오나라 군대의 선봉으로 종군했다. 이 전투에서는 조조의 군대가 막강하여 오의 군대는 대패했고 손권도 적 중에 고립되었는데 여몽은 그를 지켜 싸우면서 육손의 지원군이 도착 할 때까지 머물러 손권의 목숨을 구했다.

노숙이 죽은 이후에는 명실 공히 오나라의 명장으로 촉과 위나라에 맞섰으며, 형주 공격 때에는 촉의 장수인 관우와 허허실실이 오가는 전 략을 전개하기도 했다. 손권에게 형주 공략을 명령받은 여몽은 군대를 육구에 집결시켰으나 이 사실을 관우가 눈치 채고 봉화대를 세우게 했 다. 여몽은 한때 진퇴양난에 빠졌으나 육손의 '겸하지계'를 받아들여 형주 침공에 성공했다. 형주성을 장악한 후에도 주민의 안전을 보장함 으로써 관우 쪽 병사들의 전의를 위축시키는 등 관우에게 만회할 기회 를 내주지 않았다. 여몽의 작전은 성공하여 가족들이 무사한 데다가 좋 은 대우를 받고 있음을 안 관우의 병사들이 잇달아 투항하여 관우는 세 력이 점점 줄어들었다. 결국 관우는 생포되고 말았다.

형주 공략을 성공시킨 여몽은 그 공로로 남군 태수로 승진하였다. 손 권이 벌인 승전 잔치에서 급성 질환으로 여몽은 눈을 감았다.

용기와 지략을 겸비한 용장의 죽음에 손권은 무척 슬퍼하며 음악을 금하고 상복을 입었다.

지용의 장수
육손(陸遜, 183~245)

육손의 본명은 육의(陸議), 자는 백언(伯言). 오군 오현(오늘의 상해 송강시) 사람이다. 동오의 군사가, 정치가이며 손책의 사위이다. 병법에 능통했고 기계(奇計)를 잘 썼다.

219년, 육손은 탁월한 전략으로 관우를 무찔러 형주를 오나라의 영유로 삼았다. 221년, 유비가 대군을 이끌고 진격해 올 때 이릉에서 유비의 40여 진지를 불살라 역으로 승리를 이끌었다. 그 후 육손은 보국장군 형주목으로 승진하고 강릉후가 되었다.

이때 조정에서는 태자(손화)파와 노왕(손패)파가 서로 다투었다. 육손은 손권에게 상서를 올렸다. 그러자 노왕파는 스무 가지에 달하는 육손의 죄상을 손권에게 제출했다.

육손은 화병으로 죽었다. 그의 나이 62세였고, 집안에 남은 재산이라고는 없었다. 후에 손권은 육손의 무죄를 알고 후회했다.

육손은 젊었을 때 아버지를 여의고 친척인 여강 태수 육강 곁에서 지냈다. 그러던 어느 날, 원술이 육강을 공격했을 때 육강은 육손을 친척들과 함께 오로 돌려보냈다.

육손은 젊은 나이에 손권 밑에서 일하게 되었으며 매우 유능했다. 중앙에서 일을 배운 다음 강동 각지의 지방관을 역임하면서 업적을 올렸다.

해창현을 통치할 때 심한 가뭄이 들었는데, 육손은 관청의 창고를 열어 어려운 민중에게 곡물을 나누어 주는 한편 농경과 양잠을 장려한 덕분에 백성들이 큰 어려움 없이 지낼 수 있었다. 손권은 육손에게 자신의 형 손책의 딸을 주어 가까이에 두면서 정치적인 과제에 대하여 의견을 묻곤했다.

여몽의 후임으로 육구에 부임한 육손은 때마침 형주에서 위의 군대와 대치하던 관우에게 저자세로 접근하여 오에 대한 관우의 경계심을 풀어놓고 그 틈을 타서 형주를 공략했다. 형주를 공략한 후에 손권에게 진언하여 형주의 비범한 인물을 모으는 데 노력했고 점령지를 안정시키는 데 힘을 썼다.

오의 황무 원년에 유비가 관우의 복수를 위해 쳐들어온 것을 막고, 촉의 군대가 넓게 퍼져 있어 수비가 허술한 틈에 불로 공격하는 계략을 써서 완전히 무찔렀다. 이 싸움에서의 공적으로 육손은 보국장군, 형주목, 강릉후로 임명되었다.

유비가 죽은 후에 손권은 항상 육손을 통하여 공명과 연락을 유지할 수 있도록 배려했다. 이 때문에 촉과 오의 동맹 관계는 탄탄한 안정을 되찾을 수 있었고, 위가 침공할 틈을 주지 않았다.

위나라의 조휴가 주방의 거짓 배신에 편승하여 오나라를 쳐들어왔을 때도 육손은 손권으로부터 전권을 위임받아 군사를 지휘하여 싸움에서 크게 승리했다.

229년에 육손은 상대장군, 우도호로 승진했다. 이 해에 손권은 동방의 건업으로 행차했는데, 무창에는 황태자와 관청을 두어서 육손을 임지에서 불러들여 태자의 후견인으로 임명하는 동시에 형주 등 세 개 군의 통치도 맡겼다.

육손은 중앙을 떠나 있을 때에도 항상 국가의 움직임에 주의를 기울이며 손권에게 자신의 의견을 전하곤 했다. 군사적인 수완도 대단했지만 정치력 또한 우수하여 244년에는 승상이 되었다.

만년은 오나라 황실의 후계자 싸움에 말려들어 손권과의 사이가 벌어졌다. 육손의 친척이 황태자의 측근이었다는 혐의로 귀양을 가게 되자 분노한 나머지 63세에 세상을 떴다.

선견지명이 있고 항상 상식적인 판단으로 일을 진행시켰던 육손은 후계자 문제에서 지나치게 정론을 고집하여 손권의 기분을 그르쳤다.

손권의 인물관계도

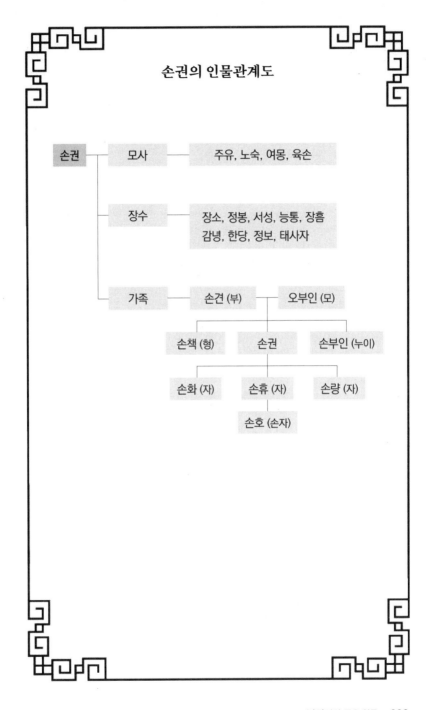

손권 ─── 모사 ─── 주유, 노숙, 여몽, 육손

장수 ─── 장소, 정봉, 서성, 능통, 장흠
감녕, 한당, 정보, 태사자

가족 ─── 손견 (부) ─── 오부인 (모)

손책 (형) ─── 손권 ─── 손부인 (누이)

손화 (자) ─── 손휴 (자) ─── 손량 (자)

손호 (손자)

어처구니없는 인물

위

촉

오

악역
동탁(董卓, ?~192)

동탁의 자는 중영(仲穎), 동한 시기 농서 임조(오늘의 감숙성 민현) 사람이다. 동한 말기 한소제, 한헌제의 권신이다.

잔인하여 사람 죽이는 것을 일삼다. 하동태수로 황건적 토벌에 참가했고 서량태수, 대장군을 지냈다.

사도 왕윤이 미인 초선을 가지고 연환계를 쓰는 바람에 아들이라 믿던 여포에게 죽었다.

농서의 지방관인 동탁은 황건적의 난이 일어나자 중랑장으로 임명되어 반란군 진압을 위해 출동했다. 교활하고 꾀가 많은 동탁은 싸움에서는 서툴러서 연전연패했다. 조정으로부터 징벌을 당할 지경이었는데 환관에게 뇌물을 보내 죄에서 벗어났을 뿐만 아니라 오히려 서량 태수 자리를 얻었다.

대장군 하진의 환관을 일소하라는 명령에 따라 동탁은 20만 대군을 이끌고 진군하여 낙양 근교에 진을 쳤다. 그때 이미 하진은 환관들에게 살해되었고 이 사실에 분노한 원소 등이 환관들을 모조리 죽이자 동탁은 강대한 무력을 배경으로 하여 진류왕이던 협(協)을 황제로 옹립하려 했다. 정원 등이 이를 반대했으나 동탁은 정원의 양자이자 호걸로 유명한 여포를 매수하여 정원을 살해했다. 정원을 죽이고 여포를 자신의 부하로 삼은 동탁은 진류왕을 헌제라는 이름으로 옹립한 다음 마음껏 권세를 휘둘렀다.

동탁의 횡포와 공포정치를 더는 두고 볼 수 없었던 원소와 조조는 낙양을 떠나 각자의 고향에서 병사를 양성했고 이들이 중심이 되어 반동탁연합군이 결성되었다.

원소, 조조 등이 낙양에서 사라진 후, 동탁의 폭정을 말리는 사람이 아무도 없게 되었고 급기야 그는 홍농왕으로 봉한 소제를 그의 어머니인 하태후와 함께 독살했다. 궁중의 궁녀들을 범하고 재물을 빼앗는 등 동탁의 횡포는 이루 말할 수 없었다.

반동탁연합군이 동탁 타도의 기치를 높이 들고 낙양으로 향하자 그는 사수관, 호로관의 요새에서 연합군을 막는 동시에 낙양에 있던 원소 일족을 모조리 죽였다.

사수관, 호로관 전투가 유리하게 전개되지 않자 동탁은 낙양을 버리고 장안으로 천도할 결심을 했다. 천도를 실행하면서도 낙양의 자산가들을 죽여 재물을 약탈했을 뿐만 아니라 역대 황제들의 능묘를 도굴하여 부장품을 훔치고 성 주변 마을에 불을 지르는 등 그의 잔혹한 행동은 그칠 줄 몰랐다.

장안으로 옮긴 후로도 동탁의 악행은 그치지 않았는데 사도(司徒, 천자를 보좌하고 조정의 정치 전반을 담당한 자) 왕윤이 자신의 양녀인 초선에게 '연환계'를 일러주고 동탁 곁으로 보냈다. 초선의 미인계에 빠진 동탁과 여포를 대립시키려 한 왕윤의 계략은 적중했다. 초선을 동탁에게 빼앗겼다고 착각한 여포는 왕윤을 따라 조정에 출사한 동탁을 죽였다.

동탁은 일찍부터 헌제를 폐위하고 자신이 황제에 오르려는 야심에 불탔다. 왕윤의 뜻을 받든 이각이 황제가 자신의 자리를 동탁에게 양위하고 싶어 한다는 말로 함정에 빠뜨린 것인데, 기쁨에 들떴던 동탁은 이것이 함정이라는 사실을 알아차리지 못하고 어이없는 최후를 맞이했다.

동탁의 죽음과 함께 그의 일족도 모조리 죽음을 당하였고 동탁의 시체는 저잣거리에 내걸렸다. 동탁에게 원한을 품고 있던 백성들이 내걸린 동탁의 시체의 배꼽에 불을 붙이자 그 불이 사흘 밤낮을 탔다고 한다.

동탁이 죽은 후의 혼란을 틈타 그의 부하였던 이각과 곽사가 왕윤과 그의 일가를 죽이고 여포를 내쫓은 다음에 장안을 점령하여 동탁에게 지지 지지 않은 정도로 폭정을 휘둘렀다. 동탁 때문에 생겨난 혼란과 파괴는 후한 왕조를 완전히 무너뜨렸다.

반동탁연합군을 결성한 군웅들은 각지에 자신의 세력을 만들었고, 중앙정부는 유명무실한 존재가 되었다. 반목하던 호족들은 서로의 힘을 겨루듯 싸움을 벌였고 그렇게 전국으로 싸움이 번졌다. 생존을 건 군웅들의 각축이 계속되었다. 이런 아수라장을 이겨낸 나라가 다음 시대를 만들어 갔던 것이다.

무예의 달인
여포(吕布, ?~198)

여포의 자는 봉선(奉先), 동한 말기 오원 구원현(오늘의 내몽골자치구 포두시 구원구) 사람이다.

무예가 출중하여 정원의 양아들이었던 그는 동탁이 유혹하자 정원을 죽이고 동탁의 양아들이 되었다. 동탁은 그를 기도위에 임명했고 후에 분무장군이 되었다. 그 후 왕윤과 함께 음모를 꾸며 동탁을 죽였다.

여포는 유비의 서주를 기습 공격해 빼앗은 후에 스스로 서주자사가 되었다. 198년, 조조가 친히 여포를 정벌하기 위해 하비성을 포위했고 결국 여포는 조조군에게 사로잡혔다. 조조는 백문루 아래에서 그의 목을 졸라 죽였다.

...

지혜는 지모를 조화롭게 가진 재능을 가리키는데 멀리 앞을 내다보는 식견, 높은 예측 능력, 정확한 판단력, 시기적절한 결단력 등을 포함한다.

지모와 재능은 장수가 지녀야 할 기본 자질이고, 또한 5덕(지혜, 믿음, 어진마음, 용기, 엄격함) 가운데 으뜸이다. 그런데 여포는 계책이 부족하다고 했다.

여포의 죽음을 촉진한 것이 두 가지인데, 하나는 아내를 사랑해 진궁의 간언을 듣지 않은 것이고, 다른 하나는 자만에 빠져 진궁에게 속은 것이다. 여포가 붙잡히고 보니 후성, 위속, 송헌 등이 모두 조조 측근에 있었다. 이를 보고 여포는 분통을 터뜨리며 책망했다.

"내가 너희들을 무시하거나 박하게 대하지 않았거늘 어찌해 나를 배반했느냐?"

이에 송헌이 나서서 반박했다.

"그대는 부인이나 첩의 말만 듣고 장수들의 계책은 전혀 듣지 않아 이 꼴이 되었는데, 어찌 네가 우리를 잘 대접했단 말이냐?"

그러자 조조가 진궁에게 물었다.

"자네는 자칭하길 지혜롭고 꾀도 많다고 하더니 지금 어찌하여 이처럼 되었소?"

진궁이 고개를 돌려 여포를 바라보며 말했다.

"이 사람이 우리의 말을 전혀 듣지 않은 것이 원망스럽습니다. 만약 우리의 말을 따랐다면 필시 사로잡히지는 않았을 것입니다."

그들은 모두 자신들이 포로가 된 이유가 여포가 남의 충언을 진심으로 받아들이지 않았기 때문이라는 것을 알고 있었다.

조조가 하비성을 공격했을 때 여포는 방어가 최선의 전술이라고 생각하고 진궁의 적극적인 진공 계책을 받아들이지 않았다. 그래서 패배를 승리로 바꿀 기회를 잃고 말았다.

조조군이 하비성을 포위했을 때 진궁은 또 다른 계책을 올렸다.

"조조는 멀리서 왔기 때문에 형세를 그리 오래 지탱하기 어려울 것입니다. 장군께서는 출병해 성 밖에 군대를 주둔시키고 저는 성안에서 문을 굳게 잠그고 지키겠습니다. 만약 조조가 먼저 장군을 공격하면 저는 성문을 열고 나가 조조의 후면을 공격하겠습니다. 그리고 만약 조조가 성을 공격한다면 장군께서도 조조의 후면을 쳐서 저를 지원해 주십시오. 그러면 열흘도 못되어 조조군은 양식이 떨어져 항복하고 말 것입니다. 일격에 그들을 물리칠 수 있는 의각지세(犄角之勢, 양쪽에서 잡아당겨서 찢으려는 것과 같은 양면 작전의 태세) 병법입니다."

진궁의 계책에 여포는 "그대의 말이 지극히 옳다!"며 기뻐했다. 그러나 부인 엄씨가 그의 출병을 말렸다.

"영감께서 군사를 거느리고 밖으로 나가셨다가 만약 불행하게도 하룻밤에 변이 생긴다면 어찌 하시겠습니까? 첩의 몸은 적군한테 유린될 텐데, 다시 영감의 아내가 될 수 있겠습니까?"

첩 초선도 울면서 여포에게 말했다.

"첩은 영감 곁에서 떨어지기 싫습니다. 영감이 가실 테면 저와 함께 가세요. 제발 경솔하게 몸소 출병하지 마십시오. 또다시 영감 품에서 떠나 남의 첩 신세가 되는 건 쉽습니다. 한평생 영감의 그늘 밑에서 지내고 싶습니다."

이 말을 들은 여포는 생각을 바꿨다.

"내게 방천화극(方天畫戟)과 적토마(赤兎馬)가 있는데 감히 누가 내 앞에서 꿈쩍하겠느냐. 안심하거라."

그리고 진궁에게 조조는 교활해 꾀가 많은 자로 필시 양식이 바닥났다는 헛소문을 퍼뜨려 놓고 자신을 유인하는 술책을 부리는 것이니 함부로 가볍게 출병할 수는 없다고 했다. 사실 이것은 눈 가리고 아웅하는 것이고, 스스로 속이는 것이었다. 여포는 이처럼 자기 부인과 첩만을 믿고 부하 장수들의 간언은 듣지 않았다.

진궁은 기가 막혀 어안이 벙벙할 뿐이었다. 여포와 헤어져 "이제는 내가 죽어도 장사 지낼 땅조차 없게 되었구나." 하며 탄식했다.

진규, 진등 부자는 여포 곁에서 조조의 첩자 노릇을 하고 있었다. 조조는 종종 첩자를 심어 목적을 달성하는 방법을 사용했다. 그러나 여포는 진씨 부자에게 철저히 속아 진상이 분명이 탄로났을 때조차 이를 눈치 채지 못했다. 이처럼 여포는 어리석었다.

여포의 하비성 패배와 그를 해치려는 진씨 부자의 여러 계책은 직접적인 연관이 있었다. 먼저 군주가 조서를 내려 여포를 평동장군에 임명했을 때 여포는 마음속으로 실질적인 직책인 서주목을 원했다. 그래서 진등에게 사례하는 표문을 받들어 군주에게 바치게 하고, 조조에게 편지를 보내어 직책으로 서주목을 달라고 요구했다. 그런데 여포의 심

부름을 깄던 진등이 조조에게 딴소리를 했다.

"여포는 원래 승냥이 같은 자입니다. 용맹하지만 꾀가 없고 경솔하게 행동합니다. 마땅히 일찍 그를 도모하셔야 합니다. 승상께서 거사를 하신다면 저는 성안에서 호응하겠습니다."

조조는 기뻐하며 그렇게 하기로 약속하고 진규에게 치중대부 2천 석 녹봉에 해당하는 벼슬을 주고, 진등에게는 광릉태수 벼슬을 주었다. 결과적으로 여포는 아무 관직도 얻지 못했다. 화가 난 여포가 진등을 죽이려고 하자 진등이 큰소리로 웃었다. 여포가 까닭을 묻자 진등이 대답했다.

"조조를 만나 여 장군을 기르는 것은 마치 호랑이를 기르는 것 같다고 말했습니다. 항상 고기를 배불리 먹여야 탈이 없지 주리도록 내버려 두면 사람을 문다고 했습니다. 그러니 빨리 정식으로 서주목에 임명하셔야 한다고 했더니 조조는 그렇게 생각하지 않는다면서 장군을 대접하기를 매를 기르듯 한다고 했습니다. 토끼와 여우를 잡자면 매를 주리게 해야만 사냥을 잘 하고 매는 배가 부르면 달아나버리고 만다고 답했습니다."

여포는 자신을 새 중의 영웅인 매로 대접한다는 말에 마음이 흐뭇해 자기가 세상의 영웅호걸을 다잡을 것처럼 기뻐했다. 진등은 호랑이와 매를 비유해 여포를 현혹하여 여포가 '조조는 나를 알아주는 사람!'이라고 여기도록 속인 것이다.

한편 진규 부자는 조조와 결탁해 여포의 딸과 원술을 파혼시키고 조조로부터 벼슬을 받았다. 여포는 얻은 것이 하나도 없게 됐으니 결국 진규 부자는 여포에게 화를 입힌 꼴이 되고 말았다.

또 여포는 원술을 격파한 후에 한섬을 기도목에 임명하고, 양봉을 낭야목에 임명해 서주에 머물게 하려고 했다. 그러나 진규가 두 장수를 산동으로 보내야 산동 땅 모두가 여포의 소유가 될 수 있다고 간언했다. 이것은 진규의 호랑이를 산으로 유인해 사로잡는 계책이었다.

얼마 후, 한섬과 양봉이 두 고을 백성들의 재물을 탐해서 원성이 높아지자 유비는 두 장수의 목을 베어 조조에게 바쳤다. 여포는 호랑이한테 이빨과 발톱을 더해줄 충직한 두 장수를 잃은 것이다. 결국 진규의 계책에 속아 여포의 이빨과 발톱이 빠져버린 셈이다. 또한 진규 부자는 여포의 판단력을 흐리게 하기 위해 사람들 앞에서 여포를 받들고 치켜세웠다. 진궁이 이를 간파하고 여포에게 속지 말라고 간언했지만 그는 화를 내며 "어찌 그대는 무고하게 남을 헐뜯어 좋은 사람을 해치려 하시오?"라며 진궁을 질책했다. 이것은 여포가 좋고 나쁜 것을 가리지 못하는 지경에 이르렀음을 보여준다.

최악의 경우는 여포가 진규에게 서주를 지키도록 하고 직접 군사를 이끌고 진등과 함께 소관을 구하러 나섰을 때이다. 여포가 소관 앞에 당도했을 때 진등은 자신이 먼저 성에 들어가 조조의 동정을 살피겠다고 나섰다. 그러면서 그는 여포를 속여 황혼 때쯤 조조군을 공격해 진궁을 도와주라고 했다. 이 말을 곧이들은 여포는 진등을 칭찬했다.

"자네가 아니었다면 소관을 조조한테 빼앗길 뻔했소. 빨리 진궁에게 달려가서 황혼 때 내가 군사를 거느리고 갈 테니 횃불을 들고 성문을 열라고 이르시게."

한편 진등은 소관을 지키던 진궁을 밖으로 끌어내는 술책을 썼다. 진궁에게 달려간 진등은 거짓으로 보고했다.

"조조가 서주를 포위했소. 여포 장군께서 당신 보고 급히 와서 서주를 구하라고 하십니다."

진궁이 서주를 구하기 위해 군사를 이끌고 소관을 나가자 진등은 이 틈을 타 관 위로 올라가서 횃불을 높이 들었다. 캄캄한 밤이 되도록 기다리던 여포는 약속대로 성안으로 군사를 몰고 들어갔다. 결국 관문 밖으로 나가던 진궁의 군사는 자기편인 여포의 군사를 조조의 군사로 오인했고 어둠 속에서 서로 찌르고 죽이는 아수라장을 만들고 말았다. 이때 조조군이 뒤엉킨 여포와 진궁의 군사들을 공격했다. 날이 밝을 때쯤에야 비로소 여포와 진궁은 진등의 계략에 속았다는 것을 깨달았다.

이 사이 서주를 지키고 있던 진규는 유비의 장수 미축과 함께 서주를 점령했다. 또 진등은 고순, 장료를 속여 소패성 밖으로 나오게 해 조인이 소패성을 기습 공격하는 것을 도왔다. 여포가 진등이 자신을 속였다는 것을 알고 성 아래에서 욕했지만 이미 때는 늦었다.

진궁은 여포에게 충성을 다했고 그를 위해 계책을 세웠으므로 몸과 마음을 다 바쳤다고 할 수 있다. 그러나 매번 그의 의견을 받아들여지지 않았다. 진등이 조조와 결탁하고 계략을 세워 여포를 해치려 하는데도 여포는 매번 그의 말을 받아들였다. 결국 그들 부자에게 속아 포로가 되었다. 정말로 "어리석은 것보다는 차라리 전쟁에서 패배하는 것이 낫다."는 말이 어울리는 경우이다.

여포는 비록 무예에 능했지만, 처음엔 하인 노릇을 했다. 정원의 눈에 들어서야 비로소 중용되었기 때문에 여포는 정원을 은인으로 생각하고 의붓아버지로 모셨다. 그러나 여포는 말 한 필과 금은 등의 재물을 탐내어 배은망덕하게도 정원을 죽이고 동탁에게 의지했다. 동탁은 여포를 신임했으나 여포는 여자 때문에 두 번째 은인을 배반하고 제 손으로 동탁을 죽였다.

그 다음엔 의탁할 곳이 없었는데 유비가 여포를 거두어 편안한 거처를 마련해 주었다. 하지만 이번에도 관우가 없을 때 유비의 서주를 습격해 탈취했다. 이렇게 이익 때문에 의리를 저버리고 변덕스러워 믿을 수 없는 사람은 천하의 영웅 축에도 끼지 못한다.

조조가 여포의 하비성을 포위해 둘은 서로 대치했다. 여포는 조조를 격퇴시킬 수 없었지만 조조도 오랫동안 포위했지만 함락시키지 못하고 있었다. 그래서 조조는 여포를 포기하고 도성으로 돌아가기 위해 잠시 휴전할 생각을 했다. 이때 만약 원술이 출병해 여포를 구원했다면 조조의 군사력을 분산시켜 전세를 만회할 기회를 마련할 수 있었을 것이다. 그런데 왜 일찍이 여포와 혼사 이야기가 오갔던 원술이 그를 구하지 않았을까? 여포는 원술과의 관계에서도 이랬다저랬다 변덕을 부려 원술이 그를 믿을 수 없게 만들었기 때문이다.

원술은 소패에 있는 유비를 공격하기 위해 여포가 중립을 지켜주고 군대를 출병시키지 않는 대가로 그에게 20만 섬의 양식을 보내주었다. 여포는 사신 한윤을 후대하면서 양식을 받고 원술의 요구를 받아들였다. 그러나 막상 원술이 유비를 공격하자 여포는 그가 유비를 처치하면 자신도 불리해지지 않을까 두려워하며 마음을 바꿨다. 그래서 군영의 문에 창을 꽂은 방법으로 몰래 유비를 도왔다. 결국 원술은 양식만 축냈다고 하면서 여포에게 불만을 표시했다.

하지만 원술은 "관계가 소원한 사람은 관계가 친밀한 사람을 이간시킬 수 없다."는 계책을 사용해 여포 집안과 혼인을 맺어 영원히 친밀한 관계를 유지하려 했다. 그래서 한윤을 다시 파견해 여포의 딸을 며느리로 삼고자 한다는 뜻을 전했다. 여포는 딸이 원술의 아들에게 시집가면 나중에 "비록 황후는 되지 못한다 해도 서주는 앞으로 걱정이 없겠다."고 생각해 이 혼인을 흔쾌히 허락했다. 원술은 한윤을 시켜 여포에게 붉고 푸른 비단들 예물을 보내도록 했다.

원술과 여포의 결속을 끊기 위해 진규는 급히 여포를 찾아가 말했다.

"장군이 돌아가실 때가 가까웠기에 조문하러 왔습니다."

여포는 깜짝 놀라 등에 소름이 돋았다.

"제가 죽을 때가 되었다니 무는 말이십니까?"

"원술이 장군에게 혼인을 청한 것은 장군의 따님을 볼모로 삼아 나중에 유비를 쳐서 소패를 빼앗으려는 술책입니다. 소패가 원술에게 넘어가면 서주도 위태로울 것입니다. 원술이 장군과 사돈이 되면 양식을 빌려달라, 군사를 빌려다오 하면서 다른 청도 할 것이니 한평생 원술의 명에 따라야 할 것입니다. 그러면 장군은 동분서주해야 되고 유비와는 영영 원수지간이 될 것입니다. 그렇다고 원술의 청을 안 들어주면 사돈을 버리는 것이 될 뿐만 아니라 전쟁의 화근이 될 것입니다."

진규가 이렇게 이야기하자 여포는 즉시 장료를 불러 30리나 달려가 원술에게 가던 딸을 도로 데리고 왔다.

조조는 여포가 원술과 혼인 관계를 끊은 것을 기뻐하며 한윤의 목을 베었다. 조조가 허도에서 한윤을 죽였다는 소식을 들은 원술은 크게 화가 나 20만 대군을 이끌고 일곱 길로 나누어 서주를 공격했으나 여포에게 크게 패하고 말았다. 그래서 원술은 "여포는 신의가 없어서 믿을 수 없는 사람이다! 먼저 제 딸을 보내라고 하라. 그런 다음에 군사를 내어 도와주겠다고 했다."고 했다. 원술은 도무지 여포를 믿지 않았다. 여포는 할 수 없이 딸을 등에 업은 채 말을 타고 하비성을 빠져나왔다. 그러나 유비와 조조군에 포위되어 공격을 받아 다시 성안으로 돌아갔다. 성안으로 돌아온 여포는 마음이 우울하고 가슴이 답답해 술만 마셨고 결국 부하들의 배반으로 조조의 군사에게 속수무책으로 사로잡히고 말았다.

유비가 조조에게 여포가 정원과 동탁을 배반해 죽인 경우를 이야기하자 여포의 무예를 높이 샀던 조조도 결국 마음의 결정을 하고 이랬다저랬다 변덕을 부리는 그를 죽였다.

사실 진궁은 정의감이 강한 사람이며 지혜와 책략을 갖춘 인물이었다. 또 여포에게 충성을 다 바쳤다. 그러나 진궁은 여포에게 진규, 진등 부자를 경계해야 한다고 간언했다가 호되게 질책만 받았다. 그는 여포 같은 사람을 따르면 필시 화를 입을 것임을 알아차리고 즉시 여포를 버리고 몸을 의탁할 다른 곳을 찾으려고 했다.

하비성이 포위되었을 때 여포는 적극적으로 성 밖으로 나가 적을 공격해 포위를 풀려고 하지 않고 소극적으로 성만 지키며 술만 마셨다. 그 결과 술이 과해 얼굴이 노래지고 몸은 수척해졌다. 자신의 초췌한 얼굴을 보고 깜짝 놀란 여포는 즉시 술을 마시는 자는 참수하겠다며 금주령을 내렸다.

당시 여포의 군사들 가운데에는 말을 훔쳐 적진에 바치는 병사가 적지 않았다. 하루는 말을 돌보는 직책을 맡은 부하 장수 후성이 도둑맞은 말 15필을 되찾아와 기분이 좋아 다른 장수들과 함께 축하주를 마시려고 했다. 그러나 후성은 여포가 이를 허락하지 않을까 두려워 자신이 담근 술을 몇 병만 가져와 장수들이 마시도록 했다.

여포가 이 사실을 알고 몹시 화를 내며 그를 참수하라고 명령했다. 그러자 모든 장수들이 목숨만은 살려주라고 애걸하며 매달렸다. 여포는 하는 수 없이 후성을 채찍으로 50대 때리고 내쫓았다. 극에 달하면 모든 것이 반전한다고 했다. 적당히 엄격한 요구를 하면 사람들은 두려워하지만 지나치게 엄격하면 반발하는 정서가 발생하기 마련이다.

사태가 이렇게 되자 여포는 의리도 없고 어질지 않다고 여기게 되어 그를 배반하기 시작했다. 부하 장수 송헌이 나섰다.

"여포는 자신의 부인과 첩만을 사랑하고 우리 같은 사람은 지푸라기로밖에 여기지 않는다. 또 여포는 표리부동하고 어질지 않은 사람이다. 우리가 저 사람과 함께 죽을 이유가 없소."

그러면서 여포에게서 도망치자고 제의했다. 위속은 한술 더 떴다.

"달아나는 것은 대장부가 할 일이 아니오. 여포를 산 채로 잡아서 조조에게 바치는 것이 좋겠소."

듣고 있던 후성이 이야기했다.

"말을 되찾아 공을 세웠는데도 도리어 매만 맞았소. 여포가 믿는 것은 적토마뿐이니 내가 적토마를 훔쳐서 조조에게 가 우리의 뜻을 전하겠소이다."

이렇게 세 장수는 배반을 모의했다. 이날 밤에 후성이 여포의 적토마를 훔쳐 타고 조조에게 달려갔다. 다음날 조조가 하비성을 공격했다. 새벽부터 싸웠으나 승부가 나지 않았다. 여포는 싸우다 지쳤고 고단함을 이기지 못해 깜빡 잠이 들었다. 그 사이에 송헌이 여포의 방천화극을 훔쳐 성 아래로 던졌다. 결국 여포는 조조군에게 사로잡히고 말았다.

여포의 세 장수가 배반해 돕지 않았다면 조조도 그렇게 빨리 성을 함락시키지 못했을 것이다. 또 성을 계속 공격하더라도 여포만은 쉽게 생포하지 못했을 것이다. 여포가 금주령을 내리지 않았거나 후성에게 매질만 하지 않았더라도 그를 포함한 세 장수는 절대로 여포를 배반하지 않았을 것이다. 이 세 장수는 핍박을 당하자 반항한 것이다. 여포는 돌을 들어 자신의 발등을 찍은 셈이다.

여포가 포승줄에 묶여 백문루로 끌려가 조조와 유비를 만났을 때 유비에게 애걸했다.

"공은 누각 위의 손님이 되고 이 몸은 누각 아래 죄수가 되었소. 어찌 한마디 너그러운 말도 하지 않으십니까?"

이어서 조조에게 목숨을 구걸했다.

"공께서 항상 저를 후환으로 생각하였는데 이렇게 항복했소이다. 앞으로 공께서 대장이 되시고 제가 부장이 된다면 천하를 쉽게 평정할 수 있을 것입니다. 그러니 이 여포를 한번 살려주시기 바랍니다."

과거 여포는 조조를 욕했지만 지금은 조조에게 무릎을 꿇고 목숨을 구걸하는 것이다. 이런 여포를 부하 장수 장료는 더는 눈뜨고 볼 수 없어 소리쳤다.

"여포, 이 자식아! 사내답게 죽어라. 이제 와서 무엇이 두렵단 말이냐!"

장료는 여포와 달리 조조를 마주하고도 조금도 두려워하는 기색이 없었다. 조조가 그를 죽이려 하자 관우가 나서서 장료는 바르고 곧은 사람이니 목숨을 보전해줄 것을 청했다. 조조는 충의지사라고 일컬어지던 장료를 나중에 유용하게 쓰기로 하고 살려주었다. 목을 내밀고 죽음을 맞겠다는 장료는 그 상으로 중랑장에 임명되고 관내후라는 관직까지 받았고, 죽기를 두려워해 목숨을 구걸한 여포는 단두대의 이슬로 사라지고 말았다.

정말로 목숨을 애걸하는 여포를 구해줄 사람은 없었지만 조조를 도적이라고 욕한 장료는 오히려 살아남았다. 여포는 살기를 구걸하고 죽음을 두려워하며 지조를 지키지 못해 죽고 말았다.

미인계에 몸을 바친
초선(貂蟬, 생졸 불명)

초선은 중국 민간전설 중의 절세의 미인으로 후한의 중신 사도 왕윤
의 가기(歌妓)로, 왕윤의 미인계로 동탁과 여포를 이간시켜 동탁을 죽
이는 데 성공하였다. 성사 후 초선은 내내 여포의 첩으로 지냈다. 여
포가 죽은 뒤 초선의 행방은 알지 못한다.

나관중은 〈삼국지연의〉에서 초선을 "아름답기 그지없을 뿐 아니라
춤과 노래마저 훌륭했다."라고 묘사했다.

...

190년, 동탁의 폭정이 날로 심해지고 민심이 흉흉하자 반동탁연합
군이 군사를 모아 싸움을 일으키자 동탁은 수도 낙양을 불태우고 수도
를 장안으로 옮기면서 낙양의 부자들을 죽이고 재산을 빼앗는 것은 물
론 양아들 여포에게 황제의 묘를 파헤쳐 금은보화를 가져오게 하고 병
사들에게는 약탈, 부녀자 능욕을 허락하는 등의 악행을 서슴지 않았다.

민심이 극도로 사나워지고 조정이 걷잡을 수 없는 혼란에 빠지자 조
정의 사도(司徒) 왕윤은 "역적 동탁을 쳐서 없애야 한다. 그를 살려두면
백성들이 온전하지 못할 것"이라고 생각했지만 손을 쓸 수가 없었다.
그에게는 단 한 명의 병사도 없으니 속만 태울 뿐이었다. 하물며 동탁
의 옆에는 당대의 최고 무술을 자랑하는 여포가 버티고 있으니 언감생
심 가당치도 않은 일이었다.

어느 날 밤, 왕윤은 나라와 백성 걱정으로 뜰에 나와 깊은 시름에 잠
겼다. 달을 쳐다보고는 너무도 안타까워 자신도 모르게 눈물이 흘러
내렸다. 그때 가까운 나무 밑에서 여자의 한숨 소리가 들려왔다. 다가
가 보니 초선이었다. 왕윤이 가기(歌妓)로 데리고 있던 초선은 그때 나
이 16세, 얼굴이 예쁘고 목소리가 고운 미인이면서 생각이 깊고 총명
한 처녀였다.

"아니, 이 밤중에 어찌 너 혼자 여기에 나와 있느냐?"

왕윤이 놀란 듯 물었다.

"주인께서 걱정이 태산 같아 잠을 못 이루시는데, 제가 어찌 편하게

잠을 잘 수 있겠습니까?"

초선은 초랑초랑한 목소리로 말했다.

"그렇다고 너까지 잠을 안 자면 되겠느냐? 내게 걱정이 있다는 걸 너는 어떻게 알았느냐?"

왕윤의 물음에 초선은 또렷하게 대답했다.

"제가 왜 그걸 모르겠습니까? 혹시 주인 나리의 걱정을 덜어드리는 데 도움이 된다면 저도 나서겠습니다. 목숨까지 기꺼이 바칠 각오도 되어 있습니다."

초선의 말을 듣자 왕윤의 머릿속에 어떤 생각이 번쩍, 떠올랐다. 좋은 계략이 떠 오른 것이다.

"초선아, 내가 시키는 대로 하겠느냐?"

"무슨 일인들 못하겠습니까. 시켜만 주십시오."

왕윤은 초선과 계략을 꾸민 후 곧 실행에 옮겼다.

우선 여포에게 초선을 소개해 주었다. 초선을 보자 여포의 눈이 휘둥그레졌다. 빼어난 미모에다가 애간장 녹이는 교태까지 겸해 한눈에 반했다. 옆에 있던 왕윤이 여포에게 슬쩍 말했다.

"진작 이 아이를 여포 장군에게 보였어야 하는 건데… 잠시만 기다리십시오. 초선이를 장군께 드리겠습니다."

"그게 정말입니까?"

여포는 뛸 듯이 기뻐했다. 왕윤에게 단단히 다짐을 한 여포는 초선을 맞을 날만 기다렸다. 한편, 왕윤은 초선이를 동탁에게 데리고 갔다.

"제가 데리고 있는 초선이라 합니다."

동탁 역시 초선을 보자 입이 함지박만 하게 벌어지며 침을 흘렸다. 안 그래도 여자라면 사족을 못 쓰는 동탁인데, 호박이 굴러 들어와도 넝쿨 째 들어온 격이다.

"호오, 처음 보는 절세미인이구나!"

초선을 품에 안은 동탁은 기뻐서 어쩔 줄 몰랐다. 동탁의 침실에서 기거하게 된 초선은 왕윤이 시키는 대로 멋진 연기를 해 보였다. 동탁에게 갖은 애교를 다 떨어가며 그의 마음을 사로잡았고 여포가 엿보는 것 같으면 동탁이 눈치 채지 못하게 짐짓 슬픔에 찬 기색을 보였다.

이를 본 여포는 미칠 지경이었다. 의부인 동탁이 초선을 차지했으니 눈에서 불이 날 만도 했다. 어느 날, 초선은 동탁 몰래 뒤뜰의 봉의정에서 여포와 만났다.

"초선아, 이게 어찌된 일이니? 너는 내게 오기로 되어 있지 않았느냐?"

"저도 알고 있었지만 도리가 없었습니다. 이 몸은 이미 더럽혀졌으니 살아 있은들 무엇 하겠습니까?"

초선은 진짜 슬픔에 젖은 듯 눈물을 흘리며 연못으로 몸을 던지려 했다. 여포는 황급히 초선을 잡고 말렸다. 그때 마침 동탁이 그 장면을 목격했다. 화가 난 동탁은 자루가 가늘고 짧은 창을 여포에게 던지며 꾸짖었다.

"네, 어찌 자식 된 입장에서 내 애첩을 감히 희롱하느냐?"

여포는 울화가 치밀었지만 부자의 의를 맺은 동탁인지라 분을 참으며 돌아갔다. 그러자 초선이 동탁에게 매달리며 또 한 번 그럴듯하게 둘러댔다.

"여포 장군이 저를 욕보이려고 하기 때문에 연못에 몸을 던지려고 했습니다."

두 남자 사이에서 초선의 연기는 기가 막히게 들어맞았다. 초선을 동탁에게 빼앗겼다고 생각한 여포는 이미 눈이 멀었다. 비록 아버지로 모시기로 한 동탁이지만 계집을 빼앗아간 이상 아버지가 아니었다. 동탁을 죽이기로 결심한 여포는 그를 궁정으로 유인하며 창을 던져 목숨을 끊어버렸다.

동탁은 믿었던 여포에게 계집 때문에 개죽음을 당했고, 여포 역시 '아버지를 죽인 살인자'로 낙인 찍혀 순탄치 못한 일생을 마치게 되었다.

三國志 영웅열전

천하를 꿈꾼 인물들의 생존 지혜와 전략

초판 1쇄 인쇄 2025년 3월 15일
초판 1쇄 발행 2025년 3월 20일

편 저 장석만
펴낸이 김호석
편집부 이면희 · 김영선
마케팅 오중환
경영관리 박미경
영업관리 김경혜

펴낸곳 도서출판 린
주소 경기도 고양시 일산동구 무궁화로 20-18 하임빌로데오 502호
전화 02-305-0210
팩스 031-905-0221
전자우편 dga1023@hanmail.net
홈페이지 www.bookdaega.com

ISBN 979-11-92575-26-1 03820